Ralf Strackbein

Tristan Irle

Tödliche Doktorspiele

Ein Siegerländer Kriminalroman

Magolves-Verlag
Siegen

www.magolves.com

3. Auflage 2007
1.–5. Tausend
Magolves-Medienservice
Magolves-Verlag

Umschlag: Ralf Strackbein
Satz und Buchherstellung:
Vorländer GmbH & Co. KG, Siegen

ISBN-13: 978-3-935378-17-8

Das Buch wurde auf chlorfrei gebleichtem Papier gedruckt.

Mein besonderer Dank ...

... gilt Almut Schmidt (ich hätte da noch eine Frage) und Axel Strackbein (wie war das mit dem Perfusor, könntest du das nochmals erklären), die mir mit ihren Antworten und Erkärungen zum Krankenhausbetrieb weitergeholfen haben. Marlis Klein (hast du in den nächsten Tagen was vor?), Dr. Jürgen Kühnel (es kommt per Express an den Bodensee, danke), Sabine und Ralph Rottler (ihr braucht zwei, kein Problem) danke ich für ihre positiven Anmerkungen.

Die medizinischen Beschreibungen und Angaben entstammen sämtlich meinen Überlegungen, keiner der oben Genannten sollte von seinen Kollegen/innen dafür verantwortlich gemacht werden.

Die Zitate aus dem Arzt-Gelöbnis sind echt und wurden von mir nur der jeweiligen Situation, z. B. wörtliche Rede, angepasst.

Zum Schluss sei darauf hingewiesen, dass jede Ähnlichkeit mit realen Tatbeständen, lebenden oder juristischen Personen, Örtlichkeiten, Körperschaften, Unternehmen, Gesellschaften oder Organisationen, natürlichen oder übernatürlichen Hierarchien, rein zufällig ist.

Kreis Siegen-Wittgenstein

Übersichtskarte

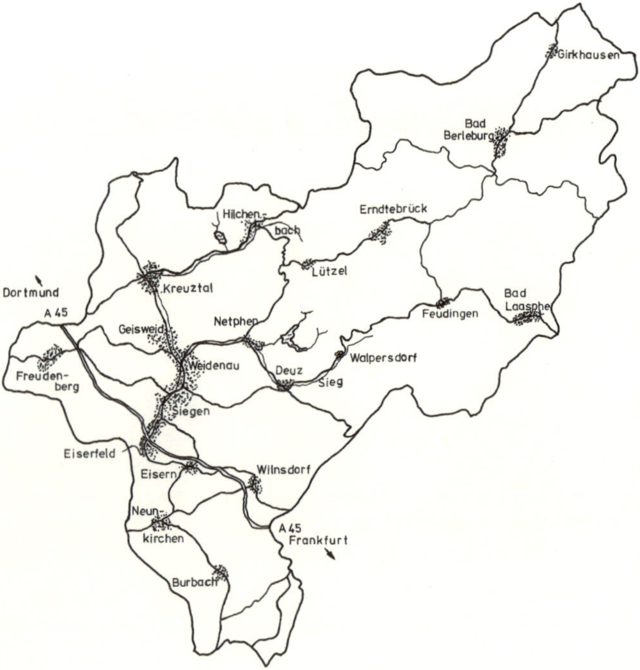

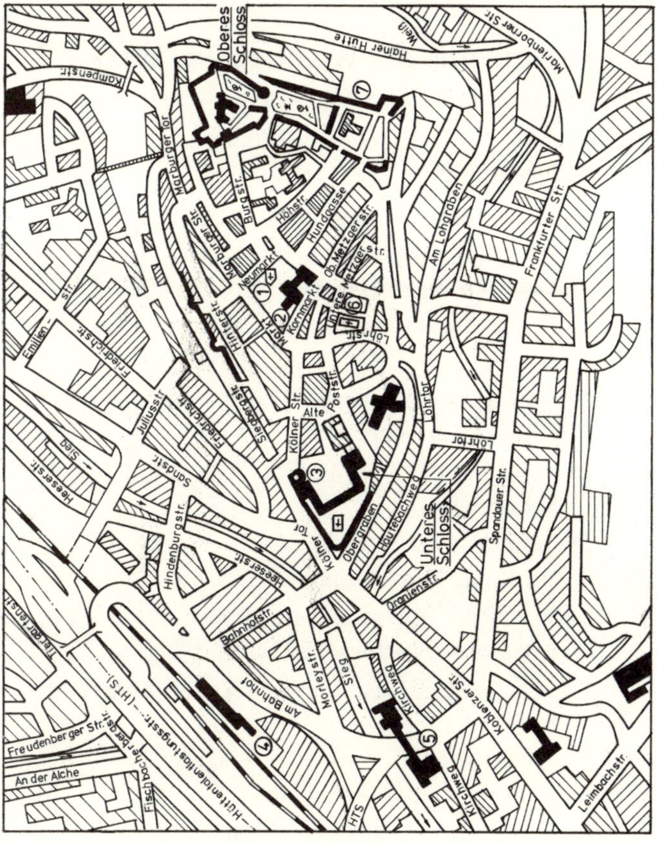

1 Nikolaikirche
2 Rathaus I und Marktplatz
3 Dicker Turm mit Glockenspiel
4 Hauptbahnhof
5 Landgericht
6 Marienkirche und Tristans Zuhause
7 Schlosspark

Verzeichnis der wichtigsten Personen in Gruppen zusammengefasst:

Krankenhaus:

Hannelore Hassel-Dorn, eine alte Schnepfe und bedauerliches Opfer.

Professor Dr. med. Herwig von Niederstein, Ärztlicher Direktor und gewichtiger Zigarrenraucher.

Dr. med. Konstantin Killian, Chefarzt und ein absoluter Herrscher im OP.

Dr. med. Chantal Remané, Oberärztin, eine wahre Schönheit.

Dr. med. Vincent Schreiber, Assistenzarzt, ein Latin-Lover-Typ, der Schwierigkeiten hat.

Dr. med. Peter Hoffmann, Arzt im praktischen Jahr, mit einem beschissenen Dienstplan.

Dr. med. Estelle Pieck, Ärztin im praktischen Jahr, hat keinen besseren Dienstplan.

Elena Jung, Krankenschwester.

Leah Eichmann, Krankenschwester.

Boris Müller, Krankenpfleger mit Matte.

André Fischer, Krankenpfleger ohne Matte.

Anton Althaus, Verwaltungsdirektor, macht sich Sorgen um das Krankenhaus.

Eduard Schuster, Landratskandidat und Mitglied des Aufsichtsrates des Krankenhauses.

Die Staatsmacht:

Norbert Pfeiffer, Hauptkommissar, man kennt ihn.

Werner Holzbaum, Kommissar, darf endlich mal Auto fahren.

Wilhelm Flender, Polizeidirektor.

Friedrich Büdenbender, Staatsanwalt auf Abwegen.

Die mehr oder weniger freiwilligen Detektive:

Tristan Irle, Privatdetektiv aus Passion.

Helga Bottenberg, seine ihn liebende Freundin.

Erich Roth, ein Zwei-Meter-Mann im Dienst Gottes.

Sara, Nichte und verdammt schlagfertig.

Sebastian, Neffe, gut drauf.

Klette, ein entlassener Fälscher,

und

Marlowe, ohne den das Salz in der Suppe fehlte.

1. Schwester, den Tupfer ...

Montag spätnachmittags

»Schwester, den Tupfer, bitte«, sagte Dr. Konstantin Killian gelassen und legte das Skalpell aus der Hand.

Schwester Elena Jung reichte dem Doktor den Tupfer, nahm das blutgetränkte Skalpell beiseite und stieß in diesem Moment mit dem Assistenzarzt Vincent Schreiber zusammen, der plötzlich seine Position geändert hatte.

»Passen Sie doch auf«, fluchte Vincent.

»Entschuldigung«, murmelte Elena und entfernte sich vom OP-Tisch.

»Der hat heute ja wieder eine Laune«, flüsterte Krankenpfleger Boris Müller Krankenschwester Elena zu, als diese das Skalpell entsorgen wollte.

Elena nickte, legte das Instrument beiseite und kam mit einer Nierenschale zurück, die sie Peter Hoffmann, Assistenzarzt im praktischen Jahr, reichte.

Dr. Konstantin Killian, Chefarzt des Samariter-Krankenhauses, fühlte sich in seinem Element. Ihn interessierten seine Mitarbeiter im OP nur unwesentlich. Sie waren notwendig, willige Geister in einem mysteriösen Vorgang, der Leben oder Tod bedeuten konnte. Wenn er das Skalpell in die Hand nahm, verwandelte sich der desinfizierte Raum in sein Reich. Widersprüche nahm er nicht hin. Kritik ließ Zorn in ihm aufsteigen. Mochte draußen in der Welt Demokratie herrschen, in seinem Operationssaal war er der absolute King. Dr. Killian genoss dies, was ihm den Spitznamen „Caesar“ einbrachte. Leider folgten seine Untertanen ihm nicht immer so, wie es sich gehörte. Knochen, Muskelgewebe, Blutgefäße und andere Körperteile mitsamt ihren Innereien machten manchmal was sie wollten und brachten Caesar Killian in Schwierigkeiten. Zum Glück gab es den „Persilschein“, den jeder Patient vor einer Operation unterschreiben musste. So blieb die Herrschaft im OP gesichert, auch wenn der eine oder andere Patient, sozusagen für seine unsolidarische Handlung, für immer aus dem Reich der Lebenden verbannt wurde.

Heute schien alles bestens zu laufen. Normalerweise hätte er diesen OP-Termin nicht wahrgenommen, hätte der Unterleib, der aufgeschnitten vor ihm lag, nicht einer wichtigen Persönlichkeit gehört.

»Na, dann wollen wir uns mal den Appendix vermiformis anschauen«, lächelte Killian unter seinem Mundschutz.

»Sieht gut aus«, wagte der Assistenzarzt zu sagen.

»Schreiber, halten Sie den Mund«, wies Killian den jungen Arzt zurecht. »Herr Hoffmann, sehen Sie sich das hier mal an.«

Peter Hoffmann trat näher an den OP-Tisch und blickte in die Wunde.

»Und?« fragte Killian ungeduldig.

»Äh«, zögerte Peter, »entzündet?«

»Gut«, antwortete Killian und grinste Vincent herablassend an. »Sehen Sie hier die Rötung, die leicht ins Gelbliche wechselt?«

Vincent beugte sich über die Bauchöffnung, um besser sehen zu können. Dann nickte er.

»Nun gut«, antwortete Killian selbstgefällig. »Es scheint eine Appendizitis zu sein. Also raus mit der Entzündung.«

Keine zehn Minuten später schwabbelte der Wurmfortsatz des Blinddarms von der Nierenschale in ein mit Formalin gefülltes Plastikdöschen. Dr. Killian war mit sich zufrieden, als er die besonders gut gelungene Naht betrachtete, auf die seine Patientin so großen Wert gelegt hatte.

»Nicht nur schneiden«, trällerte Killian, »sondern auch nähen muss man können, lieber Schreiber. Merken Sie sich das. – So, das war's! Den Appendix erst mal auf die Intensiv.«

Elena sah Boris überrascht an. Auch Schreiber schien irritiert und fragte: »Dr. Killian, es ist alles gut verlaufen, weshalb auf die Intensiv?«

»Weil man nie wissen kann, junger Kollege«, tadelte der Chefarzt und dachte: Weil es den doppelten Satz einbringt. »Also, worauf warten Sie?«

»Sie ist privat versichert«, raunte Boris im Fahrstuhl. Er stand mit Elena neben dem Bett. »Sicherlich bringt ihm dieser kleine Parkstopp ein neues Golfset.«

Elena hörte Boris gelangweilt zu.

»Caesar braucht kein neues Golfset«, sagte sie plötzlich kalt. »Er braucht etwas anderes!«

2

»Lange lasse ich mir das nicht mehr gefallen«, schimpfte Vincent und warf den schmutzigen OP-Kittel in einen Korb.

Er stand zusammen mit Estelle Pieck, Ärztin im praktischen Jahr, im Umkleideraum des Operationssaals. Sie bereitete sich gerade auf eine Operation vor, während Vincent seinem angestauten Ärger Luft machte. Bedenkenlos zog er sein T-Shirt aus und fluchte vor sich hin. Estelle begann sich die Hände zu waschen und schielte angewidert zu Vincent hinüber. Sie konnte diesen Typ nicht leiden, obwohl sein trainierter Körper einen gewissen Reiz auslöste.

Vincent Schreiber wäre bedenkenlos von jedem TV-Sender mit einer Rolle in einer Arztserie bedacht worden. Der absolute Latin-Lover-Typ. Mit einer Stimme, die wohltuend sanft auf Bereiche des Großhirns wirkte. Alleinstehende und vernachlässigte Frauen reagierten besonders anfällig auf Vincents Erscheinung. Die Natur hatte ihn mit einem makellosen Körper gesegnet, dessen olivenfarbene Haut im harten Neonlicht seidig schimmerte. Und weil er so gut aussah, hatte er ein Problem. Niemand nahm ihm die Rolle des Arztes in einem realen Krankenhaus ab.

Ein Typ wie er wechselte keine übel riechenden, vereiterten Fußverbände, half keinem Patienten auf die Toilette, sondern saß auf einer sonnigen Terrasse mit einem kühlen Drink in der Hand, während eine Miss Germany ihm die muskulöse Schulter massierte.

»Immer wieder drangsaliert er mich«, beschwerte sich Vincent. »Gerade eben wieder. Dabei konnte ich wegen des Lichteinfalls gar nicht genau erkennen, ob der Appendix entzündet war oder nicht.«

»Warum hast du das nicht gesagt?« Estelle beendete ihre Handwäsche und dachte: Er ist und bleibt ein intrigantes Arschloch.

»Eine Diskussion während der OP?« Vincent sah sie mit großen Augen an. »Er hätte mich gefeuert. Du kennst unseren Caesar doch.«

Estelle trocknete sich die Hände mit einem sterilen Handtuch ab und lächelte.

»Irgendwann erkennt er deine Qualitäten«, sagte sie sarkastisch.

»Nie und nimmer!« Vincents Gedanken beschäftigten sich plötzlich mit Rache.

»Man soll nie, nie sagen«, grinste sie genervt.

»Du hast recht«, überlegte er laut. »Wenn er mal in echten Schwierigkeiten stecken würde, dann würde er vielleicht erkennen, wie gut ich bin.«

Träum weiter, dachte Estelle.

In dem Moment trat Oberärztin Dr. Chantal Remané ein.

»Wie spät ist es?« rief sie den beiden zu, ohne weiter auf sie zu achten.

»Der Anästhesist ist schon drin«, antwortete Estelle.

»Mist«, ärgerte sich die Oberärztin, »bin gleich soweit. Gehen Sie schon mal vor.«

Estelle nickte und sagte zu Vincent: »Caesar erkennt gute und schlechte Ärzte, deshalb muss er nicht in Schwierigkeiten stecken. Du musst ihn überzeugen.«

Vincent lächelte gequält und griff nach seinem Hemd.

»Irgendwann bestimmt!« murmelte er.

3

In den Abendstunden beruhigte sich das Treiben im Krankenhaus. Die Besucherzeit war um, sodass das Putzpersonal in die Gänge einmarschierte. Hier und da klingelte eine Schelle, und kurz darauf trat eine Schwester oder ein Pfleger in den Gang, um in einem Krankenzimmer zu verschwinden. Die Putzkolonne kannte die Geräusche des Krankenhauses und hörte nicht weiter auf sie. In der Nähe der Intensivstation galten besondere Regeln. Die Frauen aus Minsk, Nowosibirsk und Omsk waren angehalten, besonders leise ihre Arbeit zu erledigen.

Frau Drakova aus Kasachstan putzte an diesem Abend in der Nähe der Intensivstation. Ihre stämmige Figur schob den Putzwagen leise den Flur entlang. Die vielen Apparate und Maschinen sowie die schwer kranken Menschen machten sie nervös. Hinzu kam, dass ständig weiß und blau gekleidete Krankenhausangestellte über den frisch geputzten Flur liefen, der feucht und leicht rutschig werden konnte. Die Angestellten fluchten leise, wenn sie den nassen Boden betraten und für einen Moment den Halt verloren. Leider verstand Frau Drakova kaum Deutsch, und sprechen konnte sie die Sprache ihrer Vorfahren noch weniger. Es war ihr unangenehm, keine Warnung an die Angestellten richten zu können. Frau Drakova gehörte nicht zu den Menschen, die sich zurückhaltend durchs Leben schlichen. Schmerzlich musste sie feststellen, dass ihre russische Wortgewandtheit in einer Deutsch sprechenden Umgebung so chinesisch klang, dass sie von ihren deutschen Landsleuten nicht selten hilfloses Schulterzucken erntete. Ihre plötzliche Sprachlosigkeit beschämte sie. Frau Drakova hasste es, wie ein Dummkopf dazustehen.

Sie schwelgte gerade in Gedanken an ihre russische Vergangenheit, als ein kräftiger Schlag sie im Rücken traf. Frau Drakova schrie auf und ließ den Schrubber knallend zu Boden fallen. Eine weiß gekleidete Person war hinter ihr aus einem Zimmer getreten und hatte die Tür so weit aufgestoßen, dass ihr der Türgriff in den Rücken geschlagen war. Die fremde Person murmelte eine Entschuldigung und beeilte sich, den Gang zu verlassen. Aus dem Stationszimmer trat einen Augenblick später Schwester Leah Eichmann und sah den Flur entlang. Außer Frau Drakova, die sich nach dem Schrubber bückte, war niemand auf dem Flur zu sehen. Aufgebracht ging Leah auf die Reinemachefrau zu.

»Was ist denn hier los«, fluchte sie leise. »Sie haben doch strenge Anweisung, hier auf der Intensivstation absolut leise zu arbeiten.«

Frau Drakova hob entschuldigend die Hände und wollte auf die weiße Gestalt deuten, die ihr die Tür in den Rücken gerammt hatte, doch die Person war verschwunden. Leider fehlten ihr die richtigen deutschen Worte, um Schwester Leah alles zu erklären. Frustriert nahm sie einen Tadel entgegen und begann weiter zu wischen.

»Na, was hat die Putze denn angerichtet?« fragte Boris, der gerade aus der Cafeteria zurückkam und zwei Becher Kaffee in der Hand hielt.

»Nichts«, lächelte Leah, »die Putzfrau hat den Schrubber fallen lassen. Das knallte wie ein Feuerwerkskörper.«

»Sollen wir nach den Patienten sehen«, fragte Boris, »oder trinken wir erst dieses aromatische Gebräu?«

Er hob die beiden Becher jungenhaft in die Höhe und verzog dabei sein Gesicht.

»Lass es uns erst trinken«, nickte Leah. »Wenn das Zeug kalt wird, schmeckt es noch schlimmer.«

Boris stimmte seiner Kollegin zu. Beide zogen sich auf das Stationszimmer zurück.

Unterdessen schielte die unbekannte Person durch einen Türspalt in den Flur. Zufrieden grinste sie und schloss leise die Tür. Dann sah sie sich um. Vor ihr standen zwei Betten. Neben den Betten standen zahlreiche Apparate und medizinisches Gerät. Eines der Betten war belegt, das andere leer. Rote und grüne Lämpchen blinkten an den Geräten. Die Person zog eine Dokumenten-Mappe unter dem weißen Kittel hervor und blätterte sie hastig durch. Die Mappe enthielt alle wichtigen Daten der Patientin vor ihm. Mit Hilfe eines Kugelschreibers suchte sie einen bestimmten Eintrag. Fand ihn und notierte eine Zahl. Dann schlug sie die Mappe zu und trat näher ans Bett.

4

Hannelore Hassel-Dorn, der Appendix, wachte benommen auf. Die stark kurzsichtige Patientin erkannte nur schemenhaft, was sich in ihrem Zimmer befand. Sie versuchte nach ihrer Brille zu greifen, die normalerweise neben ihrem Bett auf einem Nachttisch lag, als sie eine Nadel in ihrem Unterarm spürte. Der Schmerz ließ jede Handlung stoppen. Dann brauchte sie einen Augenblick, bis sie begriff, wo sie sich befand. Ein unangenehmes Gefühl von Hilflosigkeit erfasste ihr Bewusstsein und ließ sie zittern. Hannelore Hassel-Dorn fühlte sich zum ersten Mal in ihrem Leben allein gelassen. Dann hörte sie ein Summen sowie leise Piepsgeräusche von medizinischen Geräten. Hassel-Dorn kannte diese Geräusche. Sie wusste nun, dass sie auf der Intensivstation lag.

Es ist was schiefgelaufen, dachte sie.

Eine Gestalt beugte sich über sie, sprach mit ihr, doch sie verstand die Worte nicht richtig. Sie lächelte, worauf die Gestalt sie sanft am Arm berührte.

Hannelore Hassel-Dorn war Mitte vierzig und gehörte dem Verwaltungsrat des Samariter-Krankenhauses an. Sie hatte darauf bestanden, vom Chefarzt persönlich operiert zu werden, obwohl er ihr das hatte ausreden wollen. Eine einfache Blinddarmoperation barg kein Risiko, hatte der Chefarzt ihr klarmachen wollen. Sie blieb hart und bekam ihren Wunsch erfüllt. Eine ganz normale Sache, letztendlich setzte sie sich immer durch. Genauso wie im Verwaltungsrat des Krankenhauses, den sie mit ihrem Wissen und ihrer Hartnäckigkeit dominierte. Jetzt musste sie schnell gesund werden. Die nächste Verwaltungsratssitzung stand an, und dort galt es wichtige Entscheidungen zu treffen. Die Zukunft des Krankenhauses hing davon ab und noch wusste keiner ihrer Verwaltungsratskollegen, was sie herausgefunden hatte.

Das Piepen neben ihr wurde lauter, die Intervalle des Geräusches kürzer. Wieder trat eine Gestalt neben sie, hantierte herum, dann wurde das Geräusch leiser. Ein warmes Prickeln durchströmte sie.

Es ist doch etwas schiefgegangen, dachte sie, bevor sie ihre Augen für immer schloss.

5

Die Nacht war sternenklar. Dr. Konstantin Killian betrachtete die leuchtenden Punkte am Firmament und atmete den würzigen Geruch des nahen Waldes tief ein. Sein Haus stand auf einem großen Grundstück auf dem Rödgen, einer sehr feinen Siedlung am Dorfrand von Obersdorf. Er liebte die Abgeschiedenheit und war dennoch in einigen Minuten im Zentrum der Stadt. Ein idealer Ort zum Wohnen. Seine Nachbarn gehörten zu den industriellen Größen des Siegerlandes und zu seinen potenziellen Patienten mit Geld. Killian wusste, dass der Weg eines Arztes zu Reichtum über Vertrauen und Können führte. Niemand im Krankenhaus kam an seine Leistungen und an sein Können heran. Er war der Beste. Ein Herr über Leben und Tod. Bis vor kurzem war alles ausgezeichnet gelaufen. Dann erschien diese Hassel-Dorn und mit ihr ein Gewitter, das seine strahlende Zukunft gefährden konnte.

Die Ironie des Schicksals, dachte der Chefarzt, hat sie mir unter das Messer geliefert. Vielleicht war das Gewitter jetzt gnädig zu stimmen. Es wurde Zeit, denn die ersten Auswirkungen des Sturmes hatten einen fürchterlichen Streit mit seiner großen Liebe verursacht. Der Streit war so heftig, dass er körperlichen Schmerz in Killian verursachte. Nie zuvor in seinem Leben fühlte er sich so elend, obwohl er kerngesund war.

Killian öffnete die Haustür. Ein Duft von Rosen schwebte ihm in der großzügig angelegten Diele entgegen. Als er das Licht einschaltete, sah er auf dem Parkettboden einen roten Blumenstrauß stehen. Killian grinste und freute sich.

»Liebling, bist du da?« rief er ins Haus und dachte, dass der schreckliche Streit von gestern mit der Sprache der Blumen endlich vergeben war.

2. Eine leichte Brise wehte ...

Dienstagmorgen

Eine leichte Brise wehte von Osten über das Siegerland. Ihr folgten die ersten zaghaften Sonnenstrahlen, deren lange Schatten in kleinen Schluchten und dichten Wäldern verloren gingen. Erst als die glutrote Sonnenscheibe langsam über die Berggipfel kroch, erreichte das Licht die Rubensstadt. Dort lenkte bereits eine kleine Schar von Berufstätigen ihre Automobile den Siegberg hinauf, der im Zentrum der alten Stadt auf seinem flachen Gipfel das alte Schloss der Grafen von Nassau trug.

Während die Autofahrer durch die enge Löhrstraße ihrem Arbeitsplatz entgegeneilten, spazierten zwei Männer die Löhrstraße entlang, bis sie an der Kreuzung zum Rathausplatz stehen blieben.

Tristan Irle, Privatdetektiv, schüttelte den Kopf. Er konnte nicht glauben, wie schnell man eine kleine Idylle in eine Steinwüste verwandeln konnte, ohne dass ein Aufschrei durch die Bevölkerung ging. Zusammen mit seinem Freund Erich Roth, Diakon der Marienkirche, stand er am Kornmarkt und betrachtete den neu gestalteten Marktplatz. Grauer Basalt schimmerte im warmen Sonnenlicht. Wo früher eine kleine Mauer und ein drei Meter breiter Grünstreifen den Marktplatz einrahmten, ragten nun abweisende

Steinplatten heraus. Das Ganze wirkte wie eine verstümmelte römische Theaterruine, mit dem kleinen Unterschied, dass das Siegener Rathaus nicht unbedingt einem Vergleich mit dem römischen Kapitol standhielt, auch wenn die Stadt Siegen wie Rom auf sieben Bergen erbaut worden war.

Selbst dann, wenn man den Marktplatz nur als „Platz" betrachtete, hätte dem Architekten nicht entgehen dürfen, dass die Siegerländer nie hatten lernen können, wie man über eine Piazza flaniert. Im Allgemeinen beunruhigten sie offene Plätze, auf die die Sonne erbarmungslos hernieder scheinen konnte. Wo Sonnenstrahlen ungehindert den Boden erreichen, prasselt Regen genauso zielstrebig herab. Und die Erfahrung lehrte die Siegerländer, dass es weit öfter regnete als dass die Sonne schien.

Außer der abweisenden Leere des Platzes irritierte Tristan ein Gebilde, das der Architekt an die Ecke Löhrstraße und Kornmarkt platziert hatte.

»Was soll der Mikado-Brunnen da?« fragte der Detektiv und setzte seine vergoldete Halbbrille ab.

Das stabförmige Gebilde mit seinen knalligen Farbstäben, die mit Querleisten verbunden waren, aus denen das Wasser in kleinen Pieselstrahlen herausströmte, stand in starkem Kontrast zu der im Hintergrund aufragenden romanischen Nikolaikirche.

Tristan lebte seit über fünfzig Jahren in der Stadt Siegen, hatte in all den Jahren mehr oder weniger am städtischen Leben teilgenommen, war dabei älter und um die Taille etwas fülliger geworden. Und nun das. Der Detektiv stieß einen tiefen Seufzer aus.

»Den Architekten sollte man in die Wüste schicken«, brummte Erich.

Tristans Freund, Erich, hätte in jeder Basketball-Mannschaft mitspielen können. Er maß über zwei Meter, wodurch er neben dem viel kleineren Detektiv gigantisch wirkte.

»Nicht den Architekten, Erich«, antwortete Tristan nachdenklich, »die Verantwortlichen, die so etwas beschlossen haben, gehören in die Wüste geschickt. – Vielleicht wird es Zeit, sich politisch zu engagieren? Was meinst du?«

Der Detektiv wandte sich von der Schandtat ab, zupfte seine Strickjacke zurecht und sah seinen langjährigen Freund an.

Erich, Diakon der Marienkirche, lächelte. Seine kantigen Wangenknochen, das schwarze Haar sowie eine markante Nase ließen ihn wie einen römischen Kardinal erscheinen. Dieser Eindruck wurde durch eine besondere Angewohnheit des Diakons unterstrichen: Erich trat in der Öffentlichkeit nur in schwarzer Kleidung auf.

»Politik!« rief Erich, als habe er gerade den Teufel gesehen. »Nein danke! In der Bibel steht: ›Du sollst nicht falsch Zeugnis reden wider deinen Nächsten.‹«

Demonstrativ hob der Diakon seinen Zeigefinger.

»Du meinst: In der Politik unmöglich!« grinste Tristan.

Erich nickte zustimmend.

»Da hast du recht«, antwortete Tristan, »das wäre nichts für dich.«

»Weißt du«, sagte Erich, und die beiden Freunde schlenderten den Kornmarkt entlang, »als ich in Schwarzafrika, genau genommen in Niamey, einmal auf eine Bande von Halsabschneidern traf, hätte ich mir gewünscht, einmal so richtig lügen zu können.«

»So?« Tristan wurde neugierig.

Es kam nicht oft vor, dass Erich aus seiner Zeit als Missionar in Afrika erzählte.

»Ich hatte ein gutes Bündel Dollarnoten in meiner Tasche«, fuhr er fort, »und die Kerle wollten sie haben. Natürlich haben sie zuerst gefragt.«

Tristan runzelte die Stirn und sah Erich zweifelnd an.

»Ganz ehrlich, die haben sich wie im Film verhalten. Nach dem Motto: ›Geld her oder das Leben‹. Ich hätte abstreiten können, Geld bei mir zu haben, aber ich konnte nicht. – Nun, das Geld war für einen Kinderhort bestimmt. Kleine Jungen und Mädchen, die ihre Eltern im Bürgerkrieg verloren hatten. Unschuldige Geschöpfe, die für das Leid um sie herum nichts konnten. Also, da stand ich auf einer staubtrockenen Straße, umgeben von einer Handvoll jugendlicher Gewalttäter, und war ziemlich in der Zwickmühle.«

Sie bogen vom Kornmarkt in die Barstewende ab.

»In der Bibel steht leider nicht, wie man sich in einer solchen Situation verhalten soll«, grinste Erich, »deshalb beschloss ich, ganz ich selber zu bleiben. Zuerst sprach ich freundlich auf sie ein, erklärte ihnen, wofür das Geld sei. Aber die jungen Leute von heute sind auf der ganzen Welt gleich. Sie hören nicht auf das, was ihnen Ältere zu sagen versuchen.«

Tristan konnte sich die Szene ganz gut vorstellen. Ein Riese mit Pranken so groß wie Suppenteller, umstellt von muskulösen Körpern, deren Haut seidenschwarz glänzte, die jedem Betrachter klar mitteilten: Wenn du mir dumm kommst, dann spürst du, was dir dieser Körper, trainiert durch Plantagenarbeit bei vierzig Grad im Schatten, antun kann.

»Jedenfalls fruchtete dieser Versuch nicht«, stöhnte Erich, als sie einen kleinen Hof betraten, in dem die Barstewende auslief. »Also wurde ich energischer. Soll heißen, ich senkte meinen Tonfall ein wenig.«

Erichs klare Baritonstimme, seine imposante Statur und zwei klare, bernsteinfarbene Augen konnten sehr überzeugend wirken.

»Aber, die Jungs schienen sich ihrer Sache ganz sicher zu sein«, grinste der Diakon, »sie wiederholten ihre Forderung und traten einen Schritt näher an mich heran. Nun musst du wissen, dass ich mir in Afrika angewöhnt hatte, mit einem langen Stock zu wandern. Die Massai in Kenia lehrten mich das, nachdem ich fast auf eine Schlange getreten war.«

»Ist das der Prügel, der neben deiner Haustür steht?« fragte Tristan.

»Mein Wanderstab«, korrigierte Erich. »Ich muss auf die Bande einen erbärmlichen Eindruck gemacht haben. Wenn ich mich richtig erinnere, ging es mir an diesem Tag nicht besonders gut. Irgendetwas in meiner Magengegend revoltierte. Jedenfalls lautet das letzte Gebot: ›Du sollst nicht begehren deines Nächsten Weib, Knecht, Magd, Rind, Esel, noch alles, was dein Nächster hat.‹ Kurzum: Ich wurde in der heißen Sonne wütend.«

Und als wollte er sich dafür entschuldigen, fügte er rasch hinzu: »Selbst Moses verlor einmal seine Beherrschung und zerschmetterte die Erstausgabe der Zehn Gebote am Berg Sinai. Zudem ist es in der Bibel nicht verboten, junge Leute zu erziehen.«

Erich grinste und erzählte weiter: »Ehe sie sich's versahen, bekam die kleine Bande eine Lektion erteilt. Danach bestanden sie nicht mehr auf mein Geld.«

»Da bin ich mir ganz sicher«, lächelte der Detektiv. »Du kannst also mit einem Stock kämpfen?«

»Ich bin Pazifist«, entrüstete sich Erich, »dennoch schadet es nicht, die eine oder andere Fertigkeit im Umgang mit einem Stück Holz zur Perfektion zu bringen.«

»Erich ist ein Schläger«, murmelte Tristan und ein breites Lächeln ließ seine lindgrünen Augen über dem Rand seiner Halbbrille aufleuchten. »Mein bester Freund ist ein Schläger. Wenn das mal nicht deine Gemeinde erfährt.«

Sie betraten den gepflasterten Hof hinter der Marienkirche.

Normalerweise herrschte in dem idyllischen Hof eine wohltuende Ruhe. Das lange Kirchenschiff schirmte die hektischen Geräusche des Stadtlebens ab, sodass man das Plätschern eines kleinen Brunnens noch quer über den Hof am anderen Ende hören konnte. An diesem Morgen holte das Leben den Hof ein. Lautes Gezeter ging von einer Gruppe Menschen aus, die zwischen einem schmutzigen Geländewagen und Tristans glänzendem Borgward stand.

»Sara, du nimmst jetzt sofort den Koffer«, donnerte es über den Hof. Die Stimme ließ Tristan zusammenzucken. Dort sprach ein Mensch, der es gewohnt war, dass man seine Anweisungen befolgte.

»Was für ein Tag ist heute?« fragte Tristan erschreckt.

»Dienstag«, antwortete Erich.

»Die Kinder!« rief Tristan und schlug sich mit der flachen Hand vor die Stirn. »Das habe ich ja ganz vergessen.«

2

Aufgeregt betraten Dr. Peter Hoffmann und Dr. Estelle Pieck das Büro des Ärztlichen Direktors. Die beiden jungen Ärzte sahen diesen Raum jetzt zum zweiten Mal. Das erste Mal hatten sie bei ihrer Einstellung das Vergnügen, den teuer ausgestatteten Arbeitsplatz des ranghöchsten Arztes im Krankenhaus zu bewundern. Damals wirkte der Raum wie eine Verheißung. Jetzt strahlten die ledernen Sessel, die handgearbeitete Schrankwand sowie die teuren Originale an den Wänden nur noch Bedrohlichkeit aus. Doch das Zentrum der Gefahr saß hinter einem Schreibtisch aus Mahagoni und paffte eine Zigarre.

Professor Dr. Herwig von Niederstein machte den Eindruck eines liebenswürdigen älteren Herrn, der die schönen Zeiten des Lebens kennengelernt hatte und sie seit Jahren festhielt. Ließ man sich von diesem Eindruck täuschen, sah man ganz schön alt aus. Denn der Professor war von der Natur mit einem scheußlichen Trick versehen worden, den er sich mit Bären, Tigern und Löwen teilte. Sie alle wirken so fürchterlich harmlos, wenn sie sich in der Sonne laben. Man möchte mit ihnen kuscheln, tritt zu nah heran – und das war's.

Estelle und Peter, beide Ärzte im praktischen Jahr, waren gewarnt worden und traten langsam auf den Schreibtisch zu. Automatisch musterten sie die Figur des Menschen vor ihnen. Auf den ersten Blick wurde ihnen klar, dass der Professor gutem Essen keineswegs aus dem Weg ging. Dennoch war er nicht fett, eher vollschlank, mit einer leichten Tendenz zur Größe XXL. Professor Niederstein bemerkte den Blick und räusperte sich. Automatisch wandten die beiden ihren Blick ab und sahen auf den Schreibtisch.

Dort befanden sich einige teure Accessoires, wie Füllfederhalter, Tintenfässchen, eine lederne Schreibtischunterlage, Aschenbecher, Locher und Hefter, beide mit Silber beschlagen, sowie ein versilberter Zettelkasten. Die wenigen Krankenakten stapelten sich fein säuberlich aufgereiht auf der linken Seite des Tisches, während rechts das Telefon und einige Notizblöcke lagen.

Der Mann liebte das Ausgefallene und bewies dabei einen gewissen Stil. Das ließ die beiden Ärzte hoffen, etwas Verständnis für ihre Situation zu gewinnen. Estelle und Peter waren ineinander verliebt. Ein Umstand, der für Niederstein nicht weiter anrüchig war. Betrachtete man aber genauer den Dienstplan des Pärchens, dann stellte man fest, dass die beiden immer zu unterschiedlichen Zeiten Dienst schieben mussten. Und als Ärzte im praktischen Jahr, sogenannte AiP's, gehörten sie zu denen, die ihre Pflicht über die gesetzlich geregelte Arbeitszeit hinaus erfüllten. So kam es, dass sie so gut wie nie einige Stunden gemeinsam zu Hause verbringen konnten.

Leider sorgte dieser Zustand für einen Überschuss an Hormonen, den die beiden Ärzte, wann immer und wo immer es die Arbeit im Krankenhaus zuließ, mit Freuden auslebten. Bis gestern, als sie in der Wäschekammer von einer Patientin überrascht worden waren, die Estelles Stöhnen leider falsch interpretiert und deshalb die Tür aufgestoßen hatte.

Jetzt stand ihnen eine Standpauke bevor, denn es war im Samariter-Krankenhaus verboten, in der Öffentlichkeit irgendwelchen sexuellen Beziehungen nachzugehen. Die Krankenhausleitung fürchtete um ihren Ruf und damit um Patienten, besser gesagt um das Geld der Patienten, das in Zeiten stetiger Gesundheitsreformen lebenswichtig sein konnte.

»Ihnen ist klar, weshalb Sie heute vor mir stehen?« begann Professor Niederstein im Tonfall eines Oberlehrers.

Beide nickten.

»Frau Hannelore Hassel-Dorn«, führte er weiter aus, »ein Mitglied des Verwaltungsrates, hat gesehen, wie Sie beide in der Wäschekammer ... Nun, Sie wissen schon ... «

Estelle grinste, während Peter rote Ohren bekam.

»Es scheint Sie zu amüsieren, Frau Doktor«, brummte der Direktor, und dies war keine Einladung zum Kraulen.

»Verzeihung«, explodierte sie, »aber Frau Hassel-Dorn mischt sich überall ein.«

Professor Niederstein stöhnte und nickte.

»Frau Hassel-Dorn gehört zum Verwaltungsrat«, erklärte er. »Sie hat so etwas wie eine Freikarte, verstehen Sie?«

»So!« stieß Estelle aufgebracht aus.

Ihr ging das Gebaren der alten Schnepfe seit Tagen mächtig auf den Geist. Estelle vertrat die Ansicht, dass der Arzt zum Wohle des Patienten da sei. Sie wollte nicht aus kaufmännischen Gründen an diesem Wohl sparen. Diese Hassel-Dorn aber schlich mit dem Bleistift durch die Gänge und hatte angefangen, eine Inventurliste zu erstellen. Dann erwischte diese Kuh sie auch noch beim Vögeln. Das war eindeutig zu viel für Estelle.

»Mich geht ihr Tête-à-tête nichts an«, sagte der Professor und riss Estelle aus ihren Gedanken. Blauer Rauch umwölkte seinen Kopf. »Aber vermeiden Sie es in Zukunft im Krankenhaus, auf diese Weise aufzufallen.«

In diesem Moment stürmte seine Sekretärin ins Zimmer.

»Herr Professor«, rief sie aufgeregt, »Sie müssen sofort auf die Intensivstation. Frau Hassel-Dorn ist gestorben.«

Professor Niederstein sah seine Sekretärin verdutzt an.

»Das kann doch nicht wahr sein«, grunzte er und stand auf. »Was ist passiert?«

»Keine Ahnung«, antwortete die Sekretärin.

»Wer hat Dienst?« fragte der Direktor, während der Qualm seiner Zigarre wie ein galaktischer Nebel über seinem Haupt schwebte.

»Dr. Vincent Schreiber«, antwortete Estelle.

»Ein Assistenzarzt?« rief der Professor entsetzt und eilte aus dem Büro. »Mist, so ein Mist«, brummte er am feuchten Ende der Zigarre vorbei.

Estelle und Peter schlossen sich Niederstein an.

Das Samariter-Krankenhaus der Stadt Siegen lag eingezwängt an einem steilen Hang des Siegberges. Im Laufe der letzten Jahre hatte ein Dutzend Architekten ihre Entwürfe zwischen Wohnhäuser und Straße gequetscht. Irgendwie hatten sie Raum geschaffen, wo früher Luft gewesen war, und so war das alte Stadtkrankenhaus kontinuierlich ausgebaut und modernisiert worden. Neben zusätzlichen Verwaltungsräumen waren Unterkünfte für das Pflegepersonal sowie einige neue Privatpraxen für Professor von Niederstein und Chefarzt Killian eingerichtet worden. An der Lage der Intensivstation war nichts geändert worden. Sie befand sich in der Nähe der Operationsräume, die im ersten Stock des alten Flügels eingerichtet waren. Für Professor Niederstein und seine beiden Begleiter bedeutete dies einen kleinen Spaziergang quer durch das Gebäude.

»Soweit ich weiß«, keuchte Peter im Rauch von Niedersteins Zigarre, »handelte es sich bei

Hassel-Dorn um einen gewöhnlichen Appendix.«

»Herr Dr. Hoffmann«, korrigierte Niederstein ernst, »in der Medizin gibt es keine ›gewöhnlichen‹ Fälle. Selbst wenn Sie zum tausendsten Mal einen Blinddarm entfernen, sollten Sie auf das Außergewöhnliche vorbereitet sein, sonst könnte der Sensenmann Ihren Patienten hinab in den Hades entführen.« Niederstein holte tief Luft. »Und das ist nicht gut für den Patienten und auch nicht gut für das Geschäft, klar!«

Sie erreichten den Fahrstuhl. Niederstein drückte hastig den Knopf und zog ein Taschentuch aus seinem maßgeschneiderten Kittel.

»Ich will nur hoffen«, murmelte er und tupfte kleine Schweißperlen von der Stirn, »dass es eine natürliche Erklärung für Frau Hassel-Dorns plötzlichen Tod gibt.«

»Ist der Tod nicht immer natürlich?« äußerte sich Estelle keck.

»Frau Dr. Pieck«, Niederstein hob warnend die Zigarre, »dies ist nicht der Moment, um Scherze zu reißen.«

Der Fahrstuhl erreichte den vierten Stock, und mit einem hörbaren „Bing“ öffneten sich die Türen. Niederstein drückte den Knopf mit der Eins und lehnte sich angespannt gegen die Fahrstuhlwand, als ein großer, dürrer Mann hinter ihnen herrief: »Warten Sie auf mich, warten Sie!«

»Auch das noch«, stöhnte Niederstein und hielt die Fahrstuhltür auf.

Anton Althaus, der Verwaltungsleiter des Krankenhauses, trat in den Fahrstuhl und ließ sich erschöpft gegen die Fahrstuhlwand fallen, ohne zu wissen, wohin mit seinen Händen. Die langen Beine trugen einen schmächtigen Oberkörper, auf dem ein kantiger Kopf mit Brille hin und her zuckte.

»Danke«, stöhnte er. »Eine Katastrophe, Herr Professor, eine wahre Katastrophe.«

Althaus verwaltete das Krankenhaus. Als gelernter Betriebswirt führte er es wie ein Wirtschaftsunternehmen. Effizienz war seine Leidenschaft und er drückte sie jeder Abteilung auf. Verantwortlich war er nur dem Verwaltungsrat gegenüber, und aus diesem Gremium lag nun ein Mitglied tot in seinem Krankenhaus. Ein Schwarzer Freitag hätte nicht schlimmer sein können. Völlig aufgelöst strich er sich über sein graumeliertes Haar, das er unpassend kurz geschnitten trug. Sein teurer Otto-Kern-Anzug hing ihm schlaff von der Schulter. Seine Hände wussten immer noch nicht wohin und wirbelten daher hin und her, während er aufgelöst auf den Professor einredete.

»Haben Sie eine Ahnung, woran die Gute gestorben ist? Wer hat die Operation durchgeführt? Was soll ich den anderen Verwaltungsratsmitgliedern sagen? Oh Gott, warum muss mir das geschehen?«

Sie erreichten den ersten Stock und wurden von Dr. Vincent Schreiber sowie einer Schar von Schwestern und Pflegern empfangen.

»Ist Chefarzt Dr. Killian schon im Haus?« rief Professor Niederstein und entsorgte seine Zigarre. Er war kein Barbar und wusste, was sich gehörte, wenn er in die Nähe eines Patienten trat.

»Nein«, antwortete Vincent.

»Sie haben Killian assistiert?« hakte Niederstein nach und schob seinen Körper in Richtung Krankenzimmer. »Und Sie hatten gestern Abend Dienst?«

»Ja, Herr Professor.« Vincent salutierte fast.

»Die Ärzte kommen mit. Die anderen an die Arbeit.« Streng fügte er hinzu: »Und dass mir keiner über diesen Vorfall tratscht, bis nicht klar ist, was überhaupt passiert ist.«

Jeder hatte die Warnung verstanden.

3

Sara erkannte Tristan als Erste. Sie ließ den schweren Koffer fallen und rannte strahlend auf ihren Onkel zu. Sebastian, ihr jüngerer Bruder, reagierte einen Moment später und setzte sich ebenfalls vom Geländewagen ab. Dort blieben zurück: Elisabeth, Tristans Schwester, und Hans, Tristans Schwager.

»Entschuldigt«, rief Tristan über den Hof, »ich habe nicht auf die Uhr geschaut.«

»Welche Uhr?« antwortete seine Schwester trocken. »Du trägst doch keine.«

Es war immer wieder erschreckend, wie schnell Elisabeth ihre Umgebung bis hin zu Kleinigkeiten wahrnahm. Elisabeth war eine Frau, die fest im Leben stand. Ihr Mann betrieb den letzten Kohlenmeiler im Siegerland, während sie den Holzkohlenhandel führte. Bis heute hatte sie sich nicht daran gewöhnt, dass ihr Bruder sein Geld als Privatdetektiv verdiente. Und ein kalter Schauer lief ihr den Rücken hinunter, wenn sie seinen Namen im Zusammenhang mit der Auflösung des einen oder anderen Mordes in der Zeitung las. Doch wenn sie sah, wie Tristan mit ihren Kindern umging, dann vergaß sie den gefährlichen Beruf und wünschte sich noch viele gesunde und glückliche Jahre mit ihrem Bruder.

Sara war jetzt fast so groß wie ihr Onkel, der sie liebevoll in den Arm nahm. Ihre großen blauen Augen leuchteten, und Tristan ahnte, dass dieser Blick in den kommenden Jahren so manches Männerherz gebrochen zurücklassen würde. Ohne Zweifel, Sara war mit ihren dreizehn Jahren ein bildhübsches Mädchen. Sebastian wirkte schüchterner. Er mochte es nicht, wenn man ihn zu sehr liebkoste. Obwohl er drei Jahre jünger war, hatte er seine Schwester an Größe fast eingeholt. Wie sein Vater liebte auch er es, im Freien zu arbeiten, was dem Jungen eine ansehnliche Figur eingebracht hatte. Mit einem kräftigen Händedruck, der gar nicht zu seinem verlegenen Gesichtsausdruck passte, begrüßte er Tristan. Beide zusammen gehörten zu der Kategorie Kinder, die voller Neugier Steine umdrehten, in Felsspalten krochen, hohe Bäume als Spielplatz nutzten und Autos als ihren natürlichen Feind ansahen. Schularbeiten, das war ihnen ganz klar, waren von bösen Mächten erfunden worden, um sie davon abzuhalten, die Geheimnisse der Welt zu erforschen. Dass ihre Mutter diesen bösen Mächten erlegen war und sie anhielt die Schularbeiten ordentlich zu machen, obwohl sie eindeutig zu den Guten zählte, gehörte zu jenen Phänomenen, die das Kindsein so spannend machten.

»Tut mir leid«, lächelte Tristan und löste sich von den Kindern, »dass ich mich verspätet habe.«

»*Gemoarje,* ihr beiden«, grüßte Erich, der nun von Sara und Sebastian umringt wurde.

»*Moarje,* Erich«, antworteten die Kinder und sahen ehrfurchtsvoll zu ihm hinauf.

Tristan gab Hans die Hand und drückte liebevoll seine Schwester.

»Ihr habt es also endlich geschafft«, grinste Tristan, »der erste Urlaub seit Jahren.«

Elisabeth nickte und sah ihren Mann verliebt an. Dann zog sie einen Zettel aus ihrer Handtasche.

»Ich hab dir hier drei Telefonnummern aufgeschrieben«, erklärte sie ihrem Bruder. »Unter der ersten Nummer erreichst du uns im Hotel, die zweite ist die von unseren Nachbarn.«

»Wir haben keinen Meiler aufgebaut«, ergänzte Hans.

»Die Blumen gießt Petra, die Tochter unserer Nachbarn, darum brauchst du dich nicht zu kümmern.« Elisabeth atmete hörbar aus. »Die Kinder haben alles Nötige dabei. Wenn aber doch etwas sein sollte, die dritte Nummer ist die von unserem Hausarzt.«

»Du hast an alles gedacht, Schwesterchen«, neckte Tristan, »aber mach dir keine Sorgen, wir kommen schon klar.«

»Gut«, antwortete Elisabeth mit einem Hauch von Zweifel.

Hans sah auf die Uhr und sagte: »Wir müssen los.«

Elisabeth nahm ihre beiden Kinder zum Abschied in den Arm und machte ein Gesicht, als würde sie es sich im letzten Moment noch einmal anders überlegen.

»Lass ihnen nicht alles durchgehen«, mahnte Elisabeth, während sie ins Auto stieg. »Sonst muss ich mir in den nächsten Wochen ständig ›Das durften wir aber bei Tristan‹ anhören.«

»Ich lasse nichts zu, was ich selbst nicht auch machen würde«, antwortete er. »Nun aber los. Ich wünsche euch einen schönen Urlaub.«

Hans lächelte und stieg ebenfalls ein.

»Habt ihr eure Rucksäcke?« fragte er die Kinder aus dem Auto heraus.

»Ja, Papa! Viel Spaß«, riefen die beiden wie aus einem Munde und traten zurück, als Hans den Rückwärtsgang einlegte. Eine Minute später bog der Geländewagen um die Marienkirche.

»Also packt eure Sachen«, sagte Tristan, »ich zeig euch, wo ihr schlafen werdet.«

Die beiden schnappten sich ihre Rucksäcke, während Erich den großen Koffer aufhob, den Sara fallen gelassen hatte.

Eine Woche würden die Kinder bei Tristan zu Besuch bleiben. Zum ersten Mal waren sie von ihren Eltern längere Zeit getrennt, und zum ersten Mal hatte Tristan eine Woche lang die Verantwortung für die beiden.

Auf dem Weg zum Haus fragte Erich leise: »Hast du dir das auch gut überlegt?«

Tristan nickte und versuchte, das flaue Gefühl im Magen zu ignorieren.

»Wo ist Marlowe?« fragte Sebastian, als sie das alte Fachwerkhaus hinter der Marienkirche betraten.

Tristan blieb nicht genügend Zeit, eine Antwort zu formulieren. Ein weißer Kakadu schoss im Sturzflug aus dem Wohnzimmer, landete auf Sebastians Schultern und krächzte: »Der Bauer sprach zu seinem Jungen: Heut in der Stadt da wirst du gaffen. / Wir fahren hin und sehn die Affen.«

»Er hat das Sprechen nicht verlernt«, kommentierte Sara Marlowes Auftritt.

»Nein«, meinte Tristan, »den Gefallen wird er uns wohl auch nicht tun.«

Sara nickte und konnte sich ein Grinsen nicht verkneifen. Sie kannte die Geschichte von Tristan und Marlowe, wie er ihn als jungen Kakadu von seinem damaligen Pfarrer geschenkt bekommen hatte. Sie wusste auch, dass ihr Onkel Literatur über alles liebte, was dazu geführt hatte, dass er Marlowe das Sprechen beigebracht und ihn gelehrt hatte, Zitate deutscher Dichter nachzuplappern. Das Ergebnis war ein sprechender Kakadu, der zu allen Gelegenheiten irgendetwas zum Besten gab. Irgendwie gelang es dem Vogel dabei immer, ins Schwarze zu treffen, was Tristan nicht selten in unangenehme Situationen brachte. Für Sara und Sebastian war Marlowe der liebste Vogel auf der Welt. Diese Liebe schien Marlowe zu erwidern, denn was die Kinder mit dem Kakadu anstellen konnten, ließ er sich nicht einmal von Tristan gefallen.

Sie schleppten das Gepäck erst einmal ins Wohnzimmer. Sebastian trug Marlowe wie eine Auszeichnung auf der Schulter hin und her. Tristan schmunzelte, da er sich noch gut an die Zeit erinnern konnte, wo der Junge den Kakadu nur kurz auf der Schulter tragen konnte.

Die Kinder sind groß geworden, dachte er. Eine Tatsache, die dem Detektiv sichtbar klarmachte, dass er älter geworden war.

»Wo ist Helga?« fragte Sara, die sich in der Küche umsah.

»Noch auf dem Giller«, antwortete der Detektiv. »Sie wird gegen Abend vorbeischauen.«

»Und was gibt es dann zu essen?« rief Sebastian aus dem Wohnzimmer, der Tristans Antwort mitgehört hatte.

»Wie wär's mit Pizza!« lächelte Tristan.

»Du kannst Pizza machen?« Saras sah ihn skeptisch und mit großen blauen Augen an.

»Nein«, entgegnete er, »aber ich kann telefonieren.«

»Gut«, stieß sie erleichtert aus.

4

Professor Niederstein trat an das Bett von Hannelore Hassel-Dorn. Sie lag vor ihm, als wäre sie gerade eben erst eingeschlafen. Vorsichtig berührte er ihre Halsschlagader und suchte vergeblich ihren Puls, dann öffnete er ihre Augenlider und musste feststellen, dass die Frau vor ihm nur noch ein Leichnam war.

»Die Gute ist tot«, sagte er schließlich, »da besteht kein Zweifel mehr.«

Vincent nickte gelangweilt. Er war bereits vor einer halben Stunde zu demselben Ergebnis gekommen.

Der Professor schlug das Bettlaken zurück.

»Sehen wir uns nun die Wunde an«, dozierte er.

Als wäre die gute Frau noch schmerzempfindlich, entfernte er behutsam die Verbände und sah sich die Blinddarmnarbe genauer an.

»Hier ist nichts Auffallendes zu sehen«, murmelte er und bat Estelle und Peter, näherzutreten. »Schauen Sie sich das bitte genau an.«

Das Pärchen trat links und rechts neben das Bett und betrachtete die Wunde. Estelle beugte sich näher heran, rümpfte etwas die Nase, als sie einen leicht süßlichen Geruch wahrnahm, und zuckte zurück.

»Ist etwas?« flüsterte Peter, dessen Nase in diesem Moment ebenfalls die feine Duftnote registrierte.

»Riechen Sie auch etwas?« fragte Estelle aufgeregt den Direktor.

Der Professor beugte sich nochmals über den Leichnam, schnupperte wie ein alter Kater und grinste schließlich.

»Moschus, nehme ich an«, sagte er gelassen. »Roma, von Laura Biagiotti. Ein angenehmer Geruch, vielleicht unpassend für eine Tote.«

Die Ärzte sahen sich verlegen an und betrachteten dann wieder die Wunde.

»Die Naht ist nicht entzündet«, sagte Estelle und konzentrierte sich auf den feinen Schnitt, den Chefarzt Dr. Killian in der Leistengegend gesetzt hatte.

»Gut«, bestätigte Niederstein. »Wie sieht es mit den intravenösen Nadeln und den angeschlossenen Schläuchen aus?«

Auch diese zeigten keinerlei verdächtige Merkmale.

»Es scheint alles ordnungsgemäß angebracht worden zu sein«, bemerkte Niederstein. »Also sehen wir mal, was man ihr verabreicht hat.«

Er ließ sich die Krankenmappe reichen. Blätterte die einzelnen Formulare oberflächlich durch, um sie Vincent anschließend zu reichen.

»Sehen Sie die Blätter durch«, brummte Niederstein. »Das Ganze hier ist mir ein Rätsel. Was ist in der Perfusorspritze?«

»Ganz normale KCl-Lösung«, antwortete Estelle, die sich die Spritze ansah.

»Hm«, stöhnte Niederstein, »merkwürdig.«

»Herr Professor«, meldete sich Vincent aufgeregt. Er hielt die Krankenmappe in der Hand. »Sehen Sie sich diesen Eintrag mal an.«

Niederstein nahm das aufgeschlagene Blatt entgegen und blinzelte es ein-, zweimal an, bevor er eine Lesebrille aus seinem Kittel zog. Geschickt setzte er sie mit einer Hand auf und las.

»Das kann doch nicht wahr sein«, rief er entsetzt und drängte an Peter vorbei, der neben einem Perfusor stand und ihn auf seine Funktionstüchtigkeit hin untersuchte.

»Machen Sie mal Platz«, befahl der Direktor und sah sich den Infusionsbeutel genauer an. »Eine Katastrophe«, murmelte er und kontrollierte nun den Perfusor.

Dieses medizinische Gerät ist so etwas wie eine mechanische Spritze, die millilitergenau Medikamente in den Körper des Patienten spritzen kann, ohne dass eine Krankenschwester anwesend sein müsste. Die Perfusoren werden dort eingesetzt, wo über einen gewissen Zeitraum ganz bestimmte Mengen eines Schmerzmittels oder eines anderen Medikamentes intravenös verabreicht werden müssen.

»Wer hat diesen Perfusor eingestellt?« rief der Direktor. »Dr. Schreiber, Sie hatten Dienst. Haben Sie dieses Gerät so eingestellt?«

»Nein, Herr Professor!« antwortete Vincent übertrieben schockiert.

»Wer hat den Perfusor dann so eingestellt?« wiederholte Niederstein verärgert.

»Das muss ich nachsehen«, antwortete Vincent, »ein Pfleger oder eine Krankenschwester vielleicht.«

Der Professor nickte betroffen und sah sich das Krankenblatt nochmals an.

»Ich möchte umgehend Dr. Killian sehen«, sagte Professor Niederstein in einem ruhigen Tonfall, aber etwas in seiner Stimme wies darauf hin, dass irgendwo eine Zündschnur brannte und man besser nicht auf den Knall wartete.

Anton Althaus, der das Geschehen die ganze Zeit leise im Hintergrund verfolgt hatte, nickte und griff zu seinem Handy, murmelte etwas in den kleinen schwarzen Kasten und sagte: »Er hat heute seinen freien Tag.«

»Dann lassen Sie ihn suchen«, knurrte Niederstein. »Wir haben ein Problem, ein ernstes Problem, Herr Althaus.«

Professor Niederstein trat vom Bett der Toten zurück. »Lassen Sie alles so, wie es jetzt ist«, sagte er zu den Ärzten, »schließen Sie das Zimmer ab.«

Dann ging er zusammen mit Althaus den Flur zurück zum Verwaltungsgebäude.

Unterdessen verließen die Assistenzärzte das Totenzimmer und sammelten sich auf dem Flur. Krankenpfleger und Schwestern traten sofort zu den drei Ärzten und wollten Genaueres wissen.

»Was hat er herausgefunden?« fragte Krankenschwester Leah Eichmann Vincent, der als Letzter das Krankenzimmer verließ.

»Die gute Hassel-Dorn ist an einem Hyperkaliämiesyndrom gestorben«, antwortete Vincent.

»Aber wie ist das möglich?« meinte Peter, »sie sollte doch nur eine Kochsalzlösung verabreicht bekommen.«

»Jemand«, Vincent grinste schadenfroh, »hat sich da im Alphabet vertan.«

Wieder in Professor Niedersteins Büro, fieberte Verwaltungsleiter Anton Althaus dem Befund des Professors entgegen. Er saß in einem der bequemen Sessel, die Niederstein um einen flachen Tisch gruppiert hatte. Niederstein öffnete eine Schranktür, hinter der eine kleine Bar zutage kam.

»Ich glaube«, sagte er leise, »den können wir beide jetzt gebrauchen.«

Er goss Whisky in zwei Gläser, reichte eines dem Verwaltungsleiter und ging dann zu seinem Schreibtisch.

»Wie es aussieht«, begann Niederstein endlich zu erklären, »hat sich Dr. Killian vertan. Statt einer einfachen Kochsalzlösung, die mit NaCl abgekürzt wird, hat er Hassel-Dorn Kaliumchlorid, abgekürzt KCl, verabreicht, und dies in einer Stärke, dass ihr Herz einen Infarkt bekam.«

»Aber wie ist so etwas möglich«, entrüstete sich Althaus. »Die Infusionen sind doch gekennzeichnet, und eine Schwester oder ein Pfleger weiß doch, was Kaliumclorid bewirkt?«

»Das ist mir auch ein Rätsel.« Niederstein griff zu seiner Zigarrenkiste, nahm eine Corona heraus, schnitt ihr am Ende die Tabakspitze weg und sagte: »Entweder haben wir es hier mit der größten Inkompetenz zu tun, die mir je über den Weg gelaufen ist, oder aber irgendjemand hat schlichtweg Mist gebaut und die falsche Infusion angeklemmt.«

»Eine Katastrophe«, jammerte Althaus.

»Wir sollten besser die Polizei verständigen«, meinte der Professor und klappte die temperierte Zigarrenkiste zu.

»Einen Moment«, Althaus hob abwehrend die linke Hand, »wir sollten uns über die Konsequenzen erst einmal Gedanken machen. – Was passiert, wenn es plötzlich Mord heißt, statt zum Beispiel Unfall?«

»Es gibt nichts zu überlegen«, sagte Niederstein müde und zündete an diesem Morgen eine weitere Zigarre an.

»Oh doch«, Althaus nahm einen kräftigen Schluck Whisky und leerte das Glas, »wenn es Mord ist, dann haben wir morgen eine Panik im

Krankenhaus, dann sind übermorgen alle Patienten, die noch laufen können, verschwunden und nächste Woche sind wir dann pleite. Ich sehe die Schlagzeile schon vor mir: ›Krankenhausmörder geht um. Wer wird der Nächste sein?‹ – Wollen Sie unser schönes Hospital vernichten? Nein, wir müssen uns etwas anderes einfallen lassen.«

»Sie suchen einen Sündenbock?« Niedersteins ruhiger Tonfall änderte sich in Nuancen, die ausreichend waren, um Althaus für einen Moment zum Nachdenken anzuregen.

»Ein Kunstfehler wäre für uns allemal besser als ein Mord«, schlug er zögernd vor. »Wir können den Arzt entlassen und sind aus dem Schneider.«

»Dadurch wird aber das Problem nicht gelöst«, merkte der Professor an. »Wir haben in einem unserer Betten eine Tote liegen. Wir müssen die Polizei verständigen.«

»Vielleicht haben Sie recht, Professor.« Althaus stellte das Glas auf Niedersteins Schreibtisch. »Dennoch schlage ich vor, dass wir vorerst von einem Kunstfehler sprechen. Das Wörtchen *Mord* wollen wir, solange es geht, verbannen.«

»Meinetwegen«, grunzte Niederstein. »Wo bleibt dieser Killian? Wenn er diesen Fehler wirklich begangen hat, dann ist er erledigt.«

»Ich werde ihn suchen lassen und verständige die Polizei«, antwortete Althaus.

5

Das Wahlplakat sah einfach gut aus, dachte Eduard Schuster und grinste. Zusammen mit seinem Wahlteam saß er in der Christlichen Parteizentrale nahe der Berufsschule für Technik und besprach die nächsten Schritte seiner Wahlkampagne. Als stellvertretender Landrat wollte er den Schritt zum ordentlichen Landrat schaffen. Wenn ihn die Bürger des Kreises Siegen-Wittgenstein wählten, wäre er der erste Landrat, der gleichzeitig auch oberster Verwaltungschef der Kreisbehörde wäre. Die kommunale Verwaltungsreform machte dies möglich.

Den Erfolg schon ganz nah vor Augen, mahnte er sich jetzt zur Vorsicht. Wenn er nicht aufpasste, dann nahm ihm sein Konkurrent Hubertus Drolsek von den Sozialdemokraten zum guten Schluss noch den Sieg weg. Genügend Unterstützung hatte dieser Drolsek in einer Region, in der traditionell die Arbeiterschaft hinter den Sozialdemokraten stand. Was Schuster noch zu bedenken hatte, war seine unglückliche Ernennung zum Spitzenkandidaten. Eigentlich sollte ein anderer seine Position einnehmen, doch der fiel durch Krankheit aus. Es galt nun die eigenen Parteikollegen und die Bürger von seinen hervorragenden Qualitäten zu überzeugen. Keine leichte Aufgabe, aber eine Aufgabe, die er dennoch meistern wollte.

Nochmals blickte er auf das Hochglanz-Plakat, rückte seine Brille, ein schlichtes Metallgestell, zurecht und fragte in die Runde: »Nun, meine Herren, wie sieht's aus?«

»Nicht schlecht«, meinte Ed, der persönliche Referent. »Nach unserer Meinungsumfrage haben wir drei Punkte zugelegt.«

Schuster grinste und nutzte die Zeit, in der die anderen ebenfalls grinsten, um sich darüber klar zu werden, was Ed mit den drei Punkten meinte. Ed hatte in den USA Public Relations studiert. Eigentlich hieß er Eduard, aber so nannte ihn nur seine Eiserfelder Mutter. Alle anderen riefen ihn Ed.

Schuster nickte. Ihm war wieder eingefallen, was Ed mit „Punkte" meinte.

»Also, wir sind um drei Prozent gestiegen«, sagte er.

»Nicht ganz«, korrigierte Ed.

Doch nicht Prozent?

»Wir haben jetzt drei weitere Ortsteile gewinnen können«, erklärte er.

Der Referent war auf die Idee gekommen, das Wahlgebiet in Ortsteile aufzugliedern. Eine generelle Meinungsumfrage wäre zu teuer geworden, darüber hinaus hätte er jede Woche eine Umfrage durchführen müssen, um auf den aktuellsten Stand zu gelangen. Mit seinem System konnte er die Parteimitglieder der Ortsvereine einbinden. Diese treuen Seelen zogen nun alle zwei Wochen durch die Straßen und fragten die Wahlstimmung ab.

»Verfluchtes System«, murmelte Schuster, der es hasste, wie ein Depp dazustehen.

»Wir machen so weiter, wie wir begonnen haben«, mischte sich Otto Otterbach ein. Der weißhaarige Bundestagsabgeordnete musterte Ed.

»Von mir aus gerne«, lächelte der Wahlkampfmanager.

»Also«, stöhnte Schuster, »wo findet das nächste Vereinsfest statt, bei dem ich mich sehen lassen muss?«

»Da gibt's einen Rammlerwettbewerb ...« Ed schlug seinen dickbäuchigen Kalender auf. »Er findet in Womelsdorf statt.«

»Wo liegt denn das?« Schuster hatte bereits eine schlechte Ahnung.

»In der Nähe von Erndtebrück«, grinste Ed.

In dem Moment trat die Sekretärin des Kreisverbandes ein.

»Herr Schuster«, sagte sie, »Telefon! Es ist dringend.«

»Wer ist dran?« fragte er.

»Ein gewisser Althaus, vom Samariter-Krankenhaus.«

Schuster zuckte mit den Schultern und folgte der Sekretärin.

»Schuster am Apparat, was kann ich für Sie tun, Herr Althaus?« Schweigend hörte er dem Verwaltungsleiter zu, dann legte er nachdenklich auf und sagte zur Sekretärin: »Bitte teilen Sie den anderen Herren mit, dass ich dringend ins Samariter-Krankenhaus fahren musste.«

»Ist etwas passiert?« fragte die Sekretärin besorgt. Ihr war nicht verborgen geblieben, dass sich Schusters Gesichtsfarbe der weißen Tapete angeglichen hatte.

6

Dr. Konstantin Killian erwachte neben seiner großen Liebe. Sie war spätnachts noch zu ihm gekommen, obwohl er damit gar nicht mehr gerechnet hatte. Wie er, so arbeitete auch sie im Samariter-Krankenhaus und dort hatten sie sich auch kennengelernt. In der Hierarchie weit auseinander, hatte es Killian verstanden, dennoch hier und da dieser großen Liebe näherzukommen. Er hatte den Eroberungsfeldzug vorsichtig geplant.

Versonnen blickte der Chefarzt auf den Rücken seiner Liebe.

Niemand im Krankenhaus durfte etwas von dieser Liebe erfahren. Ihm war ein Versteckspiel gelungen, und was er nicht zu hoffen gewagt hatte, dass seine Liebe erwidert werden könnte, war in Erfüllung gegangen. André Fischer war wie er: schwul.

Zärtlich strich er ihm nun über die Schulter.

»Bist du wach?« flüsterte Killian ihm ins Ohr.

Ein leises Schnurren verriet dem Chefarzt, dass André in der süßen Welt des Halbschlafs verweilte. Leise stieg er aus dem Bett und schlenderte ins Badezimmer.

André spürte, dass er im Bett allein war und öffnete die Augen.

»Konni?« murmelte er verschlafen und hörte dann das Rauschen des Duschwassers.

»Wie spät ist es?« fragte er sich selbst und sah zu einem kleinen Wecker aus Gold, der neben Killians Bettseite stand.

»Erst halb neun«, stieß André erschöpft aus, »ich bin noch so müde.«

Killian trat unterdessen aus der Dusche und ging zurück ins Schlafzimmer, wo er sich langsam trocken rieb.

»Aufgewacht, mein Süßer«, lächelte Killian, warf das Handtuch beiseite und sprang ins Bett. »Danke für den Blumenstrauß«, flüsterte er André ins Ohr.

»Nichts Besonderes«, antwortete dieser.

Dann klingelte irgendwo in der großen Villa am Rödgen das Telefon.

»Mist«, stieß Killian aus und krabbelte aus dem Bett. »Wo ist das blöde Ding?« Und er fing an, das Telefon zu suchen.

»Du hast mir versprochen«, zickte André, »heute ganz allein für mich da zu sein.«

»Wo hast du den Kasten versteckt?« Killians Tonfall ließ kein Platz für Gefühle.

»Immer wieder das Gleiche«, jammerte André, »wenn wir mal allein sein wollen, dann ...« Er schluchzte.

»Schon gut«, beruhigte Killian seinen Freund, »vielleicht ist es ja nur meine Mutter.«

André sah in zweifelnd an.

»Deine Mutter?« fragte er und hoffte, dass es wahr wäre.

»Nun«, drängte Killian, während im Hintergrund das schrille Klingeln eines schnurlosen Apparates die Villa beschallte.

»In der Kommode mit den Socken«, flüsterte André und zeigte auf das Möbelstück.

»Danke, Liebling«, antwortete Killian und eilte zum Telefon.

7

In einem anderen Stadtteil von Siegen beeilte sich ebenfalls ein Mann, den Hörer des Telefons abzunehmen. Hauptkommissar Norbert Pfeiffer humpelte etwas unbeholfen durch das Büro auf einen Telefonapparat zu. Der kleine Kasten stand auf seinem Schreibtisch, der im Normalfall gerade mal drei Schritte von seiner jetzigen Position entfernt stand. Leider befand sich das rechte Wadenbein des Hauptkommissars in Gips, was ihn in seiner ansonsten wieseligen Gangart behinderte. Momentan glich er Nessaja, der alten Schildkröte aus Maffays Tabaluga-Märchen.

Vor knapp drei Wochen war Pfeiffer bei einem Überholmanöver innerhalb einer geschlossenen Ortschaft auf schmierigem Straßenbelag mit seinem Dienstwagen, statt der weißen Kurvenberandung zu folgen, geradeaus in einen Garten gefahren und schließlich gegen eine Hauswand gedonnert. Der Motor hatte sich dabei ein gutes Stück nach hinten geschoben und Pfeiffer das Wadenbein zertrümmert. Seit zwei Tagen befand er sich wieder im Dienst, weil er es allein zu Hause nicht mehr ausgehalten hatte. Zusammen mit Holzbaum waren sie aus Hagen nach Siegen gefahren, um bei einem Gerichtsprozess auszusagen.

Das Telefon klingelte zum vierten Mal. Pfeiffer verhedderte sich mit seinen Krücken und stieß mit dem eingegipsten Bein gegen den Schreibtisch. Wütend sah er zu Holzbaum hinüber, der gerade selbst ein Ohr an einen Telefonhörer hielt. Kommissar Werner Holzbaum notierte die Nachrichten seines Anrufbeantworters, den er per Fernabfrage abhörte.

Als Pfeiffer endlich den Hörer aus der Gabel nehmen konnte, hörte das Bimmeln auf.

»So eine Verarschung«, rief der Hauptkommissar und ließ sich erschöpft auf seinen Bürostuhl fallen. »Hat denn heutzutage keiner mehr Zeit?« schimpfte er weiter. »Etwas mehr Ruhe im Alltag täte doch jedem gut.«

Holzbaum nickte und schrieb die Anzahl der Säcke auf, die sein Vater als Saatgut über die heimatlichen Felder ausgesät hatte. Des Weiteren informierte ihn seine Mutter über den Anrufbeantworter, dass Lotte vom Nachbarhof von der Universität zurück sei. Er solle sich doch mal wieder zu Hause sehen lassen.

Der Kommissar grinste, da er wusste, dass seine Mutter ihn gerne mit Lotte verheiraten würde. Ein Gedanke, der selbst den schwergewichtigen Holzbaum in den siebten Himmel schweben ließ. Leider wusste er nicht, ob die frisch diplomierte Bäuerin einen fülligen Polizeikommissar mit liebenswürdigem Bulldoggengesicht überhaupt nehmen würde. Momentan bekam Holzbaum keine Chance, dies herauszufinden.

Pfeiffers Telefon klingelte erneut, und dieses Mal befand sich der Hauptkommissar in der richtigen Position, den Hörer schnell und präzise abzuheben.

»Pfeiffer«, knallte er in den Hörer. »Was kann ich für Sie tun?«

Der Hauptkommissar hörte der aufgeregten Stimme von Althaus am anderen Ende der Leitung zu, dann sagte er: »Wir sind in fünf Minuten ...«, er betrachtete sein kaputtes Bein, »... äh, einer halben Stunde bei Ihnen.«

Pfeiffer legte auf.

»Wir haben Arbeit«, grinste Pfeiffer mit der Ausstrahlung eines Klempners, der endlich das Loch in der Wasserleitung gefunden hat, nachdem die halbe Wand aufgeschlagen neben ihm auf dem Boden liegt.

8

Eilig verließ Killian das Rödgen. Mit überhöhter Geschwindigkeit lenkte er seinen schwarzen

SKL Cabriolet an der Eremitage vorbei, den Lindenberg hinunter, um dann am Hallenbad von der Frankfurter Straße in die Löhrstraße abzubiegen. Ein paar Minuten später eilte er dem OP entgegen, wo ihn die Ärztin Estelle Pieck verwirrt anstarrte und ihn schließlich ins Büro des Ärztlichen Direktors schickte.

Auf dem Weg in die oberen Etagen begann er sich Gedanken zu machen. Verwaltungsleiter Althaus hatte ihm nur etwas von einem Notfall mitgeteilt. Er war von einem medizinischen Notfall ausgegangen. Was, wenn etwas anderes passiert war? Was, wenn die Herren von seiner Beziehung zu André erfahren haben? Killian war fest davon überzeugt, sein Geheimnis gut geschützt zu haben, dennoch gab es Zweifel.

Unruhig betrat er das Büro von Niederstein.

»Guten Tag, die Herren«, begrüßte Killian Althaus und Niederstein freundlich.

»So gut ist der Tag nicht«, antwortete Niederstein. »Es gibt einen medizinischen Notfall.«

Killian war erleichtert. Dann klärte ihn der Professor über den Notfall auf. Nun war Killian entsetzt. Fassungslos ließ er sich in den Sessel gegenüber Professor Niedersteins Mahagoni-Schreibtisch fallen. Der Ärztliche Direktor thronte hinter der massiven Mahagoniplatte mit einer qualmenden Zigarre, flankiert von Verwaltungsleiter Althaus, der sich mehrmals die Krawatte zurechtrückte, als wäre sie der Strick, an dem man ihn aufhängen wolle.

»Dr. Killian«, sagte Niederstein in einem Tonfall, der bei jedem guten Inquisitor Gefallen gefunden hätte, »Sie haben in Ihrer Medikation für Frau Hassel-Dorn eine KCl-Lösung bestimmt und diese dann mit über 60 Millimol pro Stunde verabreicht.«

»Nein, nein«, unterbrach Killian den Direktor, »das hätte den sicheren Tod der Frau bedeutet.«

»Sie ist tot«, warf Althaus ein.

»So einen Unsinn habe ich nicht verordnet«, wehrte sich Killian. »Ich bin doch kein Mörder.«

Althaus sah Niederstein an, der nickte, dann sprach der Verwaltungsleiter weiter.

»Wir haben uns die Schrift genauer angeschaut, mit der Sie das Medikamentenblatt ausgefüllt haben.« Althaus hob die Patientenmappe hoch, die auf Niedersteins Schreibtisch lag. »Danach ist es eindeutig Ihre Schrift und auch die gleiche türkisfarbene Füllertinte, die Sie neuerdings benutzen.«

Althaus reichte ihm die Mappe. Killian starrte seine Handschrift einen Moment an, dann warf er die Mappe wütend auf den Schreibtisch.

»Nochmals«, Killian zwang sich zur Ruhe. ›Das alles hier ist ein böser Albtraum und ich werde gleich aufwachen‹, dachte er und sprach: »Ich habe diese mörderische Behandlung nicht verordnet. Sie sollte NaCl, ich wiederhole, die Patientin sollte Kochsalzlösung erhalten. Mehr nicht, eine harmlose Kochsalzlösung, um ihren intravenösen Zugang offenzuhalten.«

»Wie erklären Sie sich dann diesen fatalen Fehler?« fragte Niederstein hart nach.

Ihn langweilte langsam das Gespräch. Es sah alles danach aus, dass sein Chefarzt einen kapitalen Fehler begangen hatte und nun so dumm war, es nicht einfach zuzugeben, damit man zusammen eine Lösung fand, die allen gerecht wurde, die mit anderer Leute Krankheit Geld verdienten.

»Ich weiß nicht«, antwortete Killian mit dem Entsetzen eines Mannes, der spürt, dass ihm seine Macht genommen werden soll. »Vielleicht hat irgendjemand meine Schrift gefälscht?«

»Wieso sollte das jemand tun?« grinste Althaus. »Wir haben die Polizei verständigt. Wenn wir uns nicht sofort einigen, dann müssen Sie der Polizei erklären, was hier vorgefallen ist.«

»Wie, wie meinen Sie das?« Killian sah den Verwaltungsleiter überrascht an.

»Nun«, begann Althaus, »es liegt nicht im Interesse des Krankenhauses, dass wir hier einen Mord behandeln müssen. Ein ärztlicher Kunstfehler ließe die ganze Sache schon viel besser aussehen. Was meinen Sie?«

Killian sah die beiden Männer angewidert an.

»Verstehen Sie«, erklärte Niederstein durch blauen Zigarrenqualm, »die Patienten unterschreiben vor jeder Operation den *Persilschein*, die Einverständniserklärung. Danach sind wir auf der sicheren Seite. Oder haben Sie schon mal erlebt, dass ein Kollege von einem anderen angeschwärzt wird?« Niederstein grinste. »Das macht keiner, weil er vielleicht bei der nächsten Operation selbst einen Fehler begeht und dann ...« Der Direktor betrachtete die Asche an seiner Zigarre, schnippte sie sanft in einen Aschenbecher und sagte weiter: »... Sie sehen, wenn wir jetzt unter uns die Sache klären, wird niemand größere Schwierigkeiten bekommen.«

»Sie können nicht einfach einen Mord vertuschen«, fauchte Killian.

»Mord?« fragte Althaus freundlich nach. »So wie ich das sehe, war es ein Unfall, eine tragische Verwechslung, aber ganz sicher kein Mord.«

Noch vor einem Augenblick hätte er vielleicht zugestimmt, aber nun wurde ihm schlagartig klar, was dieses Geständnis bedeuten würde.

»Das kann ich nicht zugeben«, sagte Killian fest. »Wenn ich das jetzt zugebe«, Killian sah Althaus direkt in die Augen, »werden Sie mich, sobald etwas Gras über die Sache gewachsen ist, entlassen. Keine renommierte Klinik in Europa würde mich dann noch einstellen. Ich wäre genauso tot wie meine Patientin.«

»Das sehen Sie zu eng«, meinte Niederstein.

»Meine Herren«, Killian wollte das Gespräch beenden, »ich werde diesen Fehler nicht zugeben. Ich habe diese Medikation nicht veranlasst. Wenn der Kommissar im Haus ist, stehe ich ihm gerne für Fragen zur Verfügung. Bitte entschuldigen Sie mich jetzt.«

Der Kommissar humpelte gerade in das Foyer, gefolgt von Kollegen der Spurensicherung und Schutzpolizei. Pfeiffer klapperte laut mit den Krücken und zog so genügend Aufmerksamkeit auf sich, um sein Selbstwertgefühl ein wenig anzuheben. Das meiste hatte er soeben bei der Fahrt zum Krankenhaus verloren. Holzbaum hatte es doch tatsächlich geschafft, mit Strich 50 durch die Stadt zu fahren und war dabei ständig überholt worden. Diese Niederlage im Straßenverkehr setzte dem Schumacher-Fan mehr zu als das gebrochene Wadenbein.

Pfeiffer gehörte zu den Menschen, die eine Metamorphose durchmachten, wenn sie in ein Auto stiegen. Die ungeheure Komplexität des Gehirnes reduziert sich plötzlich auf archaische Reflexhandlungen. Solche Kreaturen erkennt man an überhöhter Geschwindigkeit, aggressiven Fahrverhalten und dem Betätigen der Hupe sowie Lichthupe. Die Metamorphose wirkt umso radikaler, je weniger komplexe Gehirnstrukturen beim Menschen vorhanden sind. Auf einer Skala von eins bis zehn bewegte sich Pfeiffer im unteren Viertel, was seine Neigung zum schnellen Autofahren teilweise erklärte. Erstaunlich für jeden Anthropologen war jedoch die Tatsache, dass Pfeiffer trotz dieses Handicaps in der Lage war, komplizierte Sachzusammenhänge erstaunlich schnell zu analysieren. Diese Fähigkeit verdankte Hauptkommissar Pfeiffer einem Trick: Er ließ einfach die komplizierten Teile weg und traf ins Schwarze oder wenigstens nahe dran. Dass er hier und da Hilfe von Holzbaum erhielt, blieb in diesem Zusammenhang unerwähnt.

Kommissar Holzbaum hingegen mochte es langsam und gesittet. Er konnte sich nicht so jugendlich agil bewegen wie der schmächtige Pfeiffer, deshalb machte er sich keinen Stress, indem er übereilte Schlüsse zog, die wiederum hektische Aktionen erforderten. Holzbaum überlegte lieber, bevor er seinen gewichtigen Körper in Bewegung setzte. Pfeiffer beschleunigte erst einmal auf 200 Sachen und überlegte dann.

Zusammen traten sie an den Informationsschalter, der mit einer in Weiß gekleideten jungen Frau besetzt war.

»Wir möchten zu der Toten«, sagte Pfeiffer trocken und zeigte der Angestellten seinen Ausweis, während im Hintergrund die Kollegen eine eindrucksvolle Position einnahmen.

Etwas erschrocken wählte sie sofort Althaus' Büro an und bekam die Anweisung, die beiden Beamten so lange aufzuhalten, bis Althaus persönlich an der Information erschien. Sie legte den Hörer auf und lächelte Pfeiffer freundlich an.

»Herr Althaus, der Verwaltungsleiter des Krankenhauses, ist auf dem direkten Weg hierher«, lächelte sie freundlich. »Wenn Sie einen Moment warten möchten.«

»Sie melden uns einen Mord«, antwortete Pfeiffer giftig, »und lassen uns nun wie Patienten im Wartezimmer warten? – Das habe ich noch nicht erlebt.«

»Chef«, meinte Holzbaum, »das sind Ärzte.«

»Und ich bin Polizist«, setzte Pfeiffer drauf. »Ich will nur hoffen, dass sich dieser Mensch beeilt, sonst schließe ich ihm diesen Laden.«

Wütend sah er die junge Frau hinter der Glasscheibe an. Die zuckte zusammen.

Holzbaum verzog sein Bulldoggengesicht zu einer freundlichen Grimasse.

»Er meint es nicht so«, beruhigte er. »Das kaputte Bein, verstehen Sie.«

Die Frau verstand nicht, lächelte aber trotzdem und atmete erleichtert auf, als sie ihren Chef, Althaus, aus einem Fahrstuhl eilen sah.

»Guten Tag, meine Herren«, rief er jovial den Männern zu. »Kommen Sie, ich führe Sie zum Kranken...«, er korrigierte sich, »zum Totenbett.«

Althaus verhielt sich wie ein Fremdenführer, der seine Touristenschar bei Laune halten musste, dabei wäre er liebend gern auf den Golfplatz gegangen, um sein Handicap zu verbessern.

Als er mit der Polizei im Krankenzimmer ankam, warteten bereits Professor Niederstein und Chefarzt Dr. Killian auf die Beamten.

»Könnte mir jemand mal erklären, was hier vorgefallen ist?« schnaufte Pfeiffer, der nach einem Stuhl suchte.

Killian schob dem Hauptkommissar einen zu, der ließ sich erleichtert nieder und fragte erneut:

»Und was ist hier nun passiert?« Pfeiffer deutete mit einer Krücke auf das Bett, wo die tote Frau Hassel-Dorn immer noch mit Schläuchen versehen lag.

Professor Niederstein erklärte kurz, wie sich das Unglück zugetragen haben könnte. Er belastete dabei Chefarzt Killian, der hätte wissen müssen, dass eine derartig hohe Dosis den Tod der Patientin bewirken würde.

»Einen Unfall schließen Sie, Herr Professor, aus.« Pfeiffer sah Niederstein an, als wäre der Professor ein liebenswürdiger Onkel.

»Ganz sicher«, betonte der, »ich kann mir nicht erklären, wie Dr. Killian ein solcher Fehler unterlaufen konnte.«

Killian, der sich beherrscht im Hintergrund hielt, platzte jetzt der Kragen.

»Ich habe der Frau kein KCl verschrieben«, wehrte er sich und sah Pfeiffer hilfesuchend an. »Irgendjemand hat meine Handschrift gefälscht.«

»Ich schlage vor«, Pfeiffer stand mühsam auf, »wir räumen das Feld und überlassen es der Spurensicherung. Hier besteht eine Menge Klärungsbedarf.«

Sie gingen auf den Flur hinaus.

»Wo können wir uns in Ruhe unterhalten?« fragte Pfeiffer.

»In meinem Büro«, antwortete Althaus.

»Wie heißt übrigens die Tote?« fragte Holzbaum, der einen Notizblock in der Hand hielt.

»Hannelore Hassel-Dorn«, antwortete der Verwaltungsleiter. »Sie ist die Frau des Anwalts Hassel-Dorn, der momentan im Ausland weilt. Kinderlos und Verwaltungsratsmitglied der Krankenhausgesellschaft.«

»Ihre Chefin also«, grinste Pfeiffer. »Sehr interessant.«

9

Der Pizzajunge stand pünktlich vor Tristans Haustür. Mit drei großen Pappkartons eilte der Detektiv in die Küche, wo die beiden Kids bereits die Messer wetzten. Marlowe saß auf einer Stuhllehne und betrachtete die runden, dampfenden Teigfladen mit Skepsis.

Der Kakadu besaß eine besondere Gabe, seine Gefühle auch dem Homo Sapiens mitzuteilen. In diesem Fall neigte er seinen Kopf um einige Grade, öffnete ein wenig den Schnabel, ließ einige Grunzgeräusche aus demselben entfleuchen und spreizte dazu in einer fließenden Bewegung seinen gelben Kamm.

Die Kinder achteten nicht auf Marlowes Gebärdensprache, sondern waren gespannt, ob die Pizzas genügend Käse, Anchovis, Salami, gekochten Schinken und Pilze enthielten. Tristan stellte die Kartons auf den Küchentisch, und gleich darauf griffen vier flinke Hände nach ihnen, rissen den Pappdeckel vom Rest der Schachtel ab, und dann begann das Hin- und

Herrücken, bis jeder die bestellte Pizza vor sich hatte.

»Guten Appetit«, riefen die Kinder und zerteilten den runden Teig in kleine Stücke.

»Lasst es euch schmecken«, antwortete Tristan und biss genüsslich in ein abgeschnittenes Stück.

Sara aß mit Messer und Gabel, während Sebastian es vorzog, die Pizza in kleine Stücke zu zerteilen und jedes einzelne in die Hand zu nehmen. Tristan zerteilte die Pizza ebenfalls und aß sie auf italienische Weise, indem er die Stücke am Rand fasste und langsam in den Mund schob.

»Was möchtet ihr trinken?« fragte er, nachdem die ersten Stücke verschlungen waren. Er stand auf und nahm eine Flasche Rotwein aus einem Weinregal, das neben dem Kühlschrank angebracht war.

»Saft«, meinte Sebastian, während Sara die Flasche blinzelnd betrachtete.

»Darf ich einen Schluck Wein?« fragte sie und sah Tristan mit ihrem wirkungsvollsten Mädchenblick an.

Ohne weiter zu überlegen, antwortete Tristan: »Aber nur ein halbes Glas.«

Sara nickte und nahm ein Weinglas entgegen, das Tristan ihr reichte.

Sebastian grinste seine Schwester frech an und schüttelte den Kopf.

»Wenn das Mama erfährt«, flüsterte er.

»Du brauchst nichts zu sagen«, antwortete Sara spitz.

»Mal sehen«, meinte Sebastian und füllte sein Glas mit Saft, den Tristan zuvor aus dem Kühlschrank genommen hatte.

Der Detektiv schenkte Sara ein halbes Glas voll ein und goss sich selbst nur wenig mehr ins Glas.

»Dann Prost«, rief er anschließend.

Drei Gläser klirrten in der Küche, begleitet von Marlowes Krächzen.

Der Kakadu sah sein Mittagessen mehr und mehr schwinden und brabbelte: »Doch was am meisten ihn entsetzt, / Das Allerschlimmste kam zuletzt. / Ein alter Esel fraß die ganze / von ihm so heiß geliebte Pflanze.«

Die Kinder fingen an zu lachen, während Tristan seinem getreuen Freund liebevoll die Brust kraulte und ihm ein Stück Pizza reichte. Ohne zu zögern nahm der Vogel das Stück entgegen und verschlang es. Bis jetzt hatte Tristan noch nichts gefunden, was der Kakadu verschmäht hätte.

»Du solltest im Zirkus auftreten«, sagte Sara, »du wärst der absolute Star.«

Nach dem Mittagessen ging Tristan mit den Kindern in den ersten Stock, wo sich für die kommende Woche ihr Zimmer befand. Neben seinem Schlafzimmer lag ein weiterer Raum, den er zusammen mit Helga ausgeräumt und neu tapeziert hatte. Das Zimmer war groß genug, um zwei Betten und einen Kleiderschrank aufzunehmen. Ein Sprossenfenster ließ sich zum Hof hin öffnen und schenkte dem Raum genügend Tageslicht. Sara, jetzt fast schon eine junge Frau, sah sich das Zimmer kritisch an und wählte das Bett nahe dem Fenster. Sebastian warf seinen Rucksack auf das andere Bett und inspizierte den Kleiderschrank.

»Wird es gehen?« fragte Tristan seine Nichte.

Er hatte sich lange mit Helga darüber unterhalten, ob die heranwachsende Sara mit ihrem jüngeren Bruder das Zimmer teilen würde.

»Ich denke schon«, lächelte sie verlegen, »das Bad kann ich ja alleine benutzen.«

»Sicher«, beeilte sich Tristan zu sagen.

»Gut«, stieß sie erleichtert aus, »und mit ihm werde ich schon klarkommen.«

Der „Ihm" rüttelte derweil an den Böden und kam zu dem Schluss, dass das Kiefernholz massiv war und er keine Angst vor eventuellen Einbrüchen zu haben brauchte, wenn er auf die Idee kam, den Schrank als Kletterstange zu benutzen.

Nach der Inspektion packten sie den großen Koffer aus. Sie waren gerade dabei, den sperrigen Koffer unter eines der Betten zu schieben, als es an der alten Eichenhaustür klopfte.

»Ich mach auf«, rief Sebastian und rannte die schmale, steile Treppe hinunter, noch bevor Tristan etwas antworten konnte.

10

»Hier steht ein Mann!« rief Sebastian die Treppe hinauf.

Dr. Killian zeigte sich überrascht, als Sebastian die Tür öffnete. Man hatte ihm Tristan älter beschrieben. Und von Kindern war gar nicht die Rede gewesen.

»Ich möchte deinen Vater sprechen«, sagte Killian liebenswürdig.

»Der ist nicht da«, antwortete Sebastian wie aus der Pistole geschossen.

»Wann kommt er denn wieder?«

»In einer Woche«, grinste Sebastian, beendete das Gespräch und wollte gerade die Tür zuschlagen, als Tristan neben ihm erschien.

»Herr Irle?« fragte Killian hoffnungsvoll.

»Ja«, nickte der Detektiv.

»Gott sei Dank«, stöhnte der Chefarzt. »Ich brauche Ihre Hilfe.«

Tristan führte den Arzt in die Küche, während er die Kinder mit Marlowe nach draußen schickte.

»Spielt auf dem Hof«, sagte er. »Aber verlasst ihn nicht, klar!«

Die Kinder nickten und stürmten hinaus. Dort sahen sie sich erst einmal um. Sebastian betrachtete zwei alte Kastanienbäume, die neben dem Seiteneingang der Kirche standen. Saras Interesse galt dem plätschernden Brunnen, der am Rand des Hofes angelegt war. Über eine blumenartige Skulptur floss das Wasser in ein rundes Becken, das von einer kleinen Sitzecke umschlossen wurde. Doch Marlowe entschied schließlich, welcher Spielplatz ausgewählt wurde. Er flog an ihnen vorbei, direkt durch den offenen Seiteneingang des Kirchenschiffes.

Vom Kirchenschiff war nicht die Rede gewesen, und da bei Kindern alles erlaubt ist, was nicht verboten wurde, folgten sie Marlowe, um Erich einen kleinen Besuch abzustatten.

In der Küche schenkte derweil Tristan seinem Gast erst einmal einen Kaffee ein. Killian nahm ihn dankend entgegen. Das Verhör mit Pfeiffer hatte ihn ganz aus der Fassung gebracht, und so konnte ein wenig Koffein seine Gedanken wieder auf Trab bringen. Nach zwei Schlucken begann der Chefarzt seine Geschichte zu erzählen.

»Herr Irle, ich habe Ihren letzten Fall in der Presse verfolgt«, begann Killian. »Sie haben den heimtückischen Mord an dem Siegener Künstler Hannes Müller aufgeklärt. – Ich weiß jetzt keinen anderen Rat mehr, als mich an Sie zu wenden.«

Nach gut zehn Minuten beendete Killian die Ausführung mit den Worten: »Ich solle die Stadt nicht verlassen, da ein ernst zu nehmender Verdacht gegen mich bestehe.« Dann sah er Tristan erwartungsvoll an.

»Das ist eine Menge Stoff zum Grübeln«, meinte der Detektiv. »Sie sind sich ganz sicher, dass Sie keinen Fehler gemacht haben?«

»Ganz sicher«, antwortete Killian müde. »Man hat sogar die gleiche Tinte benutzt wie ich.«

»Die gleiche Tinte?« fragte Tristan.

»Ich benutze seit einem Monat eine neue Tinte«, erklärte Killian, »damit sofort erkennbar ist, wer das Krankenblatt ausgefüllt hat.«

»Dann hat man sich also Mühe gegeben«, sagte Tristan und fragte: »Haben Sie die Infusionsflaschen selbst angelegt?«

»Nein, das machen Pfleger oder Schwestern.« Killian hielt inne.

Bis jetzt hatte ihm noch keiner diese Frage gestellt, da man davon ausging, dass er eine falsche Medikation veranlasst hatte.

»Sie schauen so, als hätte Sie noch keiner danach gefragt, wer die Infusion angelegt hat.«

»Das hat mich in der Tat noch niemand gefragt«, entgegnete Killian.

»Kann es sein, dass ein gewisser Hauptkommissar Pfeiffer die Ermittlungen aufgenommen hat?«

»Sie kennen diesen Mann?« Killians Augen weiteten sich.

»Ein wenig«, lächelte Tristan. »Herr Dr. Killian ...«

»Nennen Sie mich einfach nur Killian, bitte.«

»Herr Killian, ich sollte mir als Erstes ein Bild von Ihren Mitarbeitern machen.« Tristan stand auf, »dann sehen wir weiter.«

»Heißt das«, der Arzt stand ebenfalls auf, »dass Sie mir helfen werden?«

»So, wie es aussieht«, Tristan sah ihn über den Rand seiner Halbbrille an, »können Sie Hilfe gebrauchen. Billig wird das aber nicht.«

»Das ist mir egal«, stieß Killian erleichtert aus, »solange dieser Albtraum nur schnell sein Ende findet.«

Helga Bottenberg fuhr spätnachmittags auf den kleinen Hof hinter der Marienkirche. Sie stellte den schwarzen Panda neben Tristans Borgward ab und stieg aus. Sie ging einige Meter, als lautes Geschepper aus dem Kirchenschiff drang. Neugierig blieb sie stehen und lauschte.

»Mist«, hörte sie jemanden sagen.

»Hoffentlich merkt das keiner«, sagte eindeutig ein anderer.

Helga erkannte Kinderstimmen und näherte sich dem Seiteneingang.

»Wie hat er das nur gemacht?« flüsterte eine Mädchenstimme.

»Keine Ahnung, aber irgendwie stark«, antwortete eine Jungenstimme.

»So, jetzt ist es wieder in Ordnung.«

»Meinst du?«

»Klar.«

Helga stand nun in der Kirche und erkannte, wie Sara und Sebastian irgendetwas am Altar zurechtrückten.

»Hallo, ihr beiden«, rief sie.

Sara und Sebastian erschraken und hätten fast das Altartuch wieder heruntergerissen.

»Helga«, rief Sebastian und rannte auf Tristans Freundin zu. »Wir haben schon auf dich gewartet.«

»Das sieht man«, lächelte sie. »Hier fehlt doch noch einer?«

Marlowe schien dies als Aufforderung zu verstehen und flog im Sturzflug auf sie zu. Er hatte auf einer der Orgelpfeifen gesessen.

Zusammen gingen sie zurück in Tristans Haus. Der Detektiv schälte gerade Kartoffeln, als die kleine Gruppe das Wohnzimmer betrat.

»Ihr könnt mir helfen«, rief er.

»Muss das sein«, stöhnte Sara und sah Helga fragend an.

Die langjährige Freundin des Detektivs lächelte und begrüßte Tristan mit einem Kuss.

»Mal sehn, was unser Meisterkoch vorbereitet hat«, sagte sie und betrachtete die Vorbereitungen auf dem Küchentisch.

»Heute Mittag gab es Pizza«, rief Sebastian aus dem Wohnzimmer.

»Pizza?« Helga runzelte die Stirn. »Du hast Pizza bestellt?«

»Ja«, nickte der Detektiv, »ausnahmsweise.«

Helga hatte ihre eigenen Vorstellungen von Pizzerias und Imbissbuden. Als Inhaberin einer kleinen Pension auf dem Giller legte sie großen Wert auf vernünftiges Essen. Frittiertes kam bei ihr äußerst selten auf den Tisch, und wenn, dann nur in dem allerbesten Fett gebraten. Mit Pizzas verhielt es sich ähnlich. Man konnte nie wissen, wie lange die Zutaten schon im Kühlfach lagen, welche Sorte Pilze verwendet wurde und was alles zum Teig gehörte.

»Sie hat hoffentlich geschmeckt?« fragte sie warnend.

»Sie war o.k.«, antwortete Tristan. »Das nächste Mal machst du sie.«

»Das will ich wohl meinen«, antwortete sie und grinste ihren Freund verliebt an. »Es ist schön, die Kinder mal eine Woche dazuhaben.«

»Ja«, meinte Tristan und bekam ein schlechtes Gewissen, da er ihr erklären musste, einen neuen Fall angenommen zu haben, obwohl er ja eigentlich nur für die Kinder da sein wollte.

Tristan warf die Kartoffeln in den Topf und wollte eine gute Gelegenheit abwarten, um es Helga zu beichten. Er hatte die Rechnung ohne Sebastian gemacht. Neugierig kam der Junge zu den beiden in die Küche und fragte: »Was wollte der Mann denn eben?«

»Du hattest Besuch?« Helgas Tonfall ließ einen Orkan ahnen.

»Ja«, murmelte Tristan, nahm sich einen Kopfsalat und rupfte ihn.

»Und?!«

»Im Krankenhaus ist jemand ums Leben gekommen«, erzählte Tristan.

»Ermordet worden?« fragte Sebastian aufgeregt. »Wirst du den Killer jagen?«

Die Kinder hatten im Stillen gehofft, dass Tristan auf Mörderjagd ging, wenn sie bei ihm zu Besuch waren.

»Noch ist nichts sicher«, log er und seine Ohrläppchen verfärbten sich.

»Können wir dir helfen, bitte«, rief Sara, die den kleinen Dialog aus dem Wohnzimmer verfolgt hatte und nun ebenfalls in der Küche stand.

»Jetzt essen wir erst mal«, sagte Helga resolut, »dann sehen wir weiter.«

Die Kinder lagen bereits im Bett, als Helga auf das Thema zurückkam.

»Du hast einen Fall angenommen«, meinte sie leise.

»Ja«, antwortete Tristan und erzählte ihr, dass ein Dr. Killian ihn um seine Hilfe gebeten hatte.

»Wir haben uns für morgen früh verabredet«, gestand Tristan, »er wird mir das Krankenhaus zeigen.«

»Es ist immer dasselbe mit dir«, sagte Helga traurig. »Da kommt jemand daher, erzählt von seinen Schwierigkeiten, und schon sind es auch deine Schwierigkeiten. Jetzt kommen nach Jahren das erste Mal deine Nichte und dein Neffe zu Besuch, und du beginnst, hinter Mördern und Verbrechern herzujagen.«

»Es ist mein Beruf«, antwortete Tristan. »Ein überaus interessanter obendrein. Sebastian und Sara würden mir liebend gern bei dieser Jagd helfen.«

»Untersteh dich bloß«, schimpfte Helga, »und halt' die Kinder da raus.«

»Natürlich«, antwortete er sanft. »Vielleicht den einen oder andern Botengang, mehr nicht.«

Helga sah ihn verliebt an. Tristan erwiderte den Blick und setzte ein spitzbübisches Lächeln auf.

»Ich hätte mir gewünscht«, sagte Helga sanft, »ein paar Tage mit dir und den Kindern in Ruhe zu verbringen.«

»Ruhe«, grinste der Detektiv, »das glaube ich dir nicht. Du würdest bei einem Tag Ruhe zur unausstehlichen Viper mutieren.«

»Das stimmt nicht«, entgegnete Helga energisch. »Ich kann wohl ohne Arbeit auskommen.«

»Dann verkauf die Pension«, sagte Tristan, »und wir setzen uns in den Süden ab.«

»Das kommt nicht in Frage«, stieß sie entrüstet aus. »Verscherbel du dein Haus und zieh mit mir auf den Giller.«

»Um dort die Streitigkeiten zwischen Fuchs und Hasen zu regeln«, brummte Tristan, »ohne mich.«

»Jetzt kennen wir uns schon so lange«, sagte Helga liebevoll, »und immer noch streiten wir uns über das gleiche Thema.«

»Solange wir das können«, antwortete der Detektiv, »bin ich mir sicher, dass du mich noch liebst.«

»Irgendwann«, Helga setzte sich auf Tristans Schoß und umarmte ihn, »werden wir für unsere Arbeit zu alt sein.«

»Das kann noch warten«, meinte Tristan, »solange die Menschen meine Hilfe brauchen und ich noch ohne Krücken überall hinkomme, werde ich meinen Job machen.«

»Gut«, grinste Helga verwegen, »dann trag mich ins Schlafzimmer.«

»Muss das sein?« stöhnte Tristan. »Ich meine das mit dem Tragen?«

3. Von Westen zogen ...

Mittwoch

Von Westen zogen Regenschauer über das Land zwischen Rothaargebirge und Westerwaldplatte. Die letzten nassen Wolken verschwanden am Morgen im aufgehenden Sonnenlicht, und zurück blieb ein leichter Dunst, der seidendünn über der Sieg lag. Mit Anbruch der Morgendämmerung zogen die ersten Vögel aus, um ihre Jungen zu füttern. Durch den Regen aufgescheucht, schwebten unzählige Mücken zwischen den vielen Sträuchern und Baumkronen, die in der Stadt wie grüne Oasen aus einer Mauerwüste aufragten. In waghalsigen Manövern stürzten Schwalben, Spatzen und Rotkehlchen zwischen die Häuser und Sträucher. Sie taten dies so ausgelassen, dass ihr lautes Zwitschern Tristan Irle aus einem unruhigen Schlaf weckte. Tristan war es nicht gewöhnt, Kinder im Haus zu haben und wollte sein Bestes geben. Deshalb hatte der Detektiv die Nacht über versucht, mit einem Ohr auf die Geräusche im Haus zu hören, um jederzeit für die Kinder da zu sein.

Helga schlief fest und selig neben Tristan. Durch ihre kleine Pension kannte sie das Gefühl, die Nacht immer wieder mit anderen Gästen im eigenen Haus zu verbringen. Sie hatte sich mehr oder weniger daran gewöhnt. Außerdem wussten Sebastian und Sara, wo sie was in der Küche fanden, wenn sie Hunger oder Durst bekamen. Helga hatte den Kindern vor dem Schlafengehen alles Nötige gezeigt. Obwohl Tristan dies wusste, ließ ihn die neue Verantwortung unruhig schlafen.

Müde streckte er alle Viere von sich und lauschte ein weiteres Mal. Draußen schwoll derweil die Jagd zu einem lauten Getöse an, was Tristan schließlich dazu bewegte, aufzustehen. Schlafen konnte er jetzt sowieso nicht mehr.

Leise schlich er die Treppe hinunter ins Badezimmer. Nach einigen Minuten trat er wieder hinaus und schlurfte im Morgenmantel durch die Diele ins Wohnzimmer. Der Detektiv ließ sich in einen Ohrensessel fallen, der links neben einem Kamin stand, und begrüßte Marlowe. Der Kakadu döste auf seiner Kletterstange und krächzte leise, als wolle er nicht gestört werden. Tristan nahm es zur Kenntnis und schlug ein Buch auf, das er sich abends zuvor hingelegt hatte.

Tristan besaß eine Menge Bücher. Man konnte behaupten, dass die Hälfte seines Inventars aus Büchern bestand. Ein bis an die Decke reichendes Regal befand sich entlang einer Wand im Wohnzimmer. Was dort an Büchern keinen Platz mehr fand, lag in kleinen Stapeln verteilt zwischen zwei Ohrensesseln, die mit ihrem Lederbezug an ein englisches Studierzimmer erinnerten. Die vorwiegend als Lesesessel benutzten Möbelstücke flankierten den Kamin, der in der kalten Jahreszeit Wärme und Gemütlichkeit ausstrahlte.

Etwas abseits des Kamins stand ein altes chinesisches Schachbrett mit handgeschnitzten Figuren. Tristan war ein ausgezeichneter Schachspieler, leider hatte er in den vergangenen Monaten kaum Zeit für dieses Hobby gefunden. Auch neben dem Schachspiel lag sorgfältig aufgestapelt ein weiteres Duzend Bücher. Eine Kommode, auf der sonst weitere Bücher und Notizen ihren Platz fanden, schmückten nun eine weiße Decke und eine Blumenvase. Auch das Sofa war seit langem noch einmal in seiner ganzen Pracht zu sehen. Die sonst dort abgelegten Zeitschriften und Magazine hatte der Detektiv in zweitägiger Arbeit aussortiert und in den Altpapier-Container geworfen.

Diese Ordnung war hier eigentlich nicht zu Hause. Sie wurde auf Helgas Drängen in die Wohnstube hineingeprügelt. Der ganze Aufwand galt den Kindern, um ihnen etwas Platz im Haus zu schaffen. Dabei mochten sie, wie Tristan, das geordnete Chaos, in dem man nach etwas suchte und dabei schließlich etwas ganz anderes fand.

Etwas irritiert durch die ungewohnte Ordnung in seinen vier Wänden, begann Tristan in einem medizinischen Wörterbuch zu blättern, um etwas mehr über die Wirkung von Kaliumchlorid zu erfahren. Wie ihm Doktor Killian berichtet hatte, war das Opfer durch ein sogenanntes Hyperkaliämiesyndrom umgekommen. Also schlug er als Erstes diesen Begriff auf und las:

»Hyperkaliämiesyndrom; klinische Bezeichnung für Symptome infolge einer Hyperkaliämie. Ach nein!« stöhnte er, »und was ist das nun wieder?«

Zum Glück fand er einen Absatz darüber, was unter diesem Begriff zu verstehen war: Eine Hyperkaliämie bezeichnet einen Zustand, in dem der Serum-Kalium-Wert über 5,5 Millimol liegt.

»Gut«, murmelte Tristan und las weiter. »Ursachen: erhöhte Zufuhr von Kalium durch Infusion, Bluttransfusion, Freisetzung von Kalium. – Davon sprach Killian ... Was haben wir noch?« sagte er, »Freisetzung von Kalium zum Beispiel bei Hämolyse ...«

Er schlug das Wort nach und fand: Auflösung bzw. Abbau der Erythrozyten.

»Was sind Erythrozyten schon wieder?« ärgerte er sich und schlug auch dieses Wort nach. »Oh, das hätte ich wissen sollen«, meinte er, als er das Wort erklärt bekam. Erythrozyten sind nichts anderes als rote Blutkörperchen.

Demnach trat eine Hyperkaliämie auch dann ein, wenn Kalium durch den Abbau bzw. die Auflösung von roten Blutkörperchen entsteht, dachte er.

Er fand noch zwei Symptome für eine Hyperkaliämie, bei denen Blutbestandteile zur erhöhten Kaliumproduktion beitrugen. Nachdem er nun über die unterschiedlichen Ursachen informiert war, schrieb er einige Notizen in einen Block und kehrte zum Ausgangsbegriff zurück.

Das Hyperkaliämiesyndrom verursacht Unlust, Schwäche und Verwirrtheit beim Patienten. Danach kommt es zu Herzrhythmusstörungen und schließlich zum Herzstillstand in Diastole. Damit war gemeint, dass eine Herzkammer mit Blut vollief und ihre Funktion einstellte. Bei einem Kaliumwert von über 6,5 Millimol trat dann der sichere Tod ein.

Jetzt wollte er mehr über die Funktion des Kaliums erfahren und sah unter K nach. Tristan fand einen Absatz zu Kalium und legte das Lexikon aufgeschlagen auf den Wohnzimmertisch. Nach so vielen Fremdwörtern konnte er einen Kaffee gebrauchen. Außerdem schlug die Kirchenuhr acht Mal, was bedeutete, dass die Kinder jeden Moment aus ihren Träumen erwachen würden.

Marlowe beobachtete, wie sein Herrchen den Platz verließ und flog ihm in die Küche nach. Sein Fressnapf war wieder einmal leer und er wollte das Frühstück unter keinen Umständen verpassen. Aufmerksam verfolgte er, wie Tristan die Kaffeemaschine füllte und anschaltete. Dann nahm sein Herrchen Geschirr aus der Spülmaschine und trocknete hier und da eine Tasse mit dem Trockentuch ab, bevor er sie auf den Tisch stellte.

»Trinken die Kinder eigentlich Kaffee?« fragte er plötzlich.

Der Detektiv erinnerte sich nicht daran, jemals Kaffee in ihren Tassen gesehen zu haben. Also suchte er nach Tee, fand zwei verschiedene Sorten und überlegte, ob er vielleicht auch Kakao besorgen sollte, als sein Blick auf Helgas Einkaufskorb fiel.

»Sie ist ein Schatz«, flüstere er Marlowe zu und nahm eine große Dose Kakaopulver aus dem Korb.

»Milch?« fragte er und Marlowe nickte.

Kakaopulver ohne Milch war wie Kaffee ohne Wasser.

Schließlich stand alles auf dem Tisch, mit Ausnahme frischer Brötchen, die er schnell holen würde, wenn die Kinder wach waren. Der Kaffee floss unterdessen in die Kanne und verströmte seinen aromatischen Duft. Der Detektiv goss seine Tasse voll und schlich zurück ins Wohnzimmer.

Die Funktion des Kaliums, las Tristan, war für das Leben entscheidend. Es sorgte für die Aufrechterhaltung des zellulären Ruhepotenzials, auch Membranpotenzial genannt. Damit meinten die Mediziner die elektrische Spannung, die auftritt, wenn eine Membran verschiedene oder verschieden konzentrierte Elektrolytlösungen voneinander trennt oder wenn sie für Ionen eines Elektrolyten eine verschiedene Durchlässigkeit besitzt. In erregbaren Zellen wie Muskel- und Nervenzellen ist das Zellinnere negativ im Vergleich zur Außenflüssigkeit. Des Weiteren beteiligte sich das Kalium an elektrischen Vorgängen in erregbaren Geweben wie Muskel- und Nervengeweben.

Wieder notierte er einige Gedanken in seinen Block. Was Tristan jetzt noch wissen wollte, waren die Fälle, in denen Kalium eingesetzt wurde. Er fand zwei weitere Begriffe, die ihm nur schwer über die Zunge gingen. Da war zum einen Hypochlorämie und Hypokaliämie. Doch bevor er diese Begriffe nachschlagen konnte, hörte er Schritte die Treppe herunterkommen.

Kurz darauf wurde die Badezimmertür geöffnet und einen Moment später die Spülung betätigt.

»Das ging aber schnell«, sagte Tristan.

Etwas länger dauerte es nun, bis erneut die Badezimmertür geöffnet wurde und Sebastian ins Wohnzimmer trat.

»Morgen«, flüsterte er verschlafen, »kann ich fernsehen?«

Tristan sah ihn verdutzt an.

»Wir haben gerade mal acht Uhr«, meinte er verstört.

»Jetzt läuft Kinderstunde«, gähnte Sebastian, »das sehe ich jeden Morgen.«

»So?« Der Detektiv öffnete einen unscheinbaren kleinen Schrank neben der Kommode, und ein kleiner Fernseher kam zum Vorschein.

»Reicht der?« fragte er herausfordernd und warf Sebastian eine Decke zu.

»In Ordnung«, antwortete der Junge und ließ sich ins Sofa fallen. »Wo ist die Fernbedienung?«

»Fernbedienung? Was ist denn das?« antwortete Tristan und fragte, welchen Kanal er einstellen sollte.

Sebastian rollte mit den Augen und antwortete: »Den Kinderkanal, natürlich.«

»Und wo finde ich den Kinderkanal?« fragte Tristan angestrengt zurück.

»Bei uns ist das Kanal 11«, meinte Sebastian.

»Oh«, brummte der Detektiv, »das hilft mir nicht weiter.«

Tristan wäre ein schlechter Detektiv gewesen, wenn er den Kanal nicht herausbekommen hätte.

»Einen Moment«, lächelte er den leicht ungehaltenen Jungen an.

Dann griff er das TV-Beilagenblatt einer Zeitung und blätterte.

»Ach, das läuft auf „Arte"«, rief er entzückt und stellte den Apparat ein. »Bei mir ist das Kanal 15«, grinste er. »Die Fernbedienung ist leider hin. Marlowe hat damit gespielt.«

»Macht nichts«, antwortete Sebastian, der eigentlich nur noch seine Ruhe wollte, um endlich wach zu werden.

Tristan ließ den Jungen allein, der kaum, dass er sich unter die Decke gekuschelt hatte, Besuch von Marlowe bekam. Marlowe zwängte sich in seinen Schoß und schaute mit ihm, wie Zeichentrickfiguren gegen das Böse der Welt kämpften.

Auf dem Weg ins Schlafzimmer überlegte Tristan, ob es gut sei, den Vogel diese Cartoons anschauen zu lassen. Er schüttelte schließlich den Gedanken von sich, dass Marlowe irgendwelche Szenen nachspielen könnte und zog sich leise an.

»Guten Morgen«, gähnte Helga.

»Guten Morgen, Schatz.« Tristan beugte sich über das Bett und gab seiner Freundin einen Gutenmorgenkuss. »Ich gehe schnell Brötchen einkaufen.«

»In Ordnung«, flüsterte sie und stülpte die Decke nochmals über den Kopf.

Als er mit frisch gebackenen Brötchen kaum fünf Minuten später über den Hof zurückkam, traf er auf Erich, der gerade die Sakristei verließ.

»Hast du schon gefrühstückt?« rief er seinem treuen Freund zu.

»Nicht richtig«, antwortete der, was nach Tristans Erfahrung bedeutete, dass der Diakon gerade mal ein Brötchen als Notration zu sich genommen hatte.

»Wenn du willst, lade ich dich herzlich ein.« Tristan hielt einen große Papierbeutel hoch. »Die sind frisch und dampfen noch.«

»Da sag ich nicht nein«, antwortete Erich über den Hof hinweg.

Zusammen betraten sie das Haus und hörten, dass jemand duschte. Da ebenfalls Geräusche aus der Küche zu hören waren, sagte Tristan: »Das muss wohl Sara sein.«

»Sie ist ein wirklich feines Mädchen geworden«, grinste Erich. »Deine Schwester wird mit ihr noch eine Menge Freude haben.«

»Mein Schwager hat einen Jagdschein«, antwortete Tristan trocken, »und wie ich ihn kenne, wird er sein Gewehr dazu benutzen, um streunende Kater fernzuhalten.«

»Und wie willst du es verhindern?« fragte Erich.

»Bei mir bleibt sie brav«, antwortete Tristan. »Das hoffe ich jedenfalls.« Er sah Erich zweifelnd an und sagte entsetzt: »Mensch, sie ist erst dreizehn.«

Wie Tristan vermutet hatte, wirkte Helga in der Küche. Sie setzte gerade Milch auf, um warmen Kakao zu machen.

»Ich hab einen Freund mitgebracht«, sagte Tristan, während Erich Helga begrüßte, »und das neue *Sitty*.«

»Oh, gut.« Helga betrachtete das Titelbild und fragte: »Sag mal, hast du Sebastian den Fernseher angemacht?«

»Ja«, antwortete er, als wäre es nichts Besonderes, »das ist so ein Ritual, das er jeden Morgen abhält, wenn er nicht in die Schule muss.«

»So!« Helga sah ihren Freund eindringlich an. »Das hast du also gewusst?«

»Nun, wenn du mich so genau danach fragst«, antwortete Tristan und schüttete die warmen Brötchen in einen Korb, »er hat es mir eben erklärt.«

Als Sara schließlich in die Küche trat, trottete Sebastian hinterher und fragte: »Wie schaltet man den Fernseher aus?«

Tristan zeigte es ihm, dann begannen sie zu frühstücken.

2

Eduard Schuster fühlte sich plötzlich nicht mehr wohl in seiner Haut. Er musste die Position der verstorbenen Hassel-Dorn übernehmen und hatte mit seinem Wahlkampf schon genug zu tun. Würde er den Vorsitz jedoch ablehnen, lieferte er seinen Konkurrenten eine saftige Schlagzeile. Zudem galt es gewisse Nebensächlichkeiten aus der Presse zu halten, und da könnte der neue Job hilfreich werden. Nichtsdestotrotz nervte ihn die neue Rolle, in der er plötzlich so etwas wie einen Staatsanwalt spielen musste. Althaus hatte ihm bei seinem Besuch im Krankenhaus klargemacht, dass er für die Aufklärung des plötzlichen Todes von Frau Hassel-Dorn moralisch verantwortlich war. Es würde von ihm als dem neuen Aufsichtsratsvorsitzenden erwartet werden, dass er sämtlichen Indizien nachginge. Dabei konnte er diese Hexe noch nie leiden. Also, was lag näher, als einen echten Staatsanwalt aufzusuchen?

Staatsanwalt Friedrich Büdenbender saß an der Berliner Straße in einem riesigen Büroturm, der von der heimischen Bevölkerung schlicht *Das Gericht* genannt wurde. Da die Planer anscheinend davon ausgingen, dass ein Ansturm auf das Gebäude durch die Bevölkerung sehr unwahrscheinlich war, ließ man gleich eine Menge Parkplätze weg und konzentrierte sich auf das Wesentliche: die Höhe. So überragte *Das Gericht* sämtliche Gebäude in seiner Nähe. Nur das

Kreishaus schien dem Gerichtsgebäude an Größe Paroli bieten zu können.

Schuster bog in die Berliner Straße ein und suchte nach einem Parkplatz. Ihm war zu spät in den Sinn gekommen, sein Auto in der Tiefgarage des Kreishauses abzustellen und die paar Meter hinüber zum Gericht zu Fuß zu gehen. Nun stand er auf der zweispurigen Berliner Straße und versuchte in den Kirchweg abzubiegen, doch der rege Verkehrsstrom, der von der Hüttentalentlastungsstraße über die neue Auf- und Abfahrt herunter floss, ließ den kandidierenden Landrat unruhig mit den Händen auf das Lenkrad trommeln. Schließlich bot sich ihm eine Lücke, und er schaffte es, vor einem heranpreschenden VWS-Bus in den Kirchweg einzubiegen. Er fuhr weiter bis zum Gemeindehaus Hammerhütte und stellte dort seinen Wagen ab, obwohl fünf Schilder ihn davor warnten und mit Abschleppen drohten. Schusters Nervenkostüm flatterte bereits in der warmen Morgenbrise, so dass er sich über diese Schilder keine weiteren Gedanken machte. Mit großen Schritten eilte er dem Gericht entgegen.

Staatsanwalt Büdenbender wartete bereits auf den Politiker. Es kam ihm ganz gelegen, dass sich Schuster bei ihm einfinden wollte, um über den Tod einer Krankenhauspatientin zu sprechen. Vor ihm lag, auf einem nüchternen Schreibtisch, bereits ein Ordner, der mit dem Namen Hassel-

Dorn beschriftet war. Die wesentlichen Fakten teilte ihm gerade Hauptkommissar Pfeiffer mit, der ihm unbeholfen auf einem Stuhl gegenübersaß.

»So wie es aussieht«, schloss der Hauptkommissar, »scheinen die etwas zu verbergen.«

»Das vermuten Sie immer«, lächelte der dandyhaft wirkende Staatsanwalt. Sein grauer Boss-Anzug war maßgeschneidert und saß wie angegossen. Eine dunkel-lila Krawatte vom Stardesigner Emannel Ungaro betonte sein leicht exzentrisches Modebewusstsein. »Was haben wir denn an Fakten?«

»Nicht viel«, antwortete Pfeiffer, der es überhaupt nicht mochte, wenn man seinem Gespür nicht traute. »Die Todeszeit wird gerade bei der Obduktion festgestellt. Sicher ist, dass die Gute an einem Hyper ... ka ... li ... ämie ... syndrom gestorben ist.«

»An einem was?« Büdenbender wollte das Gestottere seines besten Mannes noch einmal hören.

»Ihr sind die Adern geplatzt«, sagte Pfeiffer kurz angebunden. »Fragen Sie mich jetzt nicht, wie.«

»Gut«, nickte der Staatsanwalt. »Es ist eine heikle Sache, sich mit einem Krankenhaus anzulegen«, fügte er nachdenklich hinzu.

Pfeiffer sah das anders. Mord blieb Mord, egal wer ihn ausübt oder wo er auftritt. In diesem Falle schlugen all seine durch die Jahre geschärften

Sinne Alarm. Dies taten sie immer dann, wenn der Tatort ungewöhnlich war. Ungewöhnlich waren Orte wie Kindergärten, Grundschulen, Klöster und Krankenhäuser, wo das Leben geachtet werden sollte. Das hieß für Pfeiffer nicht, dass es an diesen Orten keinen Tod gab. Er kam nur nicht in böswilliger Absicht daher, und dies ließ sich vom Tod der Hassel-Dorn mit Bestimmtheit nicht sagen.

»Was haben Sie bis jetzt unternommen?« Büdenbender sah Pfeiffer scharf an. »Ich meine, außer jungen Krankenschwestern einen Schreck einzujagen.«

Pfeiffer konnte auf den platten Sarkasmus verzichten.

»Wir haben die Gegenstände, bei Kleidung usw., von Frau Hassel-Dorn sichergestellt.«

»Ist das Krankenzimmer wieder freigegeben?«

»Nein«, antwortete Pfeiffer.

»Veranlassen Sie das«, befahl Büdenbender. »Viel hat die Spurensicherung nicht gefunden, und allzu viele Intensivbetten haben wir in Siegen nicht. Wir können es uns schlichtweg nicht erlauben, einen Platz zu blockieren.«

»Wir vernichten vielleicht wichtiges Beweismaterial«, wandte Pfeiffer ein.

»Was ich den Akten hier entnehme«, grinste der Staatsanwalt, »dürfte für eine Ermittlung unwichtig sein. – Sie haben die Fingerabdrücke, oder?«

Der Hauptkommissar nickte.

»Was wollen Sie noch mehr?« schnaufte Büdenbender. »Wir müssen die Sache vorsichtig angehen. Ist das klar!«

Büdenbender konnte noch so viele Bedenken haben, er, Hauptkommissar Norbert Pfeiffer, würde dem Geschehen auf den Grund gehen, auch wenn er sich beim Aussprechen der Todesursache einen Knoten in die Zunge sprechen würde.

»Ich möchte Sie bitten«, sagte der Staatsanwalt nun wieder ganz freundlich, »noch einen Moment hierzubleiben. Ich erwarte einen Herrn namens Schuster. Er ist Verwaltungsratsmitglied des Samariter-Krankenhauses. Das könnte Sie interessieren.«

Ohne Zweifel, das interessierte den Hauptkommissar.

Schuster schien überrascht, als er Pfeiffer in Büdenbenders Büro antraf. Von Althaus wusste er, dass er den Hauptkommissar am gestrigen Tag nur knapp verpasst hatte, was ihn nicht weiter unglücklich stimmte. Nun sah er sich plötzlich mit der Polizei konfrontiert, obwohl er nur einige Tipps im Umgang mit Verdächtigen haben wollte. Das gefiel Schuster überhaupt nicht.

»Was für eine Überraschung«, grinste er freundlich, ohne sich seine Missstimmung ansehen zu lassen. »Wie ich gehört habe, sind wir gestern nur knapp aneinander vorbeigehuscht.«

»So«, meinte Pfeiffer, der Politiker noch nie leiden konnte.

»Was führt Sie zu mir?« wollte Staatsanwalt Büdenbender wissen, und da es nicht seine Art war, lange um den heißen Brei zu reden, kam er gleich zur Sache.

»Nun, ich bin etwas verwirrt«, Schuster spielte den Dummen, »aber ich wusste nicht, dass die Staatsanwaltschaft bereits tätig ist.«

»Wir sind immer tätig, Herr Schuster«, grinste Büdenbender.

»Ich meinte im Fall Hassel-Dorn«, korrigierte Schuster.

»Ist dies denn ein Fall?« fragte der Staatsanwalt neugierig.

»Das wissen wir selbst nicht«, stöhnte Schuster, »obwohl das Krankenblatt eindeutig für einen Kunstfehler spricht. Aber deshalb bin ich unter anderem hier.«

»Unter anderem?« wiederholte Büdenbender, »gibt es denn noch etwas anderes?«

Schuster musterte Pfeiffer und überlegte, inwieweit er offen sprechen konnte, ohne sich verdächtig zu machen.

Büdenbender erkannte offenbar Schusters Gedanken und sagte: »Sie brauchen keine Geheimnisse vor Hauptkommissar Pfeiffer zu haben. Er steht auf der guten, auf unserer Seite.«

Wenn das nur alles so klar wäre mit der guten und der schlechten Seite, dachte Schuster und sagte vorsichtig: »Sie wissen, dass Frau Hassel-

Dorn die Verwaltungsratsvorsitzende des Krankenhauses war?«

Die Herren nickten.

»Sie war eine anstrengende Frau«, sagte Schuster leise, »sie wollte um alles in der Welt ihren Anteil an der Kosteneindämmung im Gesundheitswesen beitragen. Deshalb lag sie den anderen Verwaltungsratsmitgliedern seit geraumer Zeit mit Kürzungen in den Ohren.«

»Ganz schön«, unterbrach ihn Pfeiffer, »aber was hat das mit ihrem Tod zu schaffen?«

»Sie hätte einiges an Personal eingespart«, erklärte Schuster weiter, »unter anderem auch bei Ärzten.«

»Ich verstehe«, nickte Staatsanwalt Büdenbender. »Sie sagen uns dies, um mögliche Motive ausfindig zu machen.«

»Nicht nur deshalb«, Schuster rieb seine Hände an der Hose trocken, »wenn die Presse davon Wind bekommt, und es ist nur eine Frage der Zeit, wann die Todesmeldung in der Zeitung steht, dann kommen gleich wieder Gerüchte auf, die wir als Krankenhaus nicht gebrauchen können.«

Du meinst, dachte Büdenbender, die du in deinem Wahlkampf nicht gebrauchen kannst.

»Das verstehe ich nicht«, sagte Pfeiffer laut.

»Es ist schwer, einer breiten Öffentlichkeit einen Kunstfehler verkaufen zu wollen«, erklärte Büdenbender, »wenn bekannt wird, dass besagtes Opfer vorhatte, den Ärzten den Geldhahn zuzudrehen.«

»Also doch Mord!« antwortete der Hauptkommissar.

»Heikel, sehr heikel«, flüsterte Büdenbender, der diesen schrecklichen Begriff „Mord" im Zusammenhang mit dem Krankenhaus vermeiden wollte. Er wusste um die Brisanz und wollte sich nicht mit seinem Chef über chaotische Reaktionen der Bürger auseinandersetzen. Als Staatsanwalt galt es auch die Interessen der öffentlichen Sicherheit zu vertreten. Man brauchte nur wenig Fantasie, um sich ausmalen zu können, was passierte, wenn das Samariter-Krankenhaus boykottiert würde.

»Wir sollten den Begriff *Mord* sehr vorsichtig benutzen«, sagte Schuster ernst.

»Da stimme ich Ihnen zu«, meinte Büdenbender. »Doch wie können wir verhindern, dass die Presse frühzeitig von diesem Kürzungsplan erfährt?«

Pfeiffer schüttelte den Kopf. Dieses politische Denken war ihm so fremd, dass seine Vorstellungskraft nicht genügte, um das Plateau zu erreichen, auf dem die Mächtigen ihre Spiele mit dem einfachen Volk testeten. Pfeiffers mentale Struktur glich der eines Jägers. War die Beute einmal aufgespürt, hieß es, sie nicht mehr fortzulassen, egal was drum herum passierte.

»Ich schlage vor«, sagte Schuster eindringlich, »dass wir erst einmal klären, ob es ein Mord oder doch nur ein unglücklicher Unfall war.«

»Sie glauben«, stieß Pfeiffer angewidert aus, »das jemand aus Versehen die falsche Pulle nahm, zudem noch, natürlich aus Versehen, dieses Spritzgerät ...«

»... Perfusor«, schob Schuster dazwischen.

»... diesen Perfusor falsch einstellte, und dann haben weder Schwestern noch Pfleger etwas bemerkt?!« Pfeiffer klopfte sich an die Stirn. »Meine Herren, ich sage Ihnen, das stinkt, das stinkt gewaltig.«

»Herr Pfeiffer«, Büdenbender sah den Hauptkommissar verärgert an, »Sie sollten mit Ihren Bemerkungen vorsichtig umgehen. Sie wissen genau, dass es im Krankenhaus zu Unfällen kommen kann. Ärzte sind auch nur Menschen, deshalb schlage ich vor, dass Sie sich etwas zurückhalten.«

»Das hätte ich gerne schriftlich von Ihnen, Herr Büdenbender«, antwortete Pfeiffer gereizt.

»Morgen früh haben Sie das Schreiben auf Ihrem Schreibtisch«, lächelte der Staatsanwalt, »bis dahin behandeln Sie die Angelegenheit Hassel-Dorn als einen bedauerlichen Unfall. Das wär's, wir sehen uns dann morgen.«

Pfeiffer verstand den Rausschmiss und rappelte sich mühsam an einer Krücke empor.

Draußen hoffte er auf Holzbaum zu treffen, der zwischenzeitlich Erkundigungen einholen sollte. Das Timing war perfekt. Holzbaum schlich in dem Moment um die Ecke, als Pfeiffer die Bürotür ins Schloss fallen ließ.

»Ich muss hier raus«, knurrte Pfeiffer und signalisierte Holzbaum, mit den Fragen zu warten.

»Kein Problem«, nickte der Kommissar. »Der Fahrstuhl ist am Ende des Ganges.«

Schweigend, nur das Klicken der Krücken knallte durch den Flur, bewegten sie sich zum Fahrstuhl.

Als die Tür sich schloss, fand Pfeiffer seine Stimme wieder.

»Dieser Mistkerl«, fluchte er lauthals. »Weißt du, was der von uns verlangt? Wir sollen uns in diesem Mordfall zurückhalten.«

»War es keiner?« wagte Holzbaum zu fragen.

»Mein Gefühl sagt mir, dass es einer war«, antwortete Pfeiffer und stampfte eine Krücke auf den Boden. »Und wenn wir jetzt so tun sollen, als wäre es nur ein Unfall, dann glaube ich noch mehr, dass hier etwas vertuscht werden soll.«

»Was hat Büdenbender denn vor?« fragte der Kommissar und machte sich so seine Gedanken.

Holzbaum wusste, dass der Staatsanwalt kein Risiko duldete, das seiner Karriere schaden könnte. In den meisten Fällen bedeutete dies, einen Mordfall möglichst schnell und effizient aufzulösen. Einen Fall langsam und schleppend anzugehen, das war für die Kommissare neu und völlig irritierend.

»Der Herr Staatsanwalt behandelt das ganze als Kunstfehler«, erklärte Pfeiffer. »Er möchte, wegen der möglichen Panik im Krankenhaus und in der Umgebung, nicht von Mord sprechen.«

»Aber dieser Killian sagt doch«, Holzbaum zog sein Notizbuch heraus, »er sagt, dass er nie und nimmer diese Medikation veranlasst hat.«

»Das kann er ja behaupten«, antwortete Pfeiffer, während der Fahrstuhl im Erdgeschoss zum Stehen kam, »aber wir sollen nichts unternehmen, um das Gegenteil, geschweige denn die Wahrheit herauszufinden.«

»Das verstehe ich nicht«, murmelte der Kommissar und half Pfeiffer aus dem Fahrstuhl.

»Solange dieser Killian behauptet, er habe keinen Fehler gemacht«, stöhnte Pfeiffer, »aber alles danach aussieht, als habe er es doch versaut, können die Verantwortlichen im Krankenhaus von einem Unfall oder Kunstfehler sprechen. Dann gibt es nämlich keinen Mord, sondern nur einen ...«

»... Kunstfehler«, führte Holzbaum zu Ende.

»Richtig«, nickte Pfeiffer. »Was mich wurmt, ist, wenn dieser Killian wirklich die Wahrheit sagt, dann haben wir es mit einer schlimmen Sache zu tun.«

»Und das will der Staatsanwalt nicht klären lassen?« Holzbaum konnte es nicht glauben. Der Terminator Büdenbender deckte einen Mord?

»Momentan nicht«, grinste Pfeiffer fies.

»Du hast einen Plan«, sagte Holzbaum auf dem Weg zum Auto.

»Ja«, nickte Pfeiffer, »aber er gefällt mir nicht.«

»So?« Holzbaum blieb stehen. »Was ist schlecht daran?«

»Er funktioniert nur mit Hilfe eines gewissen Detektivs«, antwortete Pfeiffer, als hätte er Säure auf der Zunge.

3

Oberärztin Chantal Remané überprüfte gerade ihre Frisur, als Peter und Estelle überraschend ins Stationszimmer platzten. Eigentlich wollte Chantal bereits auf dem Weg nach Nizza sein, doch der gebürtigen Französin war der Kurztrip durch die Suspendierung des Chefarztes versaut worden. Stattdessen übernahm sie vorläufig den Posten als Chefärztin. Ein kleiner Trost für die gestrichene Reise, denn das wollte sie schon immer werden.

Seit drei Jahren arbeitete sie in Siegen. Damals hatten sie die großartigen Erfolge Professor Niedersteins in die Rubensstadt gelockt. An Qualifikation fehlte es der zierlichen Brünetten nicht, die in Heidelberg, Marburg und einige Jahre an der Sorbonne in Paris studierte hatte. Professor Niederstein war davon beeindruckt, und so wurde sie eingestellt. Leider saß Dr. Killian bereits in dem Chefarztsessel. Sie musste sich vorerst mit der Stelle eines Oberarztes begnügen.

»Sie sind noch nicht weg?« rief Estelle überrascht.

»Wie es aussieht, nein«, antwortete Chantal in akzentfreiem Deutsch.

Peter und Estelle sahen Chantal fragend an. Sie vermuteten einen ärztlichen Notfall. Weshalb sonst sollte man einen Trip ans Mittelmeer verschieben?

»Ist eine Operation dazwischengekommen?« fragte der Arzt im praktischen Jahr.

»Nein«, lächelte Chantal, »ich bin für Killian eingesprungen.«

»Ach so«, nickte das Pärchen.

»Kann mir einer von Ihnen erklären, was hier momentan los ist?« fragte die Ärztin besorgt. »Ich bin heute Morgen hierher bestellt worden, bekomme den Posten als Chefärztin und Killian ist beurlaubt. – Was ist gestern während meiner Abwesenheit hier passiert?«

»Sie haben noch nichts gehört?« Estelle konnte es nicht glauben.

»Was gehört?« Chantal wurde ungeduldig. Sie hasste Geheimniskrämerei.

»Hat man Ihnen denn nicht erklärt, weshalb Killian suspendiert wurde?« hakte Peter nach.

»Nein«, stieß sie genervt aus. »Es hieß von Althaus und Niederstein nur, dass Killian momentan für andere Aufgaben gebraucht würde.«

»So nennt man das also«, murmelte Estelle.

»Nun, rücken Sie endlich mit der Sprache heraus«, forderte Chantal ungeduldig.

»Wir haben einen Todesfall«, sagte Estelle, »und wie es ausschaut, hat Killian einen Fehler gemacht.«

Estelle erklärte Chantal, was passiert war.

»Das ist ja schrecklich«, sagte Chantal und schien endlich zu verstehen, wie sie an den neuen Job gekommen war. »Das ist eigentlich gar nicht seine Art. Solche Fehler macht dieser Mann nicht.«

»Das habe ich Estelle auch schon gesagt«, meinte Peter, »zudem war ich dabei, als Killian ausdrücklich NaCl verschrieben hat.«

»So«, staunte Chantal, »warum glaubt man Ihnen nicht?«

»Keine Ahnung«, Peter zuckte mit den Schultern, »vielleicht weil ich zu grün hinter den Ohren bin oder weil eindeutig seine Schrift auf dem Krankenblatt zu lesen ist. – Was weiß ich!«

Estelle zupfte an seinem Kittel und deutete auf ihre Uhr.

»Wir haben nicht mehr viel Zeit«, flüsterte sie.

Chantal lächelte mitfühlend und sagte: »Ist Ihr Dienstplan immer noch so teutonisch?«

»Das kann man so sagen«, antwortete Peter verlegen.

»Nun, mal sehen, was ich für Amor machen kann.«

»Das würden Sie versuchen?« strahlte Estelle.

»Für die Liebe immer«, antwortete Chantal und verließ das Stationszimmer.

»Eine Wahnsinnsfrau«, sagte Peter.

»Ich will nur hoffen«, Estelle griff ihm zwischen die Beine, »dass du das nur rein platonisch betrachtest.«

»Oh«, stöhnte Peter, »natürlich, Liebling.«

Estelle verriegelte das Zimmer.

Chantal grinste verwegen, als sie das Schloss des Stationszimmers einrasten hörte. Die Liebe blieb etwas Kostbares. Sie würde, sobald es ihre Zeit erlaubte, dafür sorgen, dass die beiden Ärzte einen passenden Dienstplan bekamen. Vorerst galt es jedoch einige andere Dinge zu klären. Unter anderem musste sie ein ernstes Gespräch mit Assistenzarzt Vincent Schreiber führen.

Sie fand ihn in der Cafeteria zusammen mit den Krankenschwestern Elena und Leah.

»Wie hätte es auch anders sein können«, flüsterte Chantal. »Der Casanova im Dienst.«

Sie nahm einen Becher und bediente sich am Kaffeeautomaten, dann steuerte sie direkt auf den Tisch mit Vincent und den beiden Frauen zu.

»Guten Morgen«, sagte sie freundlich und setzte sich.

»Hallo«, grinste Vincent, während die Schwestern nickten.

»Haben Sie nichts anderes zu tun?« fragte die Ärztin die beiden Schwestern, die daraufhin pikiert aufstanden.

Als sie die Cafeteria verlassen hatten, sagte Vincent: »Musste das sein, Chantal?«

»Man soll Frauen nicht reizen«, lächelte sie, während ihre grünen Augen daran erinnerten, dass in jedem Kätzchen auch eine Raubkatze wohnte.

»Du hast es mir immer noch nicht verziehen, was?« stöhnte Vincent.

»Einem Gigolo«, sagte Chantal ernst, »kann man nicht böse sein. Man bezahlt ihn.«

»Voll ins Schwarze«, antwortete Vincent scharf. »Eine Zeitlang hat es dir ja Spaß gemacht.«

»Man probiert im Leben so manches aus«, lächelte sie und wurde schließlich ernst, »aber deshalb bin ich nicht gekommen.«

»Nicht?!« Vincent horchte auf. »Vielleicht weil du dankbar für Killians Job bist?«

»Du hast Killian assistiert, habe ich gehört«, sagte Chantal gelassen. »Ein komischer Zufall, dass genau diese Patientin wenig später umkommt.«

»Nicht minder komisch wie eine Ärztin«, grinste Vincent, »die in stockfinsterer Nacht ums Krankenhaus schleicht. Ich hab dich gestern Abend gesehen.«

»So!« fauchte sie. »Na und! Mir kannst du nichts vormachen.« Sie wechselte schlagartig ihren Tonfall und flüsterte: »Du hasst diesen Killian, und das weiß jeder im Krankenhaus.«

»Wie sagtest du: Na und!« Vincent lächelte sie höhnisch an. »Es weiß auch jeder im Krankenhaus, wie scharf du auf Killians Job bist. – Und dann vergiss nicht, auf dem Blatt ist eindeutig seine Schrift zu lesen.«

»Die Schrift kann gefälscht sein«, antwortete Chantal und stand auf. »Deshalb besagt dieses Blatt noch gar nichts.«

4

Für Sara waren die Notizen ihres Onkels ebenso nichtssagend wie schwierig. Helga und Tristan hatten die Kinder über den Todesfall im Krankenhaus informiert. Zur Überraschung beider nahmen die Kids das eher gelangweilt auf. Erst als klar wurde, dass Tristan als Detektiv ermittelten sollte, wurden sie neugierig und Sara wollte unbedingt helfen. Also gab Tristan ihr eine Aufgabe. Sie sollte ihm bei der Dechiffrierung des Ärztejargons helfen. Sebastian war mit Helga zum Giller gefahren. Beide wollten gegen Mittag wieder zurück sein.

Sara saß neben Tristan vor dem alten Fachwerkhaus auf einer Holzbank und las sich Tristans Notizen durch. Beide genossen das warme Sommerwetter. Der Detektiv hielt das Lexikon in der Hand, das er bereits vor dem Frühstück konsultiert hatte. Jetzt wollte er die Anwendungsgebiete von Kalium auf seiner Rechercheliste klären.

»Was sind das nur für Worte?« staunte Sara. »Die kann man ja kaum aussprechen, Hypochlorämie.«

»Das müssen die Ärzte alles auswendig lernen«, meinte Tristan, »kein schönes Studium.«

»Was die alles wieder vergessen können«, antwortete Sara. »Das behält doch keiner.«

»Nun, die wirklich guten Ärzte und Ärztinnen haben es immer im Hinterkopf«, lächelte er.

»Aber jetzt weiter, was bedeutet diese Hypochlorämie?«

Er reichte Sara das Lexikon und nahm dafür den Block und Kugelschreiber entgegen.

»Lies bitte langsam vor, o.k.«, sagte Tristan.

»Hypochlorämie, auch hypochlorämische Azidose genannt, bedeutet eine Verminderung des Chlorgehaltes auf bis zu 40 mval/l«, las Sara und machte eine Pause.

»Diese Maßeinheit bedeutet Milliäquivalent, o.k.«, nickte Tristan, »weiter, wie kommt es vor?«

»Ist damit die Abkürzung, ›Vork.‹ gemeint?«

»Ja!«

»Oh, was sind das denn für Wörter?« stutzte Sara.

»Lies sie einfach vor«, meinte Tristan.

»Also, hier steht, bei schweren Azidosen, Urämie, Pneumonie, starkem Erbrechen, Exsikkose, Diarrhoen, Stenose des Magenausganges«, stöhnte Sara und war froh, alles fehlerfrei ausgesprochen zu haben.

»Du bist ein echtes Naturtalent«, lobte Tristan. »Jetzt müssen wir nur noch herausbekommen, was diese Bezeichnungen bedeuten.«

»Heißt das, wir müssen jeden dieser Begriffe nachschlagen?« Entsetzt sah Sara ihren Onkel an.

»Das heißt es«, antwortete Tristan.

»Das ist aber überhaupt nicht spannend«, ärgerte sie sich. »Ich dachte bei der Recherche mehr an Jodie Foster wie in ›Schweigen der Lämmer‹.«

»Nun, da muss ich dich enttäuschen«, lächelte Tristan, »zuerst heißt es, seine Hausaufgaben machen, dann geht's hinaus. Und wenn ich mich nicht irre, hat das auch Jodie Foster in ›Schweigen der Lämmer‹ so gemacht.«

»Na, wenn es sein muss«, schnaufte Sara, »also Azidosen.«

Nach und nach arbeiteten sich die beiden durch den Begriffsstrudel: Eine Azidose war z. B. eine Störung im Säure-Basen-Haushalt mit Abfall des arteriellen pH-Wertes unter 7,36. Das konnte zu Blutdruckabfall, Schock usw. führen. Als Urämie bezeichneten Ärzte eine Harnvergiftung. Pneumonie bedeutet schlicht: Lungenentzündung. Pneumonie stellt unter den Infektionskrankheiten in den industrialisierten Ländern die häufigste Todesursache dar. Exsikkose war die Bezeichnung für Austrocknung und Abnahme des Gesamtkörperwassers. Den Begriff „Diarrhoen" kannte Tristan, er hatte die damit verbundene Krankheit, starken dünnflüssigen Durchfall, schon am eigenen Leib gespürt. Als Stenose bezeichnen die Ärzte eine angeborene oder erworbene Verengung, in diesem Fall eine Stenose des Magenausganges.

»Wofür musst du das alles wissen?« fragte Sara.

»Um nicht blöd vor den Ärzten zu stehen, wenn die Herren in Weiß zu reden anfangen«, antwortete Tristan. »Außerdem kann ich mir so vielleicht irgendwann einmal ein Bild davon machen, wieso der Mörder gerade diese Methode gewählt hat.«

»Deine Arbeit hatte ich mir viel spannender vorgestellt«, meinte Sara enttäuscht.

»Nun«, antwortete Tristan und sah seine Nichte über den Rand seiner Halbbrille hinweg an, »manchmal bin ich ganz froh, wenn es friedlich zugeht.«

»Also kommt jetzt der nächste Begriff dran?« fragte sie gelangweilt.

Tristan wollte gerade antworten, als ein Opel Omega gemütlich um die Kirche auf den Hof bog. Der Detektiv erkannte am Hagener Kennzeichen das Dienstfahrzeug des Hauptkommissars Pfeiffer, doch so langsam hatte er den Wagen noch nie fahren gesehen. Neugierig verfolgte er, wie das Auto zum Stehen kam und langsam die Beifahrertür geöffnet wurde.

»Wer ist das?« fragte Sara.

»Die Kriminalpolizei«, antwortete Tristan und sah Pfeiffer zu, wie er mühsam aus dem Sitz stieg.

Auf der Fahrerseite schwang Holzbaum seine Körpermassen entsprechend langsam aus dem Dienstfahrzeug und winkte dem Detektiv zu.

»Guten Morgen, Herr Irle«, schallte es über den Hof.

»Guten Morgen, die Herren«, erwiderte Tristan.

Es dauerte eine kleine Weile, bis Hauptkommissar Pfeiffer über das Pflaster geschlurft kam.

Sara rückte etwas zur Seite, sodass der Hauptkommissar sich auf der Bank niederlassen konnte.

Tristan und Sara schielten auf das Wadenbein in Gips.

»Nun fragen Sie doch endlich«, stöhnte Pfeiffer.

»Autounfall?« tippte der Detektiv.

»Wie kommen Sie denn darauf?« scherzte Pfeiffer. »Als ob ich jemals rasen würde.«

»Nicht gerade angenehm«, meinte Sara.

»Sie kennen ja das Gefühl, ein Krüppel zu sein«, antwortete der Hauptkommissar und sah dabei zu Tristan.

»Nein«, erwiderte Tristan. »Ich hatte mir damals nur das Bein gebrochen. Ein Krüppel war ich deshalb noch lange nicht.«

»Verstehe«, nickte Pfeiffer.

Tristan war sich nicht sicher, ab der Beamte wirklich verstand. Ein Krüppel war man erst dann, wenn man sich aufgab. Egal, ob Gliedmaßen fehlten, unbrauchbar waren oder in Gips eingebettet lagen.

»So?« antwortete er deshalb. »Wie lange müssen Sie den Gips denn noch tragen?«

»Wenn ich Glück habe«, strahlte Pfeiffer und zerrte eine Zigarettenschachtel aus seinem verbeulten Jackett, »dann wird er gegen Ende der Woche abgenommen.«

»Sie tragen das Zeug also schon länger«, grinste der Detektiv.

Pfeiffer nickte und zündete sich eine Zigarette an.

»Das ist ungesund«, sagte Sara mahnend und wedelte den Rauch demonstrativ zur Seite, der ihr ins Gesicht wehte.

»Das weiß ich«, warf Pfeiffer lakonisch hinterher.

»Und warum machen Sie das dann?« hakte sie nach.

»Weil es mir gefällt«, erwiderte der Hauptkommissar.

»Das ist unvernünftig.« Sara sah Pfeiffer mit ihren großen Augen herausfordernd an.

»Wer bist du überhaupt?« fragte Pfeiffer und hoffte das Gespräch damit zu beenden.

»Das ist mein Onkel.« Sie deutete auf Tristan. »Ich wohne hier.«

Ihr Tonfall ließ keinen Zweifel daran, wer hier der Eindringling war. Sara besaß ein untrügliches Gefühl für Recht, insbesondere für das moralische Recht; in diesem Falle, Fragen zu stellen. Sie gehörte nicht gerade zu den Schüchternen ihres Jahrganges und wusste genau, wie sie sich wehren konnte.

Pfeiffer sah das junge Mädchen an und grinste.

»Die hat ja jetzt schon mehr von Ihnen«, nuschelte er an der Zigarette vorbei, »als das für ein Leben gesund wäre.«

»Sie ist nicht so leicht unterzukriegen«, sagte der Detektiv stolz, »und das ist gut so.«

Dann stellte Tristan sie einander vor.

»Sara, das sind Hauptkommissar Pfeiffer und Kommissar Holzbaum.«

Pfeiffer nickte, und Holzbaum gab ihr freundlich die Hand.

»Die Kommissare werden uns sicherlich gleich mitteilen, was sie hier wollen«, sagte er.

»Das werden wir«, antwortete Pfeiffer und sah zu Sara, »wenn uns diese junge Dame einen Moment allein lassen könnte?«

Tristan nickte, was Sara überhaupt nicht gefiel.

»Sieh doch bitte mal nach Marlowe«, sagte Tristan.

Widerwillig stand sie auf und zottelte ins Haus.

»Nun?« Tristan wandte sich an Pfeiffer.

»Wir haben ein Problem«, begann der. »Es gibt einen Todesfall im Samariter-Krankenhaus.«

»Frau Hassel-Dorn?« fragte Tristan.

»Ja«, staunte Pfeiffer, »woher wissen Sie das denn schon wieder?«

»Man hört so manche Dinge«, lächelte Tristan.

»So? Jedenfalls sind uns bei dieser Sache etwas die Hände gebunden.«

Dann erklärte Pfeiffer die Situation.

»Sehr ungewöhnlich von Büdenbender«, murmelte Tristan, nachdem Pfeiffer seine Erklärung abgegeben hatte. »Das ist überhaupt nicht seine Art.«

»Wir bekommen Schwierigkeiten, echte Schwierigkeiten, wenn wir zu massiv auftreten«, sagte Holzbaum. »Wir können nicht einmal nach einem Motiv suchen. Wollen wir den Fall aufklären, brauchen wir Ihre Hilfe. Sie könnten in jedes dunkle Loch gucken und darin herumstöbern.«

»Ich weiß nicht, ob mir das gefällt«, erwiderte Tristan.

»Natürlich ermitteln wir weiter«, stöhnte Pfeiffer, »aber wenn die Krankenhausleitung sagt, es sei ein Unfall gewesen, dann stehen wir außen vor. Es sei denn, der Staatsanwalt gibt grünes Licht für weitere Ermittlungen.«

»Das, so scheint es, will er gerade nicht«, meinte Tristan, dessen graue Zellen bereits zu arbeiten begannen.

»Ja, Herr Irle«, Holzbaum zog seinen Notizblock heraus, »er befürchtet eine öffentliche Unruhe.«

»Da wäre noch etwas«, sagte Pfeiffer. »Der behandelnde Arzt behauptet, keinen Fehler gemacht zu haben.«

»Dr. Konstantin Killian, nehme ich an«, lächelte Tristan.

Pfeiffer musterte den Detektiv.

»Sie haben mit dem Arzt gesprochen!« rief er plötzlich.

»Um genau zu sein«, antwortete Tristan, »er hat mich gebeten, gewissen Dingen auf den Grund zu gehen.«

»Das ist ja großartig«, freute sich Holzbaum, »dann sind Sie ja schon im Boot.«

Pfeiffer gefiel dieser Vergleich gar nicht. Er war sich nicht sicher, ob ihm ein eingegipstes Bein das

Kapitänspatent kosten könnte. Denn um keinen Preis der Welt würde er einem Privatdetektiv das Ruder überlassen.

»Sie können beruhigt sein«, sagte Tristan. »Ich werde mich heute noch mit Killian im Krankenhaus treffen. Gibt es irgendwelche Motive?«

»Diese Hassel-Dorn wollte massive Kürzungen im Krankenhaus durchsetzen«, berichtete Pfeiffer. »Die Ärzte wären ebenso betroffen wie das Pflegepersonal und die technische Ausrüstung.«

»Deshalb bringt man keinen Menschen um«, sagte Tristan. »Da muss mehr hinterstecken!«

»Ja«, stöhnte Pfeiffer. »Aber beliebt hat sie sich dadurch nicht gemacht.«

»Haben Sie die Sachen der Toten sichergestellt?« Tristan zog eine Pfeife aus der Strickjacke.

Holzbaum nickte. »Sie liegen im Büro, zwei Kartons voll.«

»Kann ich mir die bei Gelegenheit einmal anschauen?« Der Detektiv spielte mit seiner Pfeife.

»Selbstverständlich«, antwortete Holzbaum voreilig.

Pfeiffer zuckte zusammen. Vielleicht will er auch noch einen Schreibtisch aufgestellt bekommen, dachte er und brummte laut: »Es ist nicht gut, die Schlange am eignen Busen zu nähren. Bringt nur Unglück.«

Umständlich erhob sich der Hauptkommissar. Tristan wollte ihm helfen, doch mürrisch lehnte Pfeiffer ab.

»Jetzt glauben Sie bloß nicht«, schnaufte er, als er endlich Halt gefunden hatte, »dass wir Freunde sind. Privatdetektive sind immer noch das Letzte für mich. Das sollten Sie nicht vergessen.«

»Ich denke jeden Tag daran«, antwortete Tristan.

Er kannte Pfeiffer viel zu gut, als dass er diesen Worten mehr Bedeutung zukommen ließ. Der Detektiv interpretierte sie deshalb auf seine Weise, und dabei kam so etwas heraus wie: Mir geht es echt Scheiße, und du solltest mir nicht in die Suppe spucken, solange ich noch am Tisch sitze.

5

Eduard Schuster atmete erleichtert auf, als er das Gerichtsgebäude verließ. Nie und nimmer hätte er geglaubt, in der Staatsmacht einen Verbündeten zu finden, doch wie Staatsanwalt Büdenbender mit Pfeiffer umgesprungen war – das ließ ihn hoffen. Skeptisch erkannte er in Büdenbenders Haltung allerdings einen kleinen Schönheitsfehler. Er hatte diese Kleinigkeit vorerst nicht weiter wichtig genommen, doch jetzt, wo er die frische Luft eines sonnigen Frühjahrstages einatmete, machte sich leichter Zweifel breit.

»Was gewinnt der Staatsanwalt für einen Vorteil?« flüsterte er auf dem Weg zum Auto.

Schuster dachte in Kategorien, die bei machtbewussten Politikern gang und gäbe waren. Sie lauteten: absichern, Vorteile suchen und zuschlagen, vernichtend zuschlagen, wenn es sich um einen politischen Gegner handelt.

Was wollte Büdenbender absichern? Darüber grübelte der Landratskandidat, als er vom Kirchweg zum Parkplatz hinter der Hammerhütte abbog. Das alte Gemeindehaus warf einen kühlen Schatten auf die Straße, in dem Schuster einen Augenblick verweilte. Das warme Wetter strapazierte seinen Kreislauf. Viel zu schnell schoss im Siegerland die Quecksilbersäule nach oben und unten. Er atmete ein-, zweimal durch und ging dann völlig in Gedanken weiter zum Parkplatz. Schuster bemerkte den Abschleppwagen zu spät. Erst als die Hupe laut dröhnte, sah er den LKW auf sich zufahren. Er sprang zur Seite und erkannte zu spät, dass sein Auto am Haken hing.

»He«, schrie er, »das ist mein Auto! Sofort anhalten! Anhalten!«

Der Fahrer reagierte nicht. So sah Schuster seinem Wagen wütend hinterher und schwor Rache.

Doch zuerst musste er sein Auto wiederbekommen. Also machte er sich auf den Weg zum Kreishaus. Mit einer Wut im Bauch marschierte er los. Zum Glück lag das Kreishaus nur einen Block weit entfernt. Nach einigen Metern beruhigte sich Schuster wieder. Dann schweiften seine Gedanken erneut um Büdenbenders auffälliges Verhalten.

Wenn Büdenbender eine genaue Untersuchung ablehnte, konnte man vermuten, dass er jemanden schützen wollte. Wenn das so wäre, dachte Schuster, wen könnte er dann schützen wollen? Soweit ihm bekannt war, bestand keine persönliche Beziehung seitens des Staatsanwaltes zum Samariter-Krankenhaus. Das hatte er von Althaus überprüfen lassen. Man weiß ja nie, welche Verwandten oder Bekannten man ausfindig macht.

Wenn es also solche Beziehungen zum Krankenhaus gab, dann musste er versuchen herauszubekommen, wen er im Krankenhaus schützen wollte.

Aber vielleicht wollte sich Büdenbender nur einen Vorteil verschaffen. Das schien Schuster am wahrscheinlichsten. Schließlich würde er vielleicht zum leitenden Beamten des Kreises gewählt.

Der Politiker nickte, das musste es sein.

»Er sucht aus dieser unangenehmen Sache einen persönlichen Vorteil zu ziehen«, murmelte er zufrieden. Das waren genau die Reaktionen, mit denen er es ständig zu tun hatte. Die kannte er und damit konnte er umgehen. Jetzt ging es Schuster schon viel besser, wäre da nicht die Sache mit seinem Auto gewesen.

Staatsanwalt Büdenbender grinste unterdessen teuflisch, als er sein Konterfei im Spiegel betrachtete. Wie schnell man sich Freunde und

Verbündete verschaffte! Nun, „Freunde" war in diesem Fall der falsche Ausdruck, dennoch hatte Büdenbender den richtigen Mann am Angelhaken. Er würde Schuster helfen, und ein anderes Mal würde Schuster ihm zur Seite stehen. Das ungeschriebene Gesetz einer agierenden Sozialgemeinschaft, in der einige wenige die Mehrzahl der anderen dominierten, weil sie gewisse Dinge mehr oder weniger untereinander klären.

Leider hielten sich nicht alle an dieses Gesetz und Büdenbender kroch es kalt den Rücken hinauf, wenn er an Hauptkommissar Pfeiffer dachte. Seit Jahren lag er dem Polizisten Pfeiffer bei jedem Mordfall in Siegen im Ohr, die Morde möglichst schnell und präzise aufzuklären. Jetzt forderte er genau das Gegenteil. Man musste schon ein größerer Depp sein, um hier nicht Lunte zu riechen. Pfeiffer mochte im Kopf nicht der Hellste sein, aber er war ein guter Polizist. Büdenbender verwettete seine teure Ebel-Uhr, dass dieser Hauptkommissar weiter recherchieren würde, und wenn es sein müsste, eben mit unkonventionellen Mitteln. Allerdings wäre Büdenbender selbst im Traum nicht darauf gekommen, wie unkonventionell der Hauptkommissar dabei vorging.

»Pfeiffer wird etwas unternehmen«, murmelte er seinem Spiegelbild zu, »aber was?«

Er strich mit der rechten Hand durch sein volles Haar und murmelte weiter: »Gegen meine Anweisung agiert dieser Mensch weiter. Das heißt für mich, ich sollte schnell das Feld säubern, bevor der Gute über meine Leichen stolpert.«

Diese hintergründige Metapher amüsierte Büdenbender. Sie war ihm spontan eingefallen, was ihn selbst ergötzte. »Ich hätte Dichter werden sollen. Bei meiner Wortgewalt hätte ich ein deutscher Shakespeare werden können.«

Dann entdeckte er etwas auf seiner Nase und rückte näher an den Spiegel.

»Tatsächlich«, murmelte, »ein Scheiß Mitesser.«

Etwas umständlich drückte er an seiner Nase herum.

»Mist«, fluchte er, als das Ergebnis zu sehen war. »Jetzt sieht es aus, als hätte ich mich geschlagen.«

Friedrich Büdenbenders Freunde, ja, er hatte welche, wussten, dass er eitel war. Er selbst bezeichnete sich als einen ästhetischen Menschen. Gepflegte Kleidung, teuren, stilvoll ausgesuchten Schmuck und die nötige Körperpflege zeichneten einen solchen Menschen aus. Seine Feinde nannten dies schlicht Snobismus und rückten ihn in die Nähe dekadenter Adeliger, denen man in Paris unter Beifall des Volkes den Kopf abgeschlagen hatte. Das alles störte Büdenbender wenig, solange er im Gerichtssaal die Anklage glaubwürdig führen konnte. Das war jetzt gefährdet, und es galt Maßnahmen zu treffen.

Als Erstes griff er zum Telefon und wählte eine Nummer.

»Hallo, ich bin's«, sagte er sanft. »Wir müssen uns treffen.«

Es folgte ein Hin und Her der Terminvorschläge, bis endlich feststand, wann und wo es zu einem Treffen kommen sollte. Nachdenklich legte er auf.

»Das war Nummer 1«, sagte er und nahm erneut den Hörer in die Hand. Kurz darauf hatte er seine Frau am Telefon.

»Hallo, Liebling, ich komme heute etwas später ... Ja, es ist dieser Fall, eine unangenehme Geschichte ... Ja, bis dann.«

Jetzt konnte er nur noch warten.

6

Sara lief aufgeregt neben ihrem Onkel her. Eigentlich wollte Tristan seine Nichte bei Erich lassen, doch der hatte einen wichtigen Termin bei einem Gemeindemitglied. So kam es nun, dass Sara und Marlowe den Detektiv auf dem Weg ins Krankenhaus begleiteten. Für den Kakadu keine besondere Sache. Er flog zwischen den Häusern hin und her und achtete darauf, in welche Richtung Tristan und Sara spazierten. Sara hingegen fühlte sich von Tristan ernst genommen, und dafür liebte sie ihn.

»Du hast schon oft davon gesprochen«, raunte Sara, als sie die Löhrstraße überquerten, und deutete zu Marlowe hinauf, »aber wenn man ihn so frei fliegen sieht, ist es doch etwas anderes. Er ist wunderschön. – Fliegt er denn nicht weg?«

»Nein«, antwortete Tristan und erklärte: »Kakadus sind monogam. Das bedeutet, sie suchen sich einen Lebenspartner für das ganze Leben. Das gilt auch für einen Menschenpartner.«

»Romantisch«, lächelte Sara.

»Wenn's funktioniert«, antwortete Tristan, »denn nicht jeder Kakadu nimmt sein neues Herrchen an. Wenn ja, dann bleibt er treu bis ins hohe Alter. Er erkennt ihn unter Tausenden von Menschen wieder und deshalb ist es kein Problem, ihn fliegen zu lassen.«

»Die vielen Autos und Busse machen ihn nicht scheu?«

»Nein, er ist es von klein auf gewöhnt«, grinste Tristan, »genauso, wie er es gewöhnt ist, mit seinem vorlauten Schnabel umzugehen.«

Sie durchquerten die Steingassen und kamen auf einem kleinen Platz an der Kohlbettstraße heraus. Jetzt konnten sie bereits das Krankenhaus sehen. Nach einigen Metern kreuzten sie die Kohlbettstraße und standen nun vor dem Eingang des Samariter-Krankenhauses. Rechts neben dem Haupteingang standen mehrere alte Linden, zu deren Füßen man einige Beete angelegt hatte. Rechts ragte ein Neubau empor, der die runde Zufahrt begrenzte, in deren Mitte man ebenfalls ein kleines Beet angelegt hatte.

Sara schwieg die letzten Meter zum Krankenhaus. Ihr wurde plötzlich klar, dass Tristan sie wirklich einbezog, und sie war sich nicht sicher, ob sie das überhaupt wollte.

»Ich mag Krankenhäuser eigentlich gar nicht«, überlegte Sara laut und verzog ihr Gesicht. »Da stinkt es immer so komisch.«

»Wenn du willst«, schlug Tristan vor, »dann bleib mit Marlowe hier draußen.«

Er zog einen Zehnmarkschein aus der Strickjackentasche.

»Geh hier um die Ecke, da findest du ein Café«, er reichte Sara das Geld, die es dankbar annahm.

Marlowe sah, wie Tristan etwas aus der Tasche zog und reagierte instinktiv. Mit einem gekonnten Sturzflug schoss er an den alten Bäumen vorbei direkt auf Tristan zu. Kurz vor einem scheinbar unvermeidlichen Zusammenstoß breitete er seine Flügel aus und landete flatternd auf Tristans Schulter.

»Wird Marlowe mir nicht wegfliegen?« fragte sie zweifelnd.

»Marlowe«, sagte Tristan ernst und nahm ihn auf seine Hand, »jetzt passt du auf Sara auf, klar!« Er setzte ihn auf ihre Schulter.

Marlowe krächzte: »Die Rose sprach zum Mägdelein: Ich muss dir ewig dankbar sein.«

»Er scheint verstanden zu haben«, lächelte Sara ganz aufgelöst. »Ich passe auf, ganz sicher!«

Stolz, ein so schönes Tier ausführen zu dürfen, verabschiedete sie sich.

»Wann bist du fertig?« fragte sie noch.

»Ich finde dich in der Alten Poststraße, o.k.?«

»In Ordnung«, sagte sie und winkte kurz zum Abschied.

Tristan schmunzelte und betrat das Krankenhaus. Ein aufgelöster Dr. Killian kam ihm entgegen.

»Sie lassen mich nicht mehr an meinen Arbeitsplatz«, jammerte er und nestelte an seinem Kittel herum. »Sie wollen mich ruinieren«, rief er so laut, dass einige Besucher und die Empfangsdame sich nach dem Chefarzt umsahen.

»Ganz ruhig.« Tristan zog den Doktor zur Seite. »Erklären Sie mir, was los ist, aber bitte so, dass nicht gleich alle was davon mitbekommen.«

»Ja, ja«, schluchzte Killian. »Verzeihen Sie mir meinen Zustand, aber bis gestern war ich es gewohnt, Anweisungen zu geben. Es ist ein schreckliches Gefühl, ein Niemand zu sein oder, noch schlimmer, eine Unperson.«

Dann erklärte er Tristan, dass Althaus ihm Hausverbot erteilt habe, bis der Fall Hassel-Dorn aufgeklärt sei.

»Wie soll ich jetzt Geld verdienen?« fragte Killian sich entsetzt. »Sie müssen den wahren Hergang dieser Tragödie herausbekommen, sonst bin ich ...«

Seine Augen weiteten sich, und Tristan konnte klar in ihnen lesen, was der gestresste Arzt dachte.

»Machen Sie sich keine Sorgen«, sagte er reflexartig und wusste doch, dass es noch eine Menge

Arbeit gab, bis diese Sache aufgeklärt sein würde.

Killian nickte.

»Haben Sie mir die Namensliste erstellt, um die ich Sie gebeten hatte?«

»Ja«, er zog einen Zettel aus seinem Kittel.

»Gut.« Tristan strahlte Zuversicht aus. »Wenn Sie hier nicht erwünscht sind, dann schlage ich vor, dass Sie das Haus verlassen.«

»Und was machen Sie?« Killian konnte sich nicht an den Gedanken gewöhnen, seine Patienten allein im Krankenhaus zurückzulassen.

»Ich werde mich um einige Antworten kümmern.«

»Man wird Sie ebenfalls hinausschmeißen«, sagte Killian sarkastisch.

»Das glaube ich nicht«, lächelte der Detektiv. »Sollte man mir nicht helfen wollen, dann werde ich die Krankenhausverwaltung davon überzeugen, es dennoch zu tun.«

7

Krankenpfleger André Fischer und sein Kollege Boris Müller unterhielten sich in der Cafeteria über den neuesten Klatsch im Krankenhaus. Die beiden jungen Männer waren überzeugte Pazifisten und Menschenfreunde. Das war aber auch schon alles, was die beiden Pfleger miteinander verband. Vom Typ her waren sie so unterschiedlich wie Esmeralda und der Glöckner von Notre-Dame.

Andrés Figur war athletisch, während Boris schon früh die Vorzüge des Bieres erkannt hatte, was zu einer etwas fülligeren Figur geführt hatte. Der adrett auftretende André, gepflegte Haut, passende Kleidung und stets perfekt liegende Haare, wirkte neben Boris wie Prinz Henry. Boris hingegen hätte in jeder Grubenstadt einen ausgezeichneten Wirt abgegeben. Er stand zu seinem Erscheinungsbild und hatte diebische Freude daran, wenn die Patienten ihn einen Alternativen nannten. Er nährte sein Image, indem er vor kurzem sein Auto gegen ein Fahrrad eintauschte, ohne darauf hinzuweisen, dass die alte Schrottkarre keiner TÜV-Überprüfung mehr standgehalten hätte. Bis zum Winter hoffte Boris genügend Geld gespart zu haben, um endlich das quälende Fahrrad abstellen zu können. Die wenigsten Siegerländer ahnen, was es bedeutet, mit Übergewicht den Siegberg hinaufzuradeln, ohne dabei die Unterstadt mit seinem eigenen Schweiß zu ertränken. Nach so einem Trip benötigte er eine gute halbe Stunde der Regeneration, um einigermaßen ansprechbar zu sein.

»Hast du gehört«, sagte Boris leise, »man hat Killian Hausverbot erteilt.«

André sah seinen Kollegen erschreckt an. Er hatte Killian nicht mehr gesprochen, nachdem dieser die Villa so überstürzt verlassen hatte. Aus Wut über den Freund ließ er sich verleugnen und ging nicht ans Telefon. André hatte gar keine Ahnung, was mittlerweile im Krankenhaus vorgefallen war.

»Wieso denn das?« fragte er völlig unwissend und mit einem schlechten Gewissen.

»Er soll die Hassel-Dorn falsch behandelt haben«, flüsterte Boris und sagte laut: »Geschieht dem arroganten Scheißkerl ganz recht.«

Boris konnte den Doktor nicht leiden. Ungehindert schüttete er seine Schadenfreude über Killians heimlichen Freund aus. Niemand im Krankenhaus wusste, dass der gepflegt auftretende André schwul war. Seiner zuvorkommenden Art verdankte er einen ausgezeichneten Ruf bei Schwestern, Ärzten und Patienten. Er besaß einen Blick für anstehende Arbeiten und wusste die Patienten durch kleine Pflegedienste bei Laune zu halten. Alle Patienten und die meisten Schwestern waren gerne mit ihm zusammen. Er wollte auch an dieser Situation nichts ändern. Deshalb stimmte er Killians Heimlichtuerei sofort zu. Schwule litten trotz scheinbar aufgeschlossener Gesellschaft immer noch unter Repressalien. Davon konnte André ein Lied singen.

»Er ist nicht arrogant«, erwiderte André impulsiv. »Was genau ist passiert?«

»Gestern Nacht ist die Hassel-Dorn umgekommen«, erzählte Boris begeistert. »Die alte Schnepfe hat damit die ewigen Jagdgründe betreten. Blöd, dass ich Dienst hatte.«

Boris beugte sich vor, schob dabei mit seinem Bauch den Tisch ein wenig weg und raunte: »Sie soll an einem Anfängerfehler gestorben sein.«

»Was für einen Anfängerfehler?« André wurde unruhig.

»KCl, statt NaCl. Klar?« grinste er. »Das musst du dir mal vorstellen. Da studiert einer jahrelang und dann so was!«

André nickte und wurde kreideweiß.

»Es stand KCl auf dem Blatt«, stammelte er. »Ganz sicher KCl.«

»Wovon redest du?« hakte Boris nach.

Doch André stand geschockt auf und lief aus der Cafeteria.

In diesem Moment machte Tristan die Bekanntschaft mit Verwaltungsleiter Anton Althaus. Der Verwaltungsleiter fing ihn auf dem Weg zur Intensivstation ab.

»Herr Irle, nehme ich an«, rief er über den Flur und eilte auf den Detektiv zu. »Die Information hat mich informiert. Nun, dafür ist die Information ja da, nicht wahr?«

Er erreichte Tristan und schüttelte ihm die Hand.

»Es ist mir eine Freude, Sie kennenzulernen.« Mit seiner Stimme hätte man Radlager schmieren können. »Ich hoffe, Sie haben kein Handy dabei«, babbelte er drauflos. »Wenn doch, dann bitte ich Sie es abzustellen. Wegen der Strahlungen sind

Handys im Krankenhaus verboten. Was kann ich für Sie tun?«

Tristan fixierte den größeren Mann über den Rand seiner Halbbrille. Eine Angewohnheit, die auf nervöse Gestalten die gleiche Wirkung hatte wie bei einer Maus das lässige Blinzeln einer sprungbereiten Katze.

»Wenn Sie mich direkt fragen«, grinste Tristan, »ich möchte mit André Fischer, Boris Müller und Elena Jung sprechen.«

»Oh«, stoppte Althaus, »weshalb denn das?«

»Herr Althaus«, sagte Tristan ruhig, »wir müssen hier keine Spielchen spielen.«

»Was für Spielchen?« antwortete der Verwaltungsleiter mit der Überzeugungskraft eines Diebes, der bei lärmender Alarmanlage seine Unschuld vor der Polizei beteuerte.

»Jetzt tun Sie nicht so«, sagte Tristan leicht ungehalten, »es geht um den Tod von Hannelore Hassel-Dorn.«

»Was haben Sie denn mit der zu schaffen?«

»Sie beschuldigen Dr. Killian«, antwortete Tristan, »einen Kunstfehler begangen zu haben. Ich bin dabei, andere Möglichkeiten auszuloten.«

»So?« Der schlaksig wirkende Mann wedelte aufgeregt mit seinen Händen herum. Althaus war dabei, mit Worten eine Grube zu graben, in die er selbst hineinzufallen drohte. »Sie können das doch gar nicht beurteilen. Oder haben Sie eine medizinische Ausbildung?«

»Nein«, lächelte der Detektiv, »die benötige ich auch nicht, wenn es sich hier um einen heimtückischen Mord handelt.«

»Sprechen Sie so etwas nicht aus«, wehrte Althaus drohend ab. »Lassen Sie uns in mein Büro gehen. Bitte!«

Tristan folgte dem schweigenden Verwaltungschef durchs Krankenhaus. So lernte er das Gebäude auf unkonventionelle Weise kennen. Althaus führte ihn an seiner Sekretärin vorbei, deren Büro mit allerlei modernen Geräten, vom Computer bis zum Scanner, ausgestattet war, in sein eher schlichtes Arbeitszimmer. Dort stand nur ein flaches Notebook auf einem leeren Schreibtisch.

»Bitte setzten Sie sich, Herr Irle«, sagte Althaus, so freundlich wie die Situation es zuließ. »Versuchen Sie zu verstehen, weshalb ich so reagiert habe. Man weiß nie, welche Reaktionen bei solchen Geschichten ausgelöst werden.«

Tristan, der bis jetzt ganz ruhig zugehört hatte, wurde langsam ungeduldig.

»Ich kann Ihnen sagen, was ich auslösen werde, wenn wir uns nicht schnell einig werden«, brummte Tristan. »Dann werde ich meiner Freundin beim Siegerländer Generalanzeiger einen Tipp geben und sie bitten, hier mal nach dem Rechten zu sehen.«

»Das würden Sie tun?« Entsetzt starrte Althaus den Detektiv an.

»Nun, wenn ich wüsste, was hier vorgefallen ist«, sagte Tristan ruhig, »dann bestünde vielleicht gar keine Notwendigkeit, irgendeinen Fremden in die Sache einzuweihen. Was meinen Sie?«

»Wenn Sie das so sehen«, antwortete Althaus geschlagen, »dann sollten wir besser zusammenarbeiten.«

»Genau so sehe ich das auch, Herr Althaus«, grinste Tristan. »Wenn wir gleich beginnen könnten, ich meine, mit unserer Zusammenarbeit, dann wäre ich sehr dankbar.«

»Was?! Ach so, natürlich«, erwiderte Althaus überrumpelt. »Wen wollten Sie als Erstes sprechen?«

8

»Hast du schon gehört«, fragte Krankenschwester Elena ihre Kollegin Leah, »der berühmte Siegener Detektiv Irle ist im Haus.«

Die beiden Krankenschwestern standen in der Wäschekammer und legten einen Stapel Bettzeug auf einen Hubwagen.

»Nein«, antwortete Leah. »Was will der denn?«

»Keine Ahnung«, gestand Elena, »aber sicher ist er wegen der Hassel-Dorn hier.«

Leah nickte und zählte die aufgestapelten Betttücher durch.

»Das reicht«, meinte sie. »Lass uns anfangen.«

»Okay«, nickte Elena und plapperte auf dem Flur aufgeregt weiter. »Sicher befragt er jetzt die an der Operation Beteiligten.«

»Wie kommst du darauf«, lächelte Leah, »dass der Detektiv sich für die Operation interessiert?«

»Warum denn nicht?« entgegnete Elena.

Leah blieb stehen.

»Weil bei der Operation nichts schiefgegangen ist«, erklärte sie. »Er sollte sich vielmehr für die Zeit nach der Operation interessieren.«

»Oder aber für Caesar, ich meine Killian«, sagte sie geheimnisvoll.

»Was ist denn an dem so Interessantes dran?« fragte Leah abfällig.

»Ich hab da was gehört«, flüsterte Elena.

»So?« grinste Leah. »Man hört viel im Krankenhaus.«

»Aber so was nicht«, entgegnete ihre Kollegin laut.

»Na, dann rück mal damit heraus«, befahl Leah.

»Zu heikel«, wehrte Elena ab.

»Dann lass mich mit dem Quatsch in Ruhe«, schimpfte sie und griff nach dem Hubwagen. »Na, hilf schon!«

Sie schoben den Hubwagen durch den halben Flur bis zum Stationszimmer.

»Wird Boris uns helfen, oder schwirrt er wieder durch die Gegend, um seinen Charme zu versprühen?« Leah sah ihre Kollegin grantig an.

»Keine Ahnung. Ich weiß nicht, wo sich dein Freund rumtreibt, ehrlich.«

»Er wollte uns beim Bettenmachen helfen«, zischte sie. »Nie ist Verlass auf ihn.«

»Wenn du mich fragst«, lächelte Elena, »dann lass den Scheißkerl ziehen.«

»Was soll denn das!« giftete Leah. »Du bist wohl eifersüchtig, was!«

»Ganz sicher nicht«, antwortete Elena und klopfte mit der Hand auf das Bettzeug. »Du bist alt genug, und ich habe dir schon viel früher gesagt, was du von diesem Typ zu halten hast.«

»Aber du«, zischte Leah, »du mit deinem Vincent, der hinter jedem Frauenrock herläuft.«

»Das ist nicht wahr«, sagte Elena hart. »Er steht immer unter solchem Druck und flirtet gerne, mehr nicht.«

»Caesar kann er nicht leiden«, höhnte Leah weiter, »und diese Hassel-Dorn?«

»Sei vorsichtig«, drohte Elena, »mit solchen Bemerkungen.«

»Na, jeder weiß doch«, grinste Leah böse, »dass er etwas mit dieser Hassel-Dorn hatte.«

Elena sah sie mit großen Augen an. Sie flog die letzten Tage auf Wolke Rosarot. Vincent hofierte sie, wo er Gelegenheit fand. Sie waren seit einigen Monaten ein festes Paar. So glaubte Elena wenigstens. Jetzt donnerte ein Blitz durch das flauschige Gefühl und riss sie in die Tiefe. Es verschlug ihr die Sprache und einen Moment glaubte sie, ohnmächtig zu werden. Als wäre sie unter dem Stapel Bettdecken begraben, hörte sie weit entfernt ihren Namen rufen.

»Elena«, rief eine Stimme, »ist alles in Ordnung?«

Langsam kam sie wieder zu sich und erkannte einen Mann.

»Mir geht es gut«, stotterte sie.

»Mein Name ist Irle, Tristan Irle«, lächelte er sie an.

»Wo ist Leah?«

»Hier ist sonst niemand!«

»Meine Kollegin«, antwortete Elena, »sie war eben noch hier.«

Sie sah sich nach Leah um, doch die war mit dem Hubwagen verschwunden.

»Sie ist mit einem jungen Mann in das Zimmer hier gegangen«, sagte Tristan und deutete auf eine Tür. »Ich hätte einige Fragen, die Sie mir vielleicht beantworten möchten.«

»Sicher«, nickte sie etwas verstört, »kein Problem. Lassen Sie uns ins Stationszimmer gehen.«

Sie führte den Detektiv einige Meter weiter ins Stationszimmer.

»Möchten Sie eine Kaffee?« fragte sie. »Ich kann jetzt einen gebrauchen.«

»Danke, gerne. Sie wissen, weshalb ich hier bin?« begann Tristan.

»Ja«, sie füllte zwei Tassen und reichte ihm eine, »Sie sind wegen der Hassel-Dorn-Geschichte hier.«

»Richtig«, nickte Tristan, »können Sie mir sagen, was während der Operation und danach passiert ist?«

»Ich kann mich daran erinnern, dass Vincent schlecht drauf war«, antwortete sie ruhig.

Tristan zog einen Zettel aus seiner Strickjacke.

»Vincent Schreiber, Assistenzarzt?« fragte er.

»Ja, wir nennen ihn nur Vincent. Er ist sehr beliebt«, sie lächelte verlegen. »Bei uns Frauen zumindest. Jedenfalls war er während der OP ziemlich mies drauf. Caesar ...«

»Wer ist Caesar?«

»So nennen wir Killian«, erklärte Elena. »Ein Spitzname.«

»Nicht ganz unpassend«, antwortete Tristan und dachte an Brutus' Verrat. »Ist er so herrisch, wie der Spitzname vermuten lässt?«

»Kennen Sie Killian?«

»Flüchtig«, meinte Tristan.

»Wenn er etwas will, ist er die Freundlichkeit in Person, gegenüber seinen Patienten ist er der Liebling der Nation«, grinste Elena traurig, »aber im OP ist er ein wahrer Diktator und Tyrann. Vincent musste an diesem Tag sehr leiden.«

Tristan nahm seine Halbbrille ab und runzelte die Stirn.

»Wie äußert sich das?«

»Killian ließ ihn mehrmals auflaufen, machte ihn lächerlich, und das vor Peter Hoffmann, einem Arzt im praktischen Jahr.«

»Was geschah nach der OP?«

»Killian sagte, dass die Hassel-Dorn nun auf Intensiv gerollt werden sollte und füllte das Krankenblatt aus. Anschließend verließ er den OP-Saal.«

»Es wurde nichts mehr besprochen?«

»Ich bekam nichts weiter mit«, antwortete Elena. »Ich war bereits mit dem Aufräumen beschäftigt.«

Sie überlegte einen Augenblick, dann fiel ihr ein: »Er besprach noch etwas mit Peter Hoffmann, bevor er ging. Um was es da ging, kann ich Ihnen leider nicht sagen.«

»Blieb noch jemand vom Team bei der Patientin?« wollte der Detektiv wissen.

»Nein«, schüttelte sie den Kopf. »Wir machten nach der Operation Feierabend.«

Tristan trank die Tasse leer und stellte sie auf einem Schreibtisch ab.

»Danke, dass Sie sich die Zeit genommen haben«, sagte er freundlich. »Ich sollte mich mit diesem Peter Hoffmann unterhalten. Wissen Sie, wo ich ihn finde?«

»Er ist vor ein paar Minuten gegangen«, antwortete Elena und fügte rasch hinzu: »Herr Irle, im OP gab es keine Möglichkeit, der Hassel-Dorn etwas anzutun. Sie sollten die Zeit nach der OP untersuchen.«

Tristan sah die junge Krankenschwester ernst an.

»Danke für den Hinweis, Elena, aber zuerst möchte ich herausbekommen, was im OP geschah, denn dort war Killian noch anwesend und füllte das Krankenblatt aus.«

»Das verstehe ich«, nickte sie. »Da ist noch was.«

Elena zögerte. Tristan ließ ihr Zeit.

»Vielleicht ist es nur ein Gerücht«, begann sie schließlich vorsichtig, »aber Caesar reagiert auf Frauen anders als auf Männer.«

»Wie soll ich das verstehen, Elena?«

»Männer behandelt er zuvorkommender«, antwortete die Krankenschwester.

»Sie meinen, Killian ist schwul?« Tristan sah sie überrascht an.

»Vielleicht?« nickte sie. »Die Hassel-Dorn glaubte es jedenfalls. Sie hat mir ihre Vermutung selbst gesagt.«

9

Vincent lief aufgescheucht durch den Flur der Intensivstation und suchte Peter Hoffmann. Elena hatte ihn gleich nach dem Gespräch mit Irle angerufen und von ihrem Gespräch mit dem Detektiv berichtet. Vincent kam zu dem Entschluss, dass es für alle Beteiligten besser sei, zuerst einmal mit Peter über besagten Nachmittag zu sprechen.

Vor dem Fahrstuhl traf er Estelle und fragte sie nach Peter.

»Hallo, Estelle«, lächelte er ihr mit seinem Sonnyboy-Gehabe zu. »Hast du Peter gesehen?«

»Oh ja«, stöhnte sie müde.

»Weißt du wo er sich jetzt aufhält?«

»Er ist vor ein paar Minuten gegangen.«

»Mist«, fluchte Vincent und hatte sich sofort wieder unter Kontrolle.

»Gibt's was Besonderes?« hakte Estelle nach.

»Nein, nein«, antwortete Vincent und tat so, als ginge es um eine Belanglosigkeit. »Ich muss weiter.«

»O.k.«, lächelte sie und sah dem Assistenzarzt einen Augenblick lang nach.

Vincent verließ die Intensivstation und lief Tristan Irle im Treppenhaus in die Arme.

»Was für ein Zufall«, rief der Detektiv, der Vincent an seinem Namensschild erkannte. »Sie habe ich zwar nicht gesucht, aber vielleicht hätten Sie einige Minuten Zeit für mich.«

Vincent fixierte den Mann vor ihm und wusste nicht so recht, was er von dem Typ in Strickjacke halten sollte. Tristan bemerkte seine abweisende Haltung und sagte:

»Verzeihen Sie mir meinen Überfall. Mein Name ist Irle, Tristan Irle. Ich bin Privatdetektiv und untersuche den mysteriösen Tod von Frau Hassel-Dorn.«

»Ach der!« stieß Vincent aus, und mit einem Mal war er die Liebenswürdigkeit in Person. »Was kann ich für Sie tun?«

»Sie könnten mir einige Erläuterungen zum Tagesablauf geben«, lächelte Tristan. »Wissen Sie, ich habe überhaupt keine Ahnung, wie der Betrieb hier so läuft. – Ich hoffe, Ihnen nicht allzu viel Zeit zu stehlen.«

»Kein Problem«, nickte Vincent erleichtert. »Ich habe momentan Pause und lade Sie in die Cafeteria ein.«

»Gerne«, stimmte der Detektiv zu.

Auf dem Weg zur Cafeteria plauderten sie über das Siegerländer Wetter und über den charmanten Charakter des Siegerländer Urgesteins mit dem rollenden Rrrrr. Wie sich herausstellte, stammte Vincent aus Rudersdorf. Nach seinem Abitur, das er in Wilnsdorf gemacht hatte, hatte er in Marburg Medizin studiert und war dann zurück in seine Heimat gekommen. Sein südländisches Aussehen verdankte er seiner Mutter, die aus Spanien stammte.

Sie betraten die Cafeteria und setzten sich an einen Bistrotisch.

»Darf ich Ihnen einen Kaffee holen?« fragte Vincent charmant.

»Gerne«, nickte Tristan und sah auf die Uhr, die über dem Eingang angebracht war. Er dachte kurz an Sara, Marlowe und seinen Magen, der diesen Vormittag eine Menge Kaffee vertragen musste. Das Gespräch würde er nicht in die Länge ziehen.

Vincent kam mit zwei Tassen zurück.

»Nun, dann fragen Sie mal«, lächelte er, und zwei blendend weiße Zahnreihen strahlten Tristan an.

»Wenn die Operation vorbei ist«, begann Tristan, »was passiert dann?«

»Der Patient oder die Patientin wird zurück aufs Zimmer geschoben.«

»Sieht der Arzt nochmals nach den Patienten?« Tristan nippte an dem Kaffee und verzog sein Gesicht.

»Nicht besonders gut«, meinte Vincent, »aber immer noch besser als Tee und Kakao, das kann ich Ihnen sagen.«

»Hm«, Tristan stellte die Tasse ab, »sieht der Arzt nochmals nach den Patienten?«

»Wenn die privat versichert sind, sicher«, antwortete Vincent, »wenn es normale Kassenpatienten sind, dann vielleicht bei der nächsten Visite.«

»Warum hat man Frau Hassel-Dorn auf die Intensivstation geschoben?« fragte Tristan und zwang sich, einen weiteren Schluck des schwarzen Gebräus zu trinken.

»Keine Ahnung«, sagte Vincent lakonisch. »Ich hätte sie einfach auf ihr Zimmer zurückgeschickt. Es bestand kein medizinischer Grund, nach dieser Blinddarmoperation die Patientin auf die Intensiv zu verlegen.«

»Warum hat, Ihrer Meinung nach, Dr. Killian es trotzdem veranlasst?« Tristan sah den jungen Assistenzarzt genau an.

»Caesar ist geldgeil«, antwortete Vincent hart. »Ich denke, er wollte abkassieren.«

»Hätte man diesen Perfusor auch auf einem normalen Zimmer zur Verfügung gehabt?«

Vincent wurde von dieser Frage überrascht. Ihm wurde schlagartig klar, dass der freundlich wirkende Detektiv mehr wusste, als er ihm zugetraut hatte. Er brauchte einen Moment, bis er wieder den netten Arzt spielen konnte.

»Woher wissen Sie etwas von einem Perfusor?«

»Man hört hier und da etwas, bekommt das eine oder andere erklärt«, zuckte Tristan mit den Schultern, »mehr nicht.«

»So?« Vincent nahm einen tiefen Schluck aus der Tasse. »Diesen Perfusor hätte man nicht auf einem normalen Stationszimmer vorgefunden. Es gibt aber transportable. Nur wären diese nicht eingesetzt worden, sondern man hätte einen althergebrachten Infusionsbeutel an einer schönen Stange verwendet. Alles andere wäre aufgefallen, weil ungewöhnlich und nicht zu rechtfertigen gewesen.«

»Sie wollen damit sagen«, vergewisserte sich Tristan, »dass Frau Hassel-Dorn mit KCl in einem Infusionsbeutel an einer Stange nicht umgekommen wäre?«

»Ich denke«, antwortete Vincent vorsichtig, »das Pflegepersonal hätte rechtzeitig eingreifen können.«

»Sie meinen, die Krankenschwestern hätten die ersten Symptome wie Herzrhythmusstörungen oder EKG-Veränderungen festgestellt?«

»Sie kennen sich aber aus«, staunte Vincent und musste feststellen, dass er den Mann gewaltig unterschätzt hatte.

»Man bereitet sich vor«, meinte Tristan ebenfalls lakonisch.

»Ich kann nicht mit Sicherheit behaupten«, sagte Vincent nachdenklich, »dass das Pflegepersonal etwas gemerkt hätte. Jedenfalls wäre der Hassel-Dorn unter diesen Umständen eine kleine Chance geblieben. Die Sache mit dem Perfusor ist absolut tödlich. Da besteht keine Überlebenschance.«

»Also bleibt die Frage, ob Dr. Killian die falsche Behandlung aufgeschrieben hat oder nicht«, sagte Tristan und nippte das letzte Mal an seiner Tasse.

»Meiner Meinung nach besteht daran kein Zweifel.« Vincents Tonfall klang voller Zorn. »Die Handschrift ist eindeutig wiederzuerkennen. Und ich kenne keinen, der diese Handschrift nachmachen könnte. Es sei denn, er wäre Kujau.«

»Könnten Sie mir eine Kopie dieses Blattes besorgen?« fragte der Detektiv.

»Nein, das kann ich nicht.« Der Assistenzarzt wirkte amüsiert. »Die Polizei hat das Blatt beschlagnahmt.«

»So?«

»Ja, da müssen Sie sich an die Polizei wenden.«

»Hatte Frau Hassel-Dorn Feinde im Krankenhaus?«

»Feinde?« grinste Vincent. »Die Frau war ein Drachen. Überall lief sie herum, wollte wissen, was man gerade verbraucht hatte, nervte Pfleger wie Ärzte gleichermaßen. Ich glaube, die Hälfte der Belegschaft hätte Gründe gefunden, ihr ...« Vincent beendete den Satz nicht.

»Sie mochten sie nicht?« Tristan lehnte sich langsam zurück. »Reichte diese Antipathie aus, um einen Mord zu begehen?«

»Ich bin Arzt. Wir möchten Menschen retten, sie nicht umbringen. Aber wenn der Job davon abhängt, vielleicht.«

Dann erzählte er dem Detektiv von Hassel-Dorns Sparplänen.

»Damit wird so jeder im Krankenhaus zum Verdächtigen«, seufzte Tristan.

»Vorausgesetzt, dass es ein Mord war«, bemerkte Vincent. »Ich denke, Caesar, also Killian, hat Mist gebaut.«

»Er behauptet das Gegenteil.« Tristan überlegte, Vincent nach Killians Verhalten zu befragen. Vielleicht hätte er Elenas Aussage bestätigen können, doch seine Intuition riet ihm davon ab. Er stand auf.

Es wurde Zeit. Sara würde sicherlich schon auf ihn warten. André Fischer und Boris Müller musste er an einem anderen Tag interviewen.

Vincent folgte dem Detektiv zum Ausgang. Auf halbem Weg blieb Tristan jedoch stehen und fragte: »Wissen Sie eigentlich, wer die Infusionen angelegt hat?«

Vincent sah ihn mit großen Augen an.

»Nein, das weiß ich nicht«, sagte er vorsichtig.

10

Staatsanwalt Büdenbender setzte seinen breitkrempigen Trilby ab und legte den Hut neben sich auf einen Stuhl. Eine Menge Gestalten in Jogginganzügen saßen an den Tischen. Hier und da waren ihre Hosenbeine und Ärmel hochgekrempelt und Verbände wurden sichtbar. Neben den Jogginganzügen schlichen ältere Herrschaften zu den wenigen freien Tischen. Das Café am Kornmarkt glich einem Sammelbecken auffallender Individuen. Büdenbender war sich plötzlich nicht mehr sicher, den richtigen Platz für dieses Treffen ausgewählt zu haben. Besonders in Anbetracht der Menschen, die die Zeit fanden, während der Arbeitszeiten seelenruhig Kaffee zu trinken. Aber hieß es nicht, wenn du dich verstecken willst, dann geh unter Menschen. Leider unterschlug Büdenbender eine Kleinigkeit bei diesem Zitat. Es hieß im Original unter gleichgesinnte Menschen, die waren hier jedoch nicht. So fiel der Staatsanwalt auf seinem Stuhl nicht minder auf als eine tropische Orchidee inmitten einer Sandhalde. Jetzt gab es jedoch kein Zurück mehr.

»Wie weit sind wir schon runtergekommen?« murmelte er. »Wer arbeitet denn noch in diesem Land?«

»Ich«, lächelte die Bedienung, die nur den letzten Satz mitbekommen hatte. »Was kann ich Ihnen bringen?«

Büdenbender sah in zwei freundliche Augen und sagte: »Einen Tee, bitte.«

Die Bedienung nickte und verschwand. Er musste abwarten, bis seine Verabredung eintraf.

Die Kellnerin brachte ihm seinen Tee und verschwand wieder. Er hatte einen Platz gewählt, von dem aus er die Tür beobachten konnte. Nichts wäre peinlicher gewesen, als wenn seine Verabredung suchend durch das ganze Café stolziert wäre. Zum Glück brauchte er nicht lange zu warten. Er zerdrückte gerade seine Zitrone, als sich die Tür des Cafés öffnete und eine bildschöne Frau eintrat.

Sie sah bezaubernd aus und trat lächelnd auf den Staatsanwalt zu.

»Hallo, Friedrich«, hauchte sie, während sie langsam auf den Stuhl sank.

11

Sara war in der Alten Poststraße nicht zu übersehen. Dies lag nicht etwa daran, dass die Alte Poststraße mit ihren Cafés und Bistros menschenleer war, auch nicht daran, dass sie auf der Lehne eines Gartenstuhls lümmelte und einen weißen Kakadu auf ihrer Schulter trug, als vielmehr daran, dass ein Haufen gestylter Jungen das Mädchen belagerte.

Die Jugendlichen saßen neben einer Hirtengruppe, die in den achtziger Jahren von dem Siegerländer Künstler Wolfgang Kreutter installiert worden war. In der Mitte der Gruppe befand sich ein Brunnen, dessen Wasser durch ein stilisiertes Bachbett einige Meter durch die Alte Poststraße floss. Das Kunstwerk bestand aus drei Kühen, einem Hirten und einem Hirtenhund. Die Kühe sollten an die drei Hudegemeinden erinnern, die früher innerhalb der Stadtmauern bestanden und ihr Vieh täglich durch Hirten in das Siegener Umland treiben ließen.

Als Tristan von der Kohlbettstraße um die Ecke in die Alte Poststraße bog und die Fußgängerzone überblicken konnte, traf ihn der Anblick wie ein Blitz. Die putzigen Rindviecher, die er ansonsten liebevoll berührte, wenn er die Straße entlangging, verloren sich am Rand seines fokussierenden Blickes, in dessen Brennpunkt eine Horde junger Wölfe ein zierliches Lamm umzingelt hielt.

»Oh, mein Gott«, murmelte Tristan, der im Eilschritt der Gruppe entgegenstürmte.

Die Jugendlichen scherzten, lachten und bemerkten nicht, dass Tristan ihnen näher kam. Selbst Marlowe nahm sein Herrchen nicht wahr. Der Kakadu sonnte sich ihm allgemeinen Interesse, das er auf Saras Schulter auf sich zog.

»Na«, rief Tristan plötzlich hinter einem kraftstrotzenden Jungen hervor, »amüsiert ihr euch?«

Die Jugendlichen schreckten zusammen und sahen den Detektiv neugierig an.

»Hallo, Tristan«, antwortete Sara, während sie lässig mit der linken Hand winkte. »Das ist mein Onkel«, sagte sie stolz, »der Detektiv.«

Tristan trat zwischen die Jugendlichen. Die wichen automatisch ein Schritt auseinander, als ihnen langsam klar wurde, wer sie da beim Balzen störte. Sara stieg vorsichtig vom Stuhl herab und bahnte sich einen Weg durch die Jungen auf Tristan zu.

»Wo warst du so lange?« fragte sie vorwurfsvoll, als sie ihren Onkel erreichte, und kam Tristan um Haaresbreite zuvor, der gerade seiner Empörung den Ring freigeben wollte.

»Oh«, schluckte er, und seine Empörung stolperte über die Ringseile, purzelte in die Zuschauerreihen und war verschwunden. »Entschuldige, es hat etwas länger gedauert als ich dachte.«

»Ist in Ordnung«, lächelte sie und hakte sich bei ihm ein. »Ich habe Hunger.«

»Da bist du nicht allein«, strahlte der Detektiv und führte seine schöne Nichte aus dem Gefahrenbereich nach Hause.

»Die Jungen haben dich doch nicht belästigt?« fragte er einige Meter weiter.

»Nein, ich weiß mich zu wehren«, antwortete sie sicher, »wenn sie mir zu nahe kommen.«

»Das ist gut«, nickte Tristan beruhigt, »vielleicht möchtest du einige Aikido-Griffe lernen?«

»Oh, das wäre prima«, sagte sie begeistert. »Das wollte ich schon immer lernen.«

»Kein Problem«, Tristan war zufrieden, »wir fangen gleich damit an.«

»Hier auf der Straße?« Sie sah ihn entsetzt an.

»Nein«, schüttelte er den Kopf, »natürlich zu Hause.«

»Gut!« antwortete sie und war froh, die Situation zu ihren Gunsten geklärt zu haben.

Einige Minuten später flatterte Marlowe in einen der Kastanienbäume, während Tristan eine alte Matratze vom Speicher über die schmale Treppe im Haus herunterzerrte.

»Die riecht etwas«, bemerkte Sara.

»Das verfliegt«, lächelte der Detektiv, »wenn sie am Boden liegt.«

Er schleppte das sperrige Teil nach draußen und legte es auf den Boden.

»Sieht das nicht etwas sonderbar aus?« Sara deutete auf die Matratze und dann in den Hof.

»Nein«, meinte Tristan, der sich seine Strickjacke auszog.

Aus der Nachbarschaft trottete Tante Marta vorbei, begutachtete die alte Matratze und sagte:

»Na, Jong, bäste weder am üwe?«

»Joo, Tante Marta, is nochmoals notwänig.«

»Da pass bloos of, dat do dier net wä dost.«

»Ich doo mä bästes.«

Tante Marta grinste und schlich in die Zaungasse.

»Also«, Tristan krempelte seine Ärmel nach oben, »fangen wir an.«

12

»Weshalb willst du mich sprechen?« flüsterte die Schöne über den Tisch gebeugt.

»Wir haben ein Problem«, antwortete Büdenbender.

Sie lehnte sich zurück und sah ihn argwöhnisch an.

»Nichts Gefährliches«, versuchte Büdenbender zu beschwichtigen, »aber wir sollten darüber sprechen.«

»Wovon redest du, zum Teufel?« zischte sie leise.

»Von der Toten in eurem Krankenhaus«, erwiderte der Staatsanwalt ungehalten.

Die Schöne wurde neugierig.

»Was hast du mit der Toten zu schaffen?« fragte sie drohend.

»Ich nichts«, antwortete er. »Aber du!«

Ihre Augen verengten sich.

»Was willst du damit sagen?«

»Nun, wer hat einen Nutzen, wenn Killian verschwindet?« sagte er, als säße eine Verdächtige ihm gegenüber.

»Du glaubst doch nicht etwa ...« Sie war nahe daran, empört aufzustehen, hielt es jedoch für besser, Büdenbenders Überlegungen zu Ende anzuhören.

»Ich will nicht sagen, dass du etwas mit dem Tod dieser Frau zu tun hast«, sprach er sanft, »aber es ist doch offensichtlich, dass du durch dieses Missgeschick einen Vorteil hast.«

Sie fixierte den Mann, sah ihn ruhig an und langsam wurde ihr klar, weshalb er sie sprechen wollte.

»Du hast Angst um deinen Ruf.« Sie lächelte. Es war diese Art Lächeln, das jemand aufsetzt, wenn er vom Zahnarzt hört, dass seine Zähne in Ordnung sind. »Es geht gar nicht um mich.«

Büdenbender schluckte.

»Du behinderst doch nicht etwa die Ermittlungen?« hakte sie nach.

»Momentan sieht es nach einem Kunstfehler aus«, erwiderte der Staatsanwalt und nahm einen Schluck Tee.

»Liebling«, hauchte sie, »das macht die Situation nur noch schlimmer.«

»Ich kann mir einen Skandal nicht leisten«, stöhnte er und fügte kalt hinzu. »Diese Hassel-Dorn wusste von unserem Verhältnis.«

Die Schöne nahm es gelassen auf. Ihre Augen gewannen ihren südländischen Reiz zurück.

»Na und«, sagte sie schroff, »wen interessiert das noch? Die Frau ist tot.«

»Vielleicht hat sie mit jemandem darüber gesprochen.«

»Wann sollte sie das?« Sie griff Büdenbenders Hand. »Sie war im Krankenhaus. Ihr Mann ist seit einer Woche nicht aufgetaucht, und bis man ihn erreicht, können Wochen vergehen. Der Gute ist irgendwo in Indien unterwegs. Den hat sie nicht informiert. Familie hat sie nicht. Also, wem sollte sie etwas erzählt haben?«

»Es wäre gut«, murmelte er und wusste, dass er nun einen Vorschlag machen würde, der ihn seine Karriere kosten könnte, »wenn du das kontrollieren würdest.«

»Wenn es dich beruhigt«, stimmte sie sofort zu, »das dürfte keine große Sache werden.«

»Wollen wir es hoffen«, seufzte er.

13

Sara erwies sich als Naturtalent. Ihre schnelle Auffassung und körperliches Geschick machten sie zu einer gelehrigen Schülerin. Tristan übte mit Sara jetzt seit zwei Stunden immer wieder den gleichen Griff, der es ihr ermöglichen sollte, aus der Umklammerung eines viel stärkeren Angreifers auszubrechen. Um erfolgreich den Gegner zu besiegen, musste man sein ganzes Körpergewicht einsetzen und sich fallen lassen. Die alte Matratze diente hervorragend als Aufprallschutz, sodass Sara nach anfänglicher Skepsis die Scheu verlor und unbefangen den Anweisungen ihres Aikido-Lehrers folgte. Was für Tristan zu Beginn des Trainings wie eine leichte Übungsstunde anfing, wurde nach zwei Stunden harte Arbeit. Der Detektiv spielte den Angreifer und landete mit Saras fortschreitendem Können immer härter auf dem Boden.

»Du lernst schnell«, stöhnte er nach einem erneuten Angriff, den Sara erfolgreich abwehrte.

»Das macht Spaß«, strahlte das Mädchen, »und ist überhaupt nicht schwierig.«

»Ja, wenn man mal den Trick verstanden hat«, schnaufte Tristan und rappelte sich langsam hoch. »Aber ich denke, wir machen Schluss für heute.«

»Oh, noch ein wenig«, bettelte Sara.

»Nein, nein«, sagte Tristan, »meine Knochen sind nicht mehr die jüngsten.«

»Ach was«, lobte sie, »du bist doch gut in Schuss.«

Sie sagte das in einem Tonfall, der Tristans Beschützerinstinkte aufhorchen ließ.

»Du sagst das, als hättest du dir schon eine Menge anderer Männer angeschaut.«

Sara reagierte mit einem süßen Lächeln und meinte: »Was man so auf dem Gehsteig findet.«

»So.« Tristan setzte seine Halbbrille auf. »Was man so findet.«

Sie zuckte mit den Schultern und griff nach der Matratze.

»Soll ich dir helfen? Das Ding muss doch bestimmt wieder auf den Speicher.«

Lächelnd griff Tristan ebenfalls nach der Matratze und zusammen schleppten sie das Ding zurück auf den Speicher. Dann schickte er Sara unter die Dusche. Anschließend duschte er selbst und bereitete das Abendbrot vor. Jeden Moment musste Helga mit Sebastian vom Giller zurückkommen.

Kaum dass er mit dem Decken fertig war, stürmte Sebastian auch schon ins Wohnzimmer.

»Ich hab zwei Rehe und ein Kitz gesehen«, rief er aufgeregt. »Die sind gar nicht weggelaufen, und ich konnte so nah an sie heran.« Er zeigte ans andere Ende des Wohnzimmers und ging ein paar Schritte zurück in die Diele.

»Wow«, höhnte Sara, »das ist aber aufregend.«

»Und«, Sebastian baute sich vor seiner Schwester auf, »was hast du gemacht, he?«

»Nicht gleich streiten, ihr beiden«, warnte Helga und begrüßte Tristan mit einem liebevollen Kuss. »Er ist in jede Lichtung gelaufen«, flüsterte sie müde, »und wenn ich ihn gelassen hätte, wäre er auf jeden gottverdammten Baum geklettert, dessen Äste er zu fassen bekam.«

Sie setzte sich.

»Und wie war dein Tag?« fragte sie.

Tristan wollte gerade antworten, als an der Haustür jemand hart klopfte.

»Erwartest du noch Besuch?« Helga sah ihren Freund vorwurfsvoll an.

»Nein, eigentlich nicht«, antwortete Tristan und ging zur Haustür.

Dr. Killian stand vor der Tür und begrüßte ihn aufgelöst, zum zweiten Mal an diesem Tag.

»Und, haben Sie etwas herausbekommen?« platzte es direkt aus dem Arzt heraus.

Tristan brauchte einen Augenblick, um die Frage zu beantworten. Nachdem er mit Sara zu üben begonnen hatte, war der Fall Hassel-Dorn plötzlich nicht mehr so wichtig. Jetzt holte ihn die Realität wieder ein.

»Kommen Sie doch erst einmal herein«, sagte Tristan und musterte den Mann schweigend. Für ein paar Sekunden kühlte die Atmosphäre zwischen den beiden Männern spürbar ab, schließlich lächelte der Detektiv und fragte Killian: »Haben Sie schon etwas zu Abend gegessen?«

Der Arzt verneinte.

»Dann essen Sie mit uns«, lächelte der Detektiv, »danach sprechen wir über den Fall.«

Killian nickte, obwohl ihm Tristans Blick nicht verborgen geblieben war.

Nach dem Abendessen schickte Tristan die Kinder in ihr Zimmer, was die beiden mit einem unmissverständlichen Gemurmel quittierten. Helga, wieder zu Kräften gekommen, schloss sich den beiden an, und bevor sie mit den Kindern verschwand, kramte sie ein altes Monopolyspiel aus einer Schublade der kleinen Kommode. Damit brach der Widerstand der Kinder.

»Was haben Sie herausbekommen?« fragte Killian erneut, jedoch viel ruhiger. Mit gekreuzten Beinen saß er aufrecht im Sofa.

»Nicht allzu viel«, gestand der Detektiv und holte seinen Block, auf dem er die wichtigsten Notizen geschrieben hatte, und blätterte einige Seiten durch. Dann berichtete er von seinen Treffen. »So wie es aussieht, mochte keiner im Krankenhaus Frau Hassel-Dorn.«

Killian nickte zustimmend und zupfte seine Hosenbeine zurecht.

»Dr. Vincent Schreiber mag Sie nicht besonders«, erzählte Tristan weiter.

»Das beruht auf Gegenseitigkeit«, erwiderte Killian. »Dennoch bin ich bemüht, meine Antipathie während der Arbeit außen vor zu lassen.«

Wenn man das kann, dachte Tristan und sagte: »Der Verwaltungschef Althaus hegt kein besonderes Interesse daran, den Fall aufzuklären. Da lagen Sie völlig richtig.«

Erschöpft nickte Killian.

»Was hatten Sie nach der Operation mit Peter Hoffmann zu besprechen?«

»Er wollte wissen, weshalb ich die Patientin auf die Intensivstation verlegen wollte.«

»Und?«

»Frau Hassel-Dorn war dabei, einen Kürzungsplan zu erstellen«, murmelte Killian. »Ich habe gehofft, wenn sie eine kurze Zeit auf der Intensiv verbrächte, könnte sie sehen, wie nötig manche Mittel gebraucht werden. – Sehen Sie, ich habe einen Schwur, ein Gelöbnis abgelegt.«

»Den hippokratischen Eid?« fragte Tristan.

»Nein, ja, also so wird das Ärzte-Gelöbnis im Volksmund genannt. Jedenfalls habe ich gelobt, mein Leben in den Dienst der Menschlichkeit zu stellen. Jedem Menschenleben von der Empfängnis an Ehrfurcht entgegenzubringen und selbst unter Bedrohung meine ärztliche Kunst nicht in Widerspruch zu den Geboten der Menschlichkeit auszuüben. Ich könnte nie einen Menschen mit meinem Wissen bewusst umbringen.«

»Das verstehe ich«, nickte Tristan. »Es bleibt das Problem mit Ihrer Schrift. Auf dem Blatt ist eindeutig Ihre Schrift zu lesen.«

»Das verfluchte Blatt!« stieß er aus. »Ich kann mir das nicht erklären. Es ist eine Fälschung.«

»Die Polizei hat alle Unterlagen mitgenommen«, sagte Tristan. »Könnten Sie mir eine Schriftprobe dalassen?«

»Wofür brauchen Sie die?« Killian sah ihn verwundert an.

»Ich kenne hier in Siegen einen Schriftexperten«, erklärte er. »Morgen werde ich mir von Pfeiffer eine Kopie des besagten Blattes geben lassen und das mit der Schriftprobe vergleichen. Wenn Sie also das Gleiche hier auf das Blatt schreiben könnten.«

Ohne lange nachzudenken schrieb er die gleiche Medikation auf, die Frau Hassel-Dorn den Tod gebracht hatte.

»Danke«, sagte Tristan, »da wäre noch etwas.«

»Ja?«

»Wer hatte Montagnacht Dienst in der Intensivstation?«

Killian überlegte einen Augenblick, dann wurde er kreidebleich.

»Ist Ihnen nicht gut«, erschrak Tristan.

»Nein, nein«, stöhnte der Arzt, »es geht schon.«

»Sie wissen, wer Dienst hatte«, flüsterte Tristan.

Killian nickte.

»Dieser Mensch«, sprach Tristan vorsichtig, »steht Ihnen nahe.«

Wieder nickte der Arzt.

»Er muss die Medikation verabreicht haben«, sagte Tristan.

»Eine Katastrophe«, seufzte Killian. »Eine Katastrophe! Ich muss sofort los.«

Killian schoss aus dem Sofa.

»War es Ihr Freund?« fragte Tristan und nahm seine Pfeife in die Hand.

Killian hielt inne.

»Wie meinen Sie das?« Mit Wut starrte er den Detektiv an.

»Sind Sie schwul?« fragte Tristan freundlich und verfolgte Killians Reaktionen, während er den Pfeifenkopf reinigte. Würde Killian ihn jetzt anlügen, dann wäre eine weitere Zusammenarbeit hinfällig.

»Von wem wissen Sie das?« fragte der Arzt plötzlich sehr müde.

»Von einer Krankenschwester«, antwortete Tristan. »Ihr Name ist Elena Jung.«

»Elena«, nickte Killian, »die Schlauste aus dem Tross um Schreiber. Ja, es war mein Freund André Fischer. Er hatte engen Kontakt zu Elena. Ich glaube, sie wollte mal was von ihm. Das hat leider nicht funktioniert.«

»Sie ahnte etwas von Ihrer Neigung zum gleichen Geschlecht.« Tristan öffnete einen Tabaksbeutel und stopfte den Pfeifenkopf. »Sie sprach davon, dass Frau Hassel-Dorn es auch wusste.«

»Oh, mein Gott«, Killian war plötzlich außer sich. »Was ist, wenn André die Frau umgebracht hat?«

»Warum sollte er?« Tristan zündete den Tabak an.

»Um mich zu schützen«, antwortete Killian überzeugt. »Er wäre dazu in der Lage.«

14

Den ganzen Tag über suchte André nach einer Möglichkeit, seinem Geliebten zu helfen. Doch ihm fiel nichts ein, was er hätte unternehmen können. Es bestand kein Zweifel daran, dass er einen Fehler gemacht hatte. Aber er war ganz sicher, genau die Anweisungen befolgt zu haben, die er auf dem Krankenblatt vorgefunden hatte. An einen Fehler Killians glaubte er nicht. Irgendjemand wollte seinem Freund etwas Böses. Aber wer hätte davon einen Nutzen? Dann war ihm eingefallen, dass Frau Hassel-Dorn einer Sache auf der Spur war. Leider hatte sie ihn nicht eingeweiht, und so wusste er nicht, um was es bei der Sache ging.

André hielt inne und dachte einen Augenblick daran, dass sie vielleicht die Beziehung zwischen ihm und Killian meinte. Doch diesen Gedanken verwarf er wieder. Sie hätte ihn darauf angesprochen, da war es sich ganz sicher. Nein, es musste um etwas anderes gehen.

Er erinnerte sich an andere Wortfetzen, und nach und nach ahnte er, wo er suchen musste. Die einzige Möglichkeit, fündig zu werden, war das Krankenhaus.

Frau Drakova schob leise den Besen über das kalte Linoleum. Sie war froh, die Intensivstation nicht mehr betreten zu müssen. In dem neuen Trakt war es ruhiger, und nur ganz wenige Ärzte liefen hier über die Flure. Diese Flure kannte sie. Hier hatte sie schon früher sauber gemacht und kannte sich deshalb gut aus.

Sie hing wie jeden Abend ihren Gedanken an die alte Heimat nach. Ihr Sohn würde bald die Schule verlassen und brauchte eine Lehrstelle. Er sprach zum Glück besser Deutsch als sie. Seine Leistungen in der Schule ließen jedoch zu wünschen übrig, und sie wusste, dass es schwierig würde, mit schlechten Noten eine Lehrstelle zu finden. Sie erreichte das Ende des Flures und schob den Putzwagen leise in Richtung Fahrstuhl. Wenn ihr Mann ebenfalls Arbeit hätte, überlegte sie, dann brauchte sie sich diese Nachtschichten nicht anzutun.

Aber was nützte es, über Wünsche nachzudenken, wenn am nächsten Tag, das Brot bezahlt werden musste. Mit ihrem starken Willen, es in der neuen Heimat zu schaffen, rollte sie den Putzwagen bis zum Fahrstuhl und drückte die Abwärtstaste. Das leise Summen der Motoren drang zu ihr herab, bis das helle Licht der Fahrstuhlbeleuchtung durch die Ritze der Fahrstuhltür schien. Es dauerte einen Augenblick, dann öffnete sich die Tür.

Frau Drakova sah Blut, viel Blut. Dann sank sie leise zu Boden.

4. Der Stapel war ekelerregend ...

Donnerstag

Der Stapel war ekelerregend groß und der Hauptkommissar wollte ihn nicht anfassen. Holzbaum und Pfeiffer, vom Staatsanwalt an die Kette gelegt, verhielten sich ruhig, was im Beamtendeutsch schlichtweg „Papierkram" bedeutete. Er hasste Papierkram. Pfeiffers Einstellung der Schreibarbeit gegenüber ließ sich folgendermaßen beschreiben: Kümmere dich erst darum, wenn jemand schreit – dann kannst du wenigstens Hilfe erwarten. Er war nahe davor, in einen Schreikrampf auszubrechen, als sein Blick auf zwei Kartons fiel, die neben dem Aktenstapel standen. Hastig hatte jemand mit rotem Edding einen Namen auf die braunen Pappkartons geschrieben.

»Die hatten es eilig«, meinte Pfeiffer und deutete auf die Kartons. »Hast du mal reingeschaut?«

Holzbaum blickte kurz von seinem Schreibtisch auf und schüttelte den Kopf. Der Kommissar las einen Brief von Lotte, den er am Morgen in der Hauspost gefunden hatte. Es war eine Einladung, an einer Willkommensparty am kommenden Wochenende teilzunehmen.

»Mal sehen, was da drin ist«, lächelte Pfeiffer und humpelte zu den Kartons. »Mensch, das sind ja die persönlichen Gegenstände dieser Hassel-Dorn.«

Pfeiffer hielt einen BH hoch.

»Körbchengröße ...«

»Das ist nicht witzig«, sagte Holzbaum ernst, »die Frau ist tot.«

»Schon gut«, nickte Pfeiffer. »Mich nervt diese erzwungene Untätigkeit.«

Holzbaum nickte, er hoffte ebenfalls auf ein Wunder. Solange der Fall unkontrolliert vor sich hin schipperte, würde er die Einladung von Lotte nicht annehmen können. Diese Vorstellung gefiel ihm überhaupt nicht.

Pfeiffer untersuchte den Inhalt genauer. Neben Kleidung fand er ein grünes, rotes und gelbes Notizbuch, die seine Neugier weckten. Er nahm das grüne Notizbuch und schlug es auf.

»Sie hat ein Krankenhaustagebuch geführt«, grinste er, legte das Notizbuch beiseite und nahm das nächste. Es war rot.

»Ah«, strahlte er, »hier haben wir ihre Vorschläge zur Kosteneindämmung. Igitt, eine Menge Zahlen.« Er warf es Holzbaum auf den Schreibtisch. »Das ist was für dich.«

Im letzten Notizbuch fand er eine Bewertung der Krankenhausmitarbeiter. Erwartungsvoll überflog Pfeiffer die Beurteilungen, bis er auf den Namen Schreiber traf.

»Hör dir das an«, sagte er laut. »›Vincent ist ein ausgezeichneter Arzt. Er ist einfühlsam und geht auf meine Wünsche ein.‹ Mit einem dicken Ausrufezeichen versehen. ›Er wird leider von Chefarzt Killian nicht richtig behandelt.‹«

»Steht etwas zu Killian drin?« fragte Holzbaum, der gelangweilt das rote Notizbuch aufschlug.

»Mal sehen!« Pfeiffer blätterte mehrmals in dem Buch herum, fand aber nichts. Plötzlich stutzte er, knickte das Notizbuch weit auseinander und sagte: »Hier hat jemand eine Seite entfernt.«

»So?« Holzbaum stand auf und sah sich die Stelle genauer an.

»Ja«, nickte er. »Da fehlt eine Seite.«

»Kunstfehler!« fauchte Pfeiffer und warf das Buch auf seinen Schreibtisch. »Dass ich nicht lache. Hier versucht jemand Spuren zu verwischen. Der Mann hat sie absichtlich mit dieser KCl-Lösung behandelt.«

Holzbaum war sich nicht so sicher, behielt aber seine Meinung für sich. Merkwürdig war die Sache allemal.

»Staatsanwalt hin oder her«, geiferte der Hauptkommissar, »wir werden uns jetzt um die Sache kümmern.«

Pfeiffer setzte sich vorsichtig auf seinen Stuhl, nahm den Telefonhörer in die Hand und tippte schnell einige Zahlen, während er Holzbaum verschwörerisch anlächelte. »Mal sehn, was unser Boss Flender von dieser Order hält.«

»Der ist noch nicht da«, meinte Holzbaum und zeigte auf die kleine Bürouhr.

»Mist.« Pfeiffer knallte den Hörer auf.

Eine Sekunde später klingelte der Apparat.

»Pfeiffer«, bellte er in den Hörer. »Was? – Wir sind unterwegs.«

2

Tristan genoss zusammen mit Helga und den Kindern das ausgelassene Frühstück. Helga blühte als Pflegemutter richtig auf. Sie strahlte pure Zufriedenheit aus, und für einen Moment bedauerte Tristan, nicht selbst Kinder in die Welt gesetzt zu haben. Lange währte dieser Gedanke jedoch nicht. Marlowe flatterte wild mit den Flügeln und signalisierte, Futter haben zu wollen. Sebastian kam dieser Forderung gerne nach und fütterte den Kakadu mit einem großen Stück Brötchen voll Marmelade. Neben Keksen war diese Kombination Marlowes Lieblingsgericht zum Frühstück.

»Was habt ihr eigentlich gestern den ganzen Tag getrieben?« fragte Helga und blinzelte Sara zu, während sie in ihr Brötchen biss.

Tristan bekam diese kleine Geste nicht mit, die die beiden Freundinnen abends zuvor ausgemacht hatten. Sara hatte Helga vom Nachmittag erzählt und ganz besonders von Tristans plötzlichem Erscheinen in der Alten Poststraße und wie sie die Situation rettete, bevor es für alle fürchterlich peinlich geworden wäre. Daraufhin hatte Helga eine kleine Aufklärungskampagne vorgeschlagen, die sie nun mit ihrer Frage startete.

»Ich war mit Tristan im Krankenhaus«, erzählte Sara ganz unbekümmert und trank einen Schluck Kakao, »bin aber nicht mit reingegangen. Der Geruch schlägt mir auf den Bauch.«

»Und, was hast du in der Zeit gemacht«, Helga sah sie ernst an, »ich meine, wo Tristan im Krankenhaus war?«

»Mich unterhalten«, grinste die heranwachsende Frau. »Mit ein paar netten Jungs aus der Stadt.«

»Jungs?« Helga spielte die Entsetzte und legte das Brötchen aus der Hand. »Was willst du denn mit Jungs?«

Sara zuckte mit den Schultern und meinte: »Was man so mit ihnen anstellt.«

Tristan folgte dem Gespräch mit immer größerem Entsetzen. Er glaubte Helga auf seiner Seite, zumal er ihr in bildreichen Worten die gefährliche Situation abends zuvor dargestellt hatte, in der seine hilflose Nichte zwischen all den vielen Jungs eingekreist war.

»Was stellt man denn mit ihnen an?« hakte Helga nach und verschlang den Rest des Brötchens.

»Nun«, setzte Sara an, doch Tristan unterbrach sie.

»Ich denke, das reicht jetzt«, sagte er ernst.

»Was hast du?« Helga nahm ein weiteres Brötchen und zerteilte es. »Sie ist kein kleines Mädchen mehr, Tristan.«

»Also«, stöhnte der Detektiv, »sie ist gerade mal ...«

»Sie benutzt Tampons«, sagte Helga freundlich, als wollte sie ihm klarmachen, dass der Hahn bereits laut seinen Weckruf verkündet hat.

»Na und«, antwortete Tristan, in die Enge getrieben, »ein Grund mehr auf sie aufzupassen.«

»Man muss nicht auf mich aufpassen«, sagte Sara gelassen. »Ich weiß, was ich tue.«

»Wie meine Schwester«, schüttelte Tristan den Kopf. »Der gleiche Dickschädel.«

»Der Apfel fällt nicht weit vom Stamm«, sagte Helga. »Du bist nicht viel anders. Und außerdem weiß sie, was sie tut. Du hast ihr ja schon beigebracht, wie sie sich wehren kann.«

»Ja, aber«, setzte Tristan an, doch Marlowe krächzte dazwischen: »Sie war ein Blümlein hübsch und fein, / Hell aufgeblüht im Sonnenschein.«

»Jetzt fall du mir auch noch in den Rücken«, schimpfte er Marlowe, der daraufhin mit den Flügeln schlug und zu Sara auf die Schulter flog.

»Eine kleine Verschwörung«, meinte Tristan, »Meuterei auf dem eigenen Schiff.«

Die Kinder und Helga lächelten ihn liebevoll an.

»Wie soll man sich da wehren können?« brummte er, und seine lindgrünen Augen blinzelten über den Rand seiner Halbbrille hinweg. »Ich könnte heute wieder Hilfe gebrauchen«, sagte er trocken. »Hätte jemand Zeit?«

»Gerne«, rief Sara.

In diesem Augenblick klingelte das Telefon. Tristan stand auf und nahm den Hörer ab. Es war Killian, der ihn sofort ins Krankenhaus bestellte.

»Was ist los?« fragte Helga besorgt.

»Ich muss rüber ins Krankenhaus«, antwortete er. »Sie haben ein zweites Problem.«

Helga verstand.

3

Pfeiffer würgte, als er den verschmierten Fahrstuhl betrat. Die Leiche von André Müller lag erstochen vor ihm auf dem Boden. Eine große Blutlache bedeckte den Fahrstuhlboden. Das Blut war am Rand bereits angetrocknet. Vorsichtig setzte Pfeiffer sein eingegipstes Bein auf eine saubere Stelle des Bodens und sah sich den Tatort genauer an.

»Sein Name ist André Müller«, sagte Holzbaum. »Eine Putzfrau hat ihn gefunden.«

»Das ist heute Nacht passiert«, flüsterte Pfeiffer. »Warum hat man ihn jetzt erst gefunden?«

»Wir befinden uns in einem Trakt«, erklärte Althaus, der zusammen mit Niederstein etwas abseits stand, »der nicht so stark frequentiert ist wie die anderen.«

»Sie meinen, es handelt sich um den Verwaltungstrakt«, sagte Holzbaum.

»Ja«, nickte Althaus, »hier kommen die ersten Angestellten erst gegen Morgen rein.«

»Gut«, nickte Pfeiffer und humpelte zurück in den Flur. »Wo ist diese Putzfrau?«

»Sie hat einen Schock«, meldete sich Niederstein zu Wort. »Wir haben sie auf Station IV gebracht.«

Pfeiffer nickte, während Holzbaum einige Notizen in sein Buch schrieb.

»Was wollte er nachts im Verwaltungstrakt?« fragte der Hauptkommissar mehr in Gedanken als eine bestimmte Person ansprechend.

»Keine Ahnung! Er ist einer unserer Pfleger«, erklärte Althaus eine Idee zu schnell, »und wie wir herausbekommen haben, hat er in der Nacht von Montag auf Dienstag Dienst auf der Intensiv gehabt.«

»Sie meinen«, Pfeiffer brauchte eine Zigarette, »dieser Junge hat die Hassel-Dorn in der Nacht ihres Todes betreut?«

Er klopfte sein Jackett ab, fand endlich seine Schachtel und zog eine Zigarette heraus.

»Ja, Herr Hauptkommissar«, antwortete Althaus eifrig.

»Schöne Scheiße«, fluchte Pfeiffer und zündete sich die Zigarette an. »Jetzt möchte ich gerne wissen, was er im Verwaltungstrakt gesucht hat.«

Aus dem Flur drangen plötzlich laute Männerworte, die sich zu einem handfesten Gebrüll entwickelten.

»Was ist da los?« fragte Pfeiffer einen Kollegen der Schutzpolizei. »Sehen Sie mal nach.«

Kurze Zeit später kam der Polizist mit Killian und Tristan Irle zurück.

»Was für eine Überraschung«, grinste Pfeiffer. »So wie es aussieht«, er deutete auf die Leiche im Fahrstuhl, »kann Büdenbender jetzt nichts mehr blockieren. Ich denke, unser Deal ist damit geplatzt.«

Die Genugtuung, nun ohne die Hilfe eines Privatschnüfflers seinen Job machen zu können, ließ Pfeiffer sichtlich aufblühen. Trotz des grausigen Tatorts schien der Hauptkommissar den Morgen zu genießen, sah man mal von der kleinen Unstimmigkeit in seinem Magen ab.

»Jetzt hat dieses Krankenhaus die Pest am Hals«, fauchte der Hauptkommissar kalt. »Das kann ich Ihnen versprechen. Nun kommt Büdenbender nicht mehr an mir vorbei.«

Während Pfeiffer seinen kleinen Triumph feierte, schlich Killian an den Männern vorbei zum Fahrstuhl. Mit Entsetzen sah er, was man seinem Freund angetan hatte. Gelähmt vom Schock starrte er in die große Blutlache, unfähig auch nur ein Körperteil bewegen zu können. Niederstein nahm Killians Zustand als Erster wahr.

»Scheiße«, fluchte der Professor und stürzte auf Killian. »Rufen Sie einen Arzt«, schrie er Althaus an. »Wir brauchen Blutderivate, ein Dispersionsmittel und ein EKG.«

»Was hat er?« Pfeiffer schien überrascht und betrachtete den apathischen Killian wie eine Labormaus.

»Einen Schock, nehme ich an«, schnaufte Niederstein, der Killian flach auf den Boden legte und ihm die Beine hoch nahm. »Jetzt machen Sie bloß nicht schlapp«, rief er dem suspendierten Chefarzt zu. »Wo bleiben die nur?«

»Er sieht doch noch ganz gut aus«, meinte der Hauptkommissar und beugte sich näher zu ihm herab.

Plötzlich schob ihn jemand von hinten weg.

»Treten Sie zur Seite«, hörte er eine Frauenstimme sagen, dann huschte Chantal an ihm vorbei und kniete sich zu Killian nieder.

»Schwerer psychogener Schock, das vegetative System bricht zusammen«, erklärte Niederstein.

Die Ärztin griff in ihren weißen Kittel, zog eine Ampulle und Spritze heraus.

»Ich spritze ihm Adrenalin«, sagte Chantal ruhig. Dann fühlte sie seinen Puls und maß seinen Blutdruck. Erleichtert stöhnte sie schließlich. »Er stabilisiert sich.«

»Gut gemacht«, raunte Niederstein und stand schwerfällig auf.

»Er wird wieder«, lächelte die Ärztin. Betrachtete den zusammengefallenen Killian und sagte: »Da glaubt man, so einer würde nie zusammenbrechen, und dann ... Was hat diesen Schock ausgelöst?«

Auf die offene Fahrstuhltür hatte die Ärztin nicht geachtet, als sie herbeieilte. Jetzt, wo sie sich ein wenig umsah, fiel ihr Blick in den blutgetränkten Fahrstuhl.

»Oh, mein Gott«, stieß sie aus.

»Können Sie diesen Platz nicht räumen lassen?« schimpfte Tristan. »Müssen denn alle diese Grausamkeit sehen?«

»Sie haben recht«, nickte Pfeiffer.

Er winkte zwei Streifenpolizisten und ließ die gesamte Etage absperren.

»Sobald der Fotograf fertig ist«, sagte Holzbaum, »lassen wir die Leiche wegräumen.«

Pfeiffer humpelte zu einer Wand und lehnte sich dagegen, während er eine Krücke als Stütze für sein eingegipstes Bein benutzte.

»Hat die Welt so etwas schon mal gesehen?« schüttelte er den Kopf. »Man könnte doch annehmen«, sagte er zu Tristan, »dass so ein Genie beim Anblick von Blut cool bleibt. Aber was passiert? Der gute Onkel Doktor erstarrt zur Salzsäule, als hätte Gottes Zorn ihn getroffen.«

»Da könnte was dran sein«, murmelte der Detektiv, der Pfeiffer kein Motiv liefern wollte und das Verhältnis zwischen dem Toten und Killian für sich behielt.

»Was hat Killian hier eigentlich gesucht?« Pfeiffer fixierte Tristan durch seine Nickelbrille mit wachen, blauen Augen.

»Er suchte einen Freund«, antwortete Tristan, »er hat ihn gefunden.«

»Oh«, stutzte Pfeiffer, »er kannte diesen André Fischer?«

»Ja«, nickte Tristan und atmete erleichtert auf, als der Fotograf seine Sachen einpackte. »André hatte in der Nacht von Montag auf Dienstag Dienst.«

»Ich weiß«, grinste Pfeiffer. »Er ist ein Pfleger. Und keiner der Herren hier hat eine Ahnung, was er im Verwaltungstrakt suchte.«

»Werden dort nicht Formulare ausgegeben und Akten aufgehoben?« überlegte Tristan laut.

»Sie meinen«, griff Pfeiffer den Gedanken auf, »er wollte Spuren beseitigen?«

»Nein«, lächelte der Detektiv, der seinen Informationsvorsprung genoss, »ich dachte eher, dass er etwas suchte.«

»Wenn Sie mir jetzt auch noch sagen könnten, was er gesucht hat«, babbelte Pfeiffer, »dann bekommen Sie einen Orden.«

»Leider kann ich das nicht«, antwortete Tristan nachdenklich. »Hier ist eine Menge faul. – Haben Sie die Putzfrau schon befragt?«

»Nein«, antwortete Pfeiffer. »Aber jetzt wäre eine gute Gelegenheit.«

»Finde ich auch!« nickte Tristan.

Frau Drakova ging es den Umständen nach gut. Sie hatte lange geschlafen, und das Zittern in ihren Beinen hatte nachgelassen. Sie lächelte die drei freundlichen Männer an und versuchte die Fragen in ihrem besten Deutsch zu beantworten.

»Nein«, sagte sie, »ich nicht gesehen. Dabei ich die Station kennen. Schon früher dort gearbeitet.«

»Auch in der Nacht von Montag auf Dienstag haben Sie nichts gesehen?« fragte Tristan.

»Nein«, lächelte sie, »die Tür in Rücken, hier.« Sie deutete die Stelle an, wo sie der Türknauf getroffen hatte.

»Dann war Mensch fort. Ich nichts sehen.«

»Sie müssen aufhören«, befahl Chantal, die plötzlich das Zimmer betrat. »Die Patientin braucht noch Ruhe.«

»Danke, Frau Drakova«, sagte Pfeiffer und beendete das Gespräch.

Die Detektive verließen das Zimmer. Auf dem Flur klopfte Tristan seine Strickjacke nach der Pfeife ab. »Was haben Sie eigentlich in den Sachen von Hassel-Dorn gefunden?«

»Einige Notizbücher«, lächelte Pfeiffer mit der Zufriedenheit eines Mannes, der etwas hatte, was ein anderer gerne haben würde.

»Das Patientenblatt, davon benötige ich eine Kopie, ließe sich das einrichten?« fragte Tristan, ohne weiter auf die Notizbücher einzugehen.

»Sicher«, nickte der Hauptkommissar. »Kommen Sie mit auf die Wache.«

4

Staatsanwalt Büdenbender warf seinen Trenchcoat aufgebracht über einen Sessel in Professor

Niedersteins Büro. Dort befanden sich bereits Althaus, Schuster und Niederstein. Die Lage war prekär. Sie standen vor dem Problem, zwei unnatürliche Todesfälle einer breiten Öffentlichkeit möglichst schonend beizubringen. Wobei der hingeschlachtete Angestellte ihnen die meisten Kopfschmerzen bereitete, da bei dieser Tat kein Sündenbock zu finden war, den man der Masse vorwerfen konnte.

»Es hilft nichts«, stöhnte Schuster, »jetzt muss die Polizei schnell und hart nach dem Mörder fahnden. Ich will mir gar nicht ausmalen, was passiert, wenn wir nur Däumchen drehen.«

Sein Wahlsieg stand auf Messers Schneide. Zeigte er nun Handlungsohnmacht, so würden ihn die Wähler nicht minder grausam schlachten als den armen Pfleger, der nun in Stücken im Kühlhaus lag. Das konnte er nicht zulassen, jetzt, da die Wahlprognosen immer günstiger für ihn standen.

»Also«, bellte er in die Runde, »was gedenken Sie zu unternehmen, meine Herren?«

»Wir wissen nicht«, begann der Staatsanwalt sachlich, »ob es sich um ein und denselben Mörder handelt.« Er hob warnend den Zeigefinger. »Vorausgesetzt, dass es sich bei Frau Hassel-Dorns Tod um Mord handelt. Noch steht ja gar nicht fest, ob die liebe Frau Hassel-Dorn ebenfalls gewaltsam umgekommen ist.«

»Das schon«, meinte Niederstein.

»Bitte?« zischte Büdenbender.

»Sie ist gewaltsam umgekommen«, antwortete Niederstein laut. »Wir wissen nur nicht, ob mit Absicht oder durch einen bedauerlichen Fehler.«

»Wenn Sie schon so genau sind«, traute sich Althaus zu sagen, »dann sollten Sie wissen, dass dieser Fischer ...«

»Wer?« fragte Schuster.

»Die zerstückelte Leiche!« stöhnte Büdenbender.

»Ach so«, nickte der Politiker, der erst vor einer Stunde sein Auto auf dem Parkplatz der Siegerlandhalle abholen konnte.

»Also, dass dieser Fischer Nachtdienst hatte, als Frau Hassel-Dorn das Zeitliche segnete.«

Althaus reichte Büdenbender ein Papier.

»Der Dienstplan für die Woche«, sagte er. »Das ist schon ein komischer Zufall.«

»Hm«, stöhnte der Staatsanwalt. »Das wird die Presse herausbekommen.«

Althaus nickte. »Sie wird auch Fragen stellen.«

»Wer war dieser Fischer?« fragte Büdenbender. »Haben Sie seine Vita oder etwas aus seinem Privatleben?«

»Nicht viel.« Althaus reichte dem Staatsanwalt die Personalakte.

»Sollten solche Sachen nicht Ihre Männer herausfinden?« fragte Niederstein genervt.

»Sicher«, nickte Büdenbender, »das werden sie.«

Es klopfte an der Tür, und Chantal trat herein.

»Wie geht es Killian?« fragte Niederstein.

»Es geht ihm den Umständen entsprechend gut«, antwortete die Ärztin. »Der Mord hat sich im Krankenhaus herumgesprochen, Herr Professor Niederstein. Wir sollten die Belegschaft informieren, damit die Gerüchteküche nicht unnötig angeheizt wird.«

»Ja«, nickte der Professor, »unternehmen Sie das, bitte.«

Sie sah zu Althaus und Büdenbender, beide nickten.

»Da wäre noch etwas.« Sie reichte dem Staatsanwalt eine Brieftasche. »Sie gehört Dr. Killian. Schauen Sie sich das Foto in der Innenseite an.«

Büdenbender nahm die kostbar verarbeitete Brieftasche und schlug sie auf.

»Das gibt's ja gar nicht!« grinste der Staatsanwalt, dann reichte er die Brieftasche Althaus.

Auf dem Foto waren Killian und André abgelichtet. Arm in Arm klebten sie aneinander und strahlten verliebt den Betrachter an.

Althaus wusste im ersten Moment nicht, was er davon halten sollte. Schließlich dämmerte es ihm.

»Das ist ja pervers«, rief er. »Killian ist schwul?«

»Was?« Schuster trat neben Althaus, um einen Blick auf das Foto zu werfen.

»Meine Herren«, grinste Büdenbender, »das ist Gold wert.«

»Wieso?« Schuster klotzte den Staatsanwalt blöde an.

»Sie meinen«, man sah förmlich, wie Althaus zu verstehen begann.

»Jetzt haben wir einen Verdächtigen«, erklärte Büdenbender, »der gleich für beide Morde herhalten kann.«

»Aber«, stutzte Schuster noch immer, »dieser André, so scheint es, der war ... nun, ... er war doch wohl ... sein Liebhaber.«

»Na und!« giftete Althaus. »Streit soll es ja auch unter schwulen Paaren geben.«

Büdenbender nahm die Worte nachdenklich zur Kenntnis. Althaus lag gar nicht so daneben, aber um ein glaubwürdiges Motiv zu finden, musste er mehr Informationen bekommen.

5

Das neue Gebäude an der Weidenauer Straße besaß alles, was ein modernes Fahndungsteam benötigte. Satellitenübertragung, Videokonferenzraum und die modernsten Computer. Die Gänge waren hell, und auch die Büros konnten sich sehen lassen. Der Baulärm war endlich verschwunden und hie und da wurde sogar ein schallschluckender Boden eingelegt. Und da war die neue Cafeteria, die auch noch während der Nachtschicht einen Imbiss bereithielt.

Tristan parkte seinen Borgward in der Weidenauer Straße, während er nach Holzbaum Ausschau hielt. Er hatte es geschafft, den 200 PS starken Dienstwagen Pfeiffers abzuhängen. Der motorsportbegeisterte Hauptkommissar, ahnte Tristan, würde bestimmt ins Lenkrad beißen, hätte er eins vor sich. Der Detektiv wartete einige Minuten, dann schlich Holzbaum gemütlich auf das neue Polizeigebäude zu. Der Wagen brauchte eine Ewigkeit, bis er die Hauptstraße verließ und in die neue Einfahrt einbog. Eine Zeitlupe der besonderen Art. Tristan verfolgte das Schauspiel mit einem heiteren Lächeln im Gesicht. Er sah Pfeiffer hinter der Wagentür herumgestikulieren, aber Holzbaum schien sich nicht aus der Ruhe bringen zu lassen. Zentimetergenau stellte er den Wagen in die Parkbucht und ließ links und rechts den gleichen Abstand.

Als Pfeiffer die erste Krücke auf den gepflasterten Boden setzte, war der Hauptkommissar einem Wutanfall nahe. Er stakste einige Meter vom Auto weg, schüttelte unentwegt seinen Kopf und schien sich auf die Zunge zu beißen, da keine Silbe seinen Mund verließ. In seinen Augen erkannte Tristan den feurigen Glanz brennender Schiffe und ließ ihn gehen. Als Holzbaum zu ihm trat, sagte der Detektiv: »Ein schönes Auto, ganz ohne Macken.«

»Gute Pflege und angepasster Fahrstil«, antwortete Holzbaum. »Leider ist die Schonzeit bald um.«

»Wann bekommt er den Gips ab?« Der Detektiv blickte zu Pfeiffer, der mittlerweile gute zehn Meter von ihnen entfernt stehen blieb.

»Morgen«, antwortete Holzbaum traurig, »wenn ich Glück habe, dann muss er noch die eine oder andere Reha-Maßnahme durchmachen.«

»Das glaube ich nicht.« Tristan zerstörte nicht gerne Holzbaums Träume, doch wie er Hauptkommissar Pfeiffer in den letzten Jahren kennengelernt hatte, würde der Hauptkommissar aller Wahrscheinlichkeit nach seine Reha-Maßnahme auf deutsche Straßen verlegen.

Sie gingen ohne Pfeiffer ins Büro. Unterwegs kam Tristan auf die Notizbücher zu sprechen.

»Haben Sie was Interessantes in den Notizen gefunden?« wollte der Detektiv wissen.

»Bis jetzt hatten wir noch keine Zeit, genauer nachzulesen«, meinte Holzbaum. »Sie hat drei unterschiedliche Notizbücher geführt. Eines für Notizen zu Sparmaßnahmen, ein zweites besteht aus kleinen Dossiers zum Krankenhauspersonal, sehr interessant, und das dritte ist eine Art Tagebuch im Krankenhaus.«

»Könnte ich bei Gelegenheit in das Tagebuch hineinschauen?«

»Sicher«, lächelte Holzbaum, »wenn es der Chef nicht merkt.«

Der Chef stieg gerade aus dem Fahrstuhl und humpelte den beiden entgegen. Der Wutanfall war verpufft, nun legte er die Gelassenheit eines Revolverhelden an den Tag, der selbstsicher die Salontür zur Seite schiebt. Das Klicken der Krücken hatte jedoch so gar nichts mit klimpernden Pferdesporen gemein.

»High Noon«, flüsterte Tristan.

»Zum Glück ist er nicht Gary Cooper«, antwortete Holzbaum.

»Und eine Grace Kelly ist auch nicht in Sicht«, sprach Tristan traurig.

»Na, die Herren?« Pfeiffer fixierte Tristan, dann Holzbaum. »Ich hoffe, Ihnen geht es gut.«

»Wir können nicht klagen«, meinte Tristan.

»Gut«, nickte Pfeiffer, zog eine Zigarettenschachtel aus seinem Jackett und steckte eine Zigarette an. »Worauf warten wir? – Auf besseres Wetter? Lassen Sie uns endlich ins Büro gehen.«

»Gerne«, nickte Tristan.

Pfeiffer händigte ihm eine Kopie des Patientenblattes aus.

»Es ist eindeutig Killians Schrift«, sagte Pfeiffer und setzte sich müde auf seinen Bürostuhl. »Wir haben die Schrift vergleichen lassen. Unser Experte ist ganz sicher, dass es Killians Handschrift ist.«

»Ja«, murmelte Tristan, »das sieht ganz danach aus.«

»Sie glauben es aber trotzdem nicht«, schnaufte Pfeiffer und stellte die Krücken vorsichtig gegen den Schreibtisch.

»Nein.« Tristan sah den Hauptkommissar auffordernd an. »Es fehlt ein Motiv. – Außerdem glaube ich, dass ihm sein Ärztegelöbnis wichtig ist.«

»Ein Gelöbnis?« lächelte Pfeiffer diebisch, »Gelöbnisse werden am laufenden Band gebrochen, darauf würde ich keine Mark setzen.«

»Sie vielleicht nicht«, Tristan steckte das Blatt in eine Klarsichthülle, »ich glaube dem Mann aber.«

Pfeiffer stutzte.

»Moment mal«, ihm wurde plötzlich etwas klar. Man konnte förmlich auf der Stirn des Kommissars sehen, was auf der Rückseite für Anstrengungen unternommen wurden, um einen Satz auszustoßen.

»Sie arbeiten für Dr. Killian!«

Tristan grinste spitzbübig und sagte: »Und bis vor einer Sekunde auch für Sie.«

6

Im Krankenhaus waren die Freunde und Kollegen geschockt. Boris Müller, Elena, Leah und Vincent saßen in der Cafeteria zusammen und beruhigten sich gegenseitig.

»Ein wahnsinniger Killer läuft hier frei rum«, schauderte Leah, »und von der Krankenhausleitung hört man nur Beschwichtigungen.«

»Die Polizei untersucht den Fall«, sagte Vincent trocken. »Mich würde viel mehr interessieren, was Caesar bei der Leiche suchte.«

»Das ist schon ein komischer Zufall«, griff Boris den Gedanken auf. »Da sterben zwei Menschen, und Caesar ist irgendwie immer dabei.«

»Glaubt ihr, dass die beiden Todesfälle zusammengehören?« Elena sah sie ungläubig an.

»Kann gut möglich sein«, scherzte Vincent. »Vielleicht bringt der Killer alle um, die mit der Hassel-Dorn zu tun hatten.«

»Ha, ha«, antwortete Leah sarkastisch. »Dann bist du vielleicht der Nächste, was?«

»Schon möglich«, grinste Vincent zurück.

»Sag so etwas nicht«, gurrte Elena.

»Keine Sorge, Schatz«, Vincent gab ihr einen flüchtigen Kuß. »Wer weiß, was dieser Fischer für Feinde hatte.«

»Vielleicht war er auch nur zur falschen Zeit am falschen Ort«, meinte Boris.

»Richtig!« nickte Vincent. »Mädels, macht euch keine Sorgen.«

In dem Moment trat Peter Hoffmann an den Tisch.

»Habt ihr schon gehört ...«, weiter kam er nicht.

»Wir haben gehört«, warf Boris ein. »Setz dich und erzähl, wie deine Nacht war.«

»Was soll das, Mann?« Peter gab Boris eine Kopfnuss.

»Mensch, jetzt stell dich nicht so an«, spottete Vincent. »Endlich mal eine ganze Nacht allein mit Estelle, das muss doch tierisch weh tun heute Morgen.«

»Ach, ihr spinnt doch«, sagte Peter angewidert und ging.

»Musste das sein?« Leah fand das Benehmen der Männer kindisch.

»War doch nur Spaß«, quasselte Boris.

»Typischer Männerspaß«, mokierte sich Leah und stand auf. »Bis zur Mittagspause.«

»Warte, ich komme mit«, rief Boris und hing sich an Leahs Schürze.

Jetzt waren Elena und Vincent allein.

»Vincent!« Elena sprach ruhig. Dennoch ließ ein feiner Unterton Vincent hellhörig werden. Es war jener Unterton, der beim Liebespartner alle Warnleuchten aufblitzen ließ, weil er Grundsatzfragen ankündigte, die schon hundertfach mit keiner befriedigenden Antwort gestellt wurden.

»Vincent«, wiederholte sie, »liebst du mich?«

»Selbstverständlich«, beeilte er sich zu antworten. Jede Millisekunde konnte eruptive Gefühlsausbrüche auslösen.

»Sagst du das nicht allen Frauen?« Elena blieb erstaunlich ruhig.

Es erschreckte ihn.

»Was ist?« sprach er sanft.

»Hattest du etwas mit der Hassel-Dorn?«

Vincent zögerte, dieses Mal zu lang.

»Also hatte Leah recht«, seufzte sie.

»Das war nichts Ernstes«, schoss es aus ihm heraus. Und damit zerstörte er den Rest schwacher Hoffnung, den Elena noch in sich fühlte. »Es ging nur um Informationen.«

»Geht es nicht immer um irgendetwas?« Traurig sah sie Vincent an.

»Nein. Ich liebe dich wirklich«, beteuerte er.

Dann erzählte er, was Frau Hassel-Dorn vorhatte.

»Auch dein Job stand auf dem Spiel«, endete er. »Ich habe nur versucht, eine bessere Position herauszuschlagen.«

Sanft berührte er ihre Wangen.

Wenn er nicht so verdammt gut aussehen würde, dachte Elena und genoss die zärtliche Liebkosung.

»Du tust mir ständig weh«, flüsterte sie. »Lange halte ich das nicht mehr aus.«

»Ich bessere mich«, versicherte Vincent, »ganz ehrlich, versprochen!«

»Es ist alles so traurig«, sagte sie, »André war Killians Liebhaber. Killian ist schwul.«

Vincent hätte fast das Glas Cola fallen gelassen, das er gerade hochgenommen hatte.

»Was?« Seine Augen fixierten seine Freundin.

»Die Remané hat ein auffälliges Bild in Caesars Brieftasche gefunden«, erzählte sie, als wären die letzten fünf Minuten nie passiert.

»Chantal? Das Miststück!« brummte Vincent.

»Auf dem Bild waren André und Caesar zu sehen«, fügte sie leise hinzu.

»Das gibt's doch gar nicht.« Er schüttelte den Kopf. »Killian schwul! Ha.«

»Wir hatten doch schon vor ein paar Tagen darüber gesprochen«, sagte Elena überrascht. »Erinnerst du dich nicht mehr?«

»Keine Ahnung«, antwortete er plötzlich grantig. »Hab's vergessen. – Mich nervt der Typ wochenlang, und nun ist er auch noch eine Tunte. Vielleicht war er hinter mir her, was meinst du?«

»Lass das«, zickte Elena. »Ich mag nicht, wenn du so redest.«

»Verzeih, Liebling«, flüsterte er und hatte sich wieder unter Kontrolle.

7

Sara begrüßte Tristan stürmisch, als der endlich aus der Stadt zurückkam. Sie wusste nichts mit sich anzufangen, hatte das Stadtmagazin *Sitty* halb durchgelesen und war froh, endlich Beschäftigung zu finden. Sebastian war kurz zuvor mit den Nachbarskindern in den Park gegangen, und Helga saß an ihrem Notebook und schrieb Rechnungen.

»Und was unternehmen wir als Erstes?« drängelte sie, kaum dass Tristan das Wohnzimmer betreten hatte.

Er reichte ihr die Klarsichtfolie und sagte: »Vergleiche die Schrift mit der Schriftprobe, die auf dem Wohnzimmertisch liegt. Sei aber vorsichtig.«

»Kein Problem«, nickte sie und zog ab.

Helga sah von ihrem Rechner auf, runzelte die Stirn und stand auf.

»Schlimm?« fragte sie nur.

»Ja«, seufzte der Detektiv. »Killians Freund wurde umgebracht. Grausam hingeschlachtet.

Killian bekam einen Schock und liegt jetzt selbst im Krankenhaus.«

»Wer tut so was?« presste sie heraus.

»Das werde ich herausbekommen«, antwortete Tristan. »Jetzt brauche ich erst einmal etwas zu trinken.«

»Im Kühlschrank steht noch ein Klarer.«

»Danke«, lächelte er, »den kann ich jetzt gebrauchen.«

»Du wirst das Kind doch nicht ...«

»Keine Sorge«, kam er Helga zuvor. »Für sie wird es ein Spiel bleiben.«

Sie folgte Tristan in die Küche.

»Was hast du jetzt vor?«

Er nahm die Flasche Korn aus dem Kühlschrank.

»Ich werde einen alten Bekannten in Eiserfeld besuchen.«

Helga reichte ihm ein kleines Schnapsgläschen.

»Er ist ein Schriftexperte.« Tristan füllte das Glas und trank es in einem Schluck aus. »Brr«, schüttelte er sich. »Ein wirklich guter Schriftexperte«, grinste er.

»Von dem hast du noch nie etwas erzählt«, sagte Helga und stellte den Klaren zurück in den Kühlschrank.

»Nun, er ist erst vor ein paar Wochen aus dem Knast gekommen.« Tristan spülte das Glas aus. »Er hat den Fehler begangen, sein Können auf Schecks und anderen Dokumenten anzuwenden.«

»Er ist ein Fälscher!« sagte sie überrascht.

»Ein ausgezeichneter Fälscher«, antwortete Tristan ehrfurchtsvoll. »Er wird sofort erkennen, ob die Schrift echt ist.«

»Haben das die Polizeiexperten nicht auch schon herausgefunden?« fragte sie neugierig. »Weshalb also nochmals nachfragen?«

»Irgendetwas ist faul an diesem Blatt, das spüre ich«, meinte er. »Und ich kenne keinen anderen als Klette, der das Geheimnis lösen kann, das dieses Blatt umhüllt.«

Sara wartete vor dem Oldtimer ungeduldig auf Tristan. In der linken Hand hielt sie die Klarsichtfolie mit Kopie und Schriftprobe bereit. Sie war gespannt auf den Fälscher, den sie nun besuchen wollten. Ihr Vergleich hatte nichts Neues gebracht und deshalb brannte sie darauf, mehr über dieses scheinbar langweilige Blatt zu erfahren. Was ihr aber am meisten am Herzen lag, war die Tatsache, jetzt ihrem Onkel beweisen zu können, dass sie nicht mehr das kleine Mädchen in Strumpfhosen war, als dass sie Tristan immer noch betrachtete. Würde ihr Verhalten Tristan überzeugen, dann wäre es bei ihrem Vater vielleicht auch möglich. Sie wollte die Woche als Feldversuch nutzen. Tristan spielte dabei die Rolle des Versuchstierchens, nach dem Motto: Mal sehen, was passiert, wenn ich jetzt dies oder das mache. Dass ihr Onkel sie nun tatkräftig in einen echten Mordfall mit einbezog, ruinierte etwas den Versuchsaufbau, bot andererseits aber auch Möglichkeiten, von denen sie vorher nur geträumt hatte.

Sie seufzte.

Es war verdammt schwierig, erwachsen zu werden, wenn man so aussah, dass man bei Erwachsenen ständig Urinstinkte auslöste, die in „Nein, ist die aber süß“ gipfelten. Dass sie dann auch noch Papas Prinzessin war, machte die Sache nicht gerade einfacher.

Sie schaute auf die Uhr und rief über den Hof: »Wo bleibst du denn?«

»Nicht so ungeduldig«, antwortete der Detektiv von der Türschwelle.

Helga stand neben ihm und sagte: »Pass auf.«

»Sicher!« Er gab ihr einen Kuss. »Wir sind gegen sechs wieder hier.«

»Dann ist das Abendbrot fertig«, sagte Helga und wischte sich eine ihrer störrischen Locken aus dem Gesicht.

»Du bist ein Schatz«, flüsterte Tristan und ging zum Borgward.

Das Wetter erlaubte es zum ersten Mal in diesem Jahr, das Verdeck des Oldtimers aufzuklappen. So fuhren die beiden mit einem chromblinkenden Cabriolet den Kampen hinunter in Richtung Eiserfeld. Als sie an Reichwalds Ecke anhalten mussten, bestaunte Sara das neue Multiplex-Kino mit seinen im Erdgeschoss vorhandenen Geschäften.

»Ist das groß«, raunte sie, als der Borgward langsam an dem neuen Gebäudekomplex vorbeiglitt.

»Vielleicht finden wir diese Woche noch Gelegenheit, es einmal zu besuchen.«

»Das wäre toll«, freute sich Sara. »Es läuft gerade der neue Film mit Brad Pitt.«

»Wer ist das denn?« fragte Tristan und sah sie neugierig an.

»Du kennst Brad Pitt nicht?« Ihre großen Augen ließen keinen Zweifel daran, dass man ziemlich weit hinter dem Mond leben musste, wenn man Brad Pitt nicht kannte. »Der hat in „Sieben Jahre in Tibet" gespielt und in „Rendezvous mit Joe Black". Den muss man kennen.«

»Ich dachte, ihr jungen Mädels steht auf Leonardo di Caprio.«

»Den kannste verbrennen«, sagte sie kalt. »Der meint doch nur, weil er so gut aussieht, könnte er alles machen. Nein, danke.«

»Mir gefällt Rene Russo«, grinste Tristan.

»Hm«, überlegte Sara, »eine ganz Nette. Vielleicht ein wenig zu alt.«

»Zu alt!« brummte er. »Die Frau hat Klasse und eine tolle Figur.«

»Na, wenn das mal nicht Helga erfährt«, lächelte Sara verschmitzt.

»Wenn du mich nicht verrätst«, antwortete Tristan, »dann kann mir nichts passieren.«

Sie passierten Kochs Ecke und fuhren nun die Koblenzer Straße entlang in Richtung Eiserfeld.

Nach einigen hundert Metern erschienen links die Siegerlandhalle und die Auffahrt zur Hüttentalentlastungsstraße. Tristan ließ beide links liegen und folgte der alten B 62, vorbei am Industriegebiet Eintracht. Jetzt konnten sie eine der höchsten Autobahnbrücken Deutschlands sehen. Die mächtige Siegtalbrücke spannte sich vom Rothenberg hinüber auf den Gilberg. 1050 Meter lang und 107 Meter hoch, führte sie in einem leichten Bogen über das Siegtal. Sara reckte ihren Kopf, um über den Rand der Windschutzscheibe sehen zu können.

»Sie ist gewaltig«, staunte sie. »Wie hat man die nur gebaut?«

»Zuerst wurden die Pfeiler gegossen«, erklärte Tristan. »Stück für Stück, bis sie diese Höhe erreichten.«

»Wer traut sich denn da noch hinauf?« fragte sie zweifelnd.

Sie wusste, wie hoch die Baumkrone einer Tanne werden konnte. Sie hatte selbst mehrere bestiegen und der Blick von dort nach unten reichte ihr aus, um zu verstehen, was es bedeuten mochte, einen Pfeiler hochzuklettern, der zehnmal so hoch war.

»Mutige Männer«, antwortete Tristan, »nehme ich mal an. Irgendwer muss es gemacht haben.«

»Ja klar«, meinte sie, »sonst stände sie ja nicht da.«

Klette, der Schriftexperte, wohnte in einem kleinen Haus nahe dem Friedhof in der Gilbergstraße. Um zu diesem Haus zu gelangen, musste der alte Borgward eine typische Siegerländer Straße hinaufklettern. Die meisten Siedlungen waren vor Jahrhunderten in kleinen, schmalen Tälern gegründet worden. Mit der Zeit hatte der Platz am Fuße der ansteigenden Bergflanken nicht mehr ausgereicht, und die Siegerländer waren mit ihren neuen Häusern den Berg empor gekraxelt. Mittlerweile waren die meisten Hänge in den alten Siedlungsgebieten erschlossen. So auch der Gilberg, dem man zusätzlich noch Platz für einen Friedhof abgetrotzt hatte. Für Radfahrer bot diese Geographie eine echte Herausforderung. Besonders dann, wenn man in einem der Häuser am Berghang wohnte.

Der Borgward schaffte den steilen Aufstieg, und der alte Vierzylinder schien erleichtert aufzustöhnen, als Tristan den Wagen auf dem Parkplatz des Friedhofes abstellte.

»Da drüben«, Tristan deutete auf ein kleines Haus, »wohnt Klette.«

»Es ist gut«, sagte Sara in dem Glauben der Jugend, die Welt verbessern zu können, »dass er eine Wohnung gefunden hat, nachdem er aus dem Gefängnis entlassen wurde.«

»Es ist sein Haus, Sara«, antwortete Tristan. »Bezahlt durch ...«

»Sag's nicht«, wehrte sie ab. »Dafür hat er ja gesessen, nehme ich an.«

»Nun, nicht ganz.« Tristan öffnete ein kleines Gartentor und betrat mit Sara das Grundstück.

»Er hat sich dabei erwischen lassen, wie er Falschgeld in Umlauf bringen wollte.«

»Er hat Blüten gedruckt.« Für Sara eine verlockende Vorstellung. »Nicht schlecht«, grinste sie, »die eigene Gelddruckmaschine im Wohnzimmer stehen zu haben.«

»Wenn man nicht erwischt wird«, mahnte Tristan. »Es ist ein Verbrechen, so verlockend der Gedanke auch ist, die Taschen immer voller *Geld* zu haben.«

Sie überquerten einen kleinen Kiesweg und erreichten die Haustür. Tristan drückte auf den Klingelknopf, und einen Augenblick später hörten sie hinter dem Milchglas der Haustür eine Person heranschlendern. Das Türschloss wurde betätigt und ein alter Mann, für Sara ein sehr alter Mann, öffnete die Tür.

»Hallo, Klette«, sagte Tristan freundlich.

»Irle?!« staunte Klette, »und wer ist das hübsche Mädchen?«

»Meine Nichte«, antwortete der Detektiv. »Wie geht es dir?«

»Gut«, sagte Klette aufrichtig, »die paar Jahre hinter Gittern haben mir den Kopf gehörig gewaschen. Kommt rein!«

Er führte sie in die Diele.

»Ich hätte damals auf dich hören sollen, Irle«, sagte er ernst, »dann wären mir die Jahre nicht gestohlen worden.«

»Das ist Geschichte, Klette«, meinte Tristan. »Wir sollten nach vorne sehen, dort liegt die Zukunft.«

»Für mich ist der Weg bald zu Ende«, lächelte Klette und deutete nach draußen. »Dann gehe ich nur noch über die Straße.«

»Woll'n wir nur hoffen, dass bis dahin noch eine Menge Wasser der Sieg hinunterfließt.«

Klette nickte und führte sie in ein aufgeräumtes Wohnzimmer. Zwei große Bücherregale verdeckten eine ganze Wand. Ihnen gegenüber stand ein alter Sekretär, über dem zahlreiche Geldscheine verschiedener Währungen in Rahmen an der Wand hingen. Ein altes Sofa, zwei Sessel und ein aus Kirschbaumholz gefertigter Wohnzimmertisch beherrschten die Mitte des Zimmers.

»Setzt euch«, sagte Klette freundlich. »Was möchtet ihr trinken?«

»Eine Limo«, antwortete Sara ungeniert.

»Mir ebenfalls«, nickte Tristan, »wenn's keine Umstände macht.«

»Für dich nicht, Irle«, grinste Klette. »Schön, dich mal wiederzusehen.«

Klette trottete aus dem Zimmer und kam einen Augenblick später mit drei Gläsern und einer Flasche Limonade zurück. Er setzte sich zu Sara auf das Sofa und schenkte der jungen Frau als Erstes ein.

»Nun«, er nahm sein Glas in die Hand, »dann Prost.«

Die beiden Gäste folgten dem Beispiel und erwiderten den Trinkspruch. Dann fixierte Klette den Detektiv mit zwei hellwachen Augen. »Was führt dich zu mir?«

»Ein Mordfall, Klette«, antwortete Tristan und schilderte in wenigen Worten, worum es ging. »Ich habe mir gedacht, dass du dir das Blatt mal genauer anschaust.«

Sara reichte ihm die Klarsichtfolie.

»Leider nur eine Kopie«, sagte Klette, »das andere ist eine Schriftprobe, nehme ich an.«

»Ja«, nickte Tristan. »Ich hoffe, du kannst mit der Kopie etwas anfangen.«

»Nicht besonders ergiebig«, seufzte Klette. »Aber ich werd mal sehen, was ich herausfinden kann.«

»Die Polizeiexperten sagen, dass es zweifelsfrei die gleiche Schrift ist«, erklärte Sara fachmännisch, »sie gehen nicht von einer Fälschung aus.«

Klette sah Sara verschmitzt an.

»Eine aufgeweckte Kleine, was?« sagte Klette und tatschte sie an.

Da war dieses Urverhalten wieder, das gefiel Sara überhaupt nicht. Klette schien ihr Unbehagen zu merken und fügte hinzu: »Es gibt viele Möglichkeiten, eine Fälschung herzustellen.«

Er sagte das so geheimnisvoll, dass Saras Ärger schneller verflog, als er gekommen war.

»Wie meinen Sie das?«

»Lass dich überraschen«, sagte er im Tonfall eines Weihnachtsmannes. »Wenn ihr das nächste Mal herkommt, erkläre ich es dir.«

»Du hast eine Ahnung?« fragte Tristan.

»Wenn die Polizei keinen Unterschied feststellen konnte, heißt das noch lange nicht, dass es keinen gibt. Ich werde mir die Blätter anschauen.«

»Das ist ein große Hilfe«, sagte Tristan dankbar.

8

Pfeiffer grübelte über der Formulierung eines Satzes, während er am Ende eines Bleistiftes kaute. Die neue Rechtschreibung forderte ihn sehr, deshalb nutzte er eine Methode, die Holzbaum als *ballistische Annäherung an Rechtschreibung und Interpunktion* bezeichnete.

»Wird muss jetzt mit zwei s oder mit ß geschrieben?« fragte er Holzbaum.

»Zwei ss«, antwortete Holzbaum. »Doppel-s folgt auf kurzen Vokal.«

»So«, nickte Pfeiffer, »Vokale, sind a e i o u, richtig?«

»Richtig«, nickte der Kommissar.

»Wer soll das denn noch lernen?« schäumte Pfeiffer plötzlich, und der Bleistift flog durchs Büro. »Was hast du in den Notizbüchern gefunden?«

»Noch nichts Genaues«, antwortete Holzbaum, der seit gut zwei Stunden die Notizen der Hassel-Dorn durchging.

»Also nichts«, resümierte Pfeiffer.

»Etwas mehr schon«, korrigierte Holzbaum. »Die Hassel-Dorn hat eine gewissenhafte Auflistung von Tätigkeiten der Pfleger und Ärzte bis hin zur Putzfrau aufgeschrieben. Keine Ahnung, wie sie das geschafft hat bei einem routinemäßigen Krankenhausaufenthalt.«

»Du meinst die Geschichten wie Fiebermessen, früh aufstehen und so«, sagte Pfeiffer.

»Genau«, Holzbaum schlug das Notizbuch zu, »die nehmen einen doch so in die Zange, dass von Freizeit keine Spur übrig bleibt.«

»Sie hatte eine Sonderstellung«, überlegte Pfeiffer. »Vielleicht hat man sie in Ruhe gelassen.«

»Das kann ich mir nicht vorstellen«, warf Holzbaum ein, »allein wegen einer möglichen Haftung. Nein, die werden sich bei ihr genauso an die Verordnungen gehalten haben, wie bei jedem anderen auch.«

»Das bedeutet dann«, Pfeiffer sah Holzbaum grinsend an, »sie muss Hilfe erhalten haben.«

»Genau, das denke ich auch«, nickte Holzbaum.

»Jetzt stellt sich die Frage, wer ihr geholfen hat?«

»Richtig!«

Es klopfte an der Tür, und noch bevor einer der Beamten etwas antworten konnte, platzte Staatsanwalt Büdenbender, begleitet von Polizeidirektor Wilhelm Flender, ins Büro.

»Was für eine Überraschung«, zischte Pfeiffer. »Gleich zwei Chefs zu Besuch in den unteren Rängen.«

»Nur nicht so bescheiden, Herr Pfeiffer«, sagte Flender, der mit seiner stattlichen Statur den

Türrahmen des Büros ausfüllte. »Herr Büdenbender hat ein paar interessante Details bezüglich der Todesfälle im Krankenhaus herausbekommen.«

Flender servierte den beiden Kommissaren diese Nachricht mit einem imaginär erhobenen Zeigefinger: Seht her, was der Staatsanwalt herausbekommt, während ihr eure Bürostühle warm haltet. Pfeiffer hasste diese Auftritte, hatte jedoch noch keinen Weg gefunden, sie irgendwie zu torpedieren.

Büdendender lehnte sich gönnerhaft gegen Pfeiffers Schreibtisch. Der Hauptkommissar erwartete jeden Moment, dass sich der Staatsanwalt auf seinem Schreibtisch niederließ.

»Killian ist schwul«, platzte der Staatsanwalt heraus. »Und dieser André Fischer war sein Liebhaber.«

Pfeiffer glotzte den Staatsanwalt sprachlos an.

»Und?« sagte er, als verstünde er nicht, worauf der Staatsanwalt abzielte.

»Nun«, lächelte Büdenbender schmierig, »es scheint, als habe Frau Hassel-Dorn etwas von Killians besonderen Veranlagung gewusst.«

»Niemand, selbst ein Schwuler, bringt deshalb jemanden um«, entgegnete Holzbaum. »Das scheint mir sehr weit hergeholt.«

»Vielleicht nicht.« Büdenbender ließ keinen Zweifel an seiner Theorie. »Sicher würde niemand, besonders nicht ein so guter Arzt wie

Killian, deswegen einen Mord begehen, aber wenn man ihn wegen seiner Veranlagung suspendieren wollte, dann könnte es durchaus ein Motiv ergeben. Nicht wahr, meine Herren?«

Pfeiffer schluckte. Das war durchaus denkbar. Killian, seiner finanziellen Basis beraubt, würde nicht anders reagieren als ein gemeiner Arbeiter: mit Wut und Aggression.

»Sehen Sie in diesen Notizbüchern nach, die Sie gefunden haben«, befahl Flender, »sicherlich lässt sich da ein Hinweis finden.«

»Es steht nichts über Killian drin«, antwortete Pfeiffer. »Es fehlt eine Seite.«

»Na, sehen Sie«, rief Büdenbender begeistert, »noch ein Indiz.«

»Wenn Sie meinen«, nickte Pfeiffer kleinlaut, »dennoch habe ich meine Zweifel.«

»Vielleicht liegen Sie ja richtig«, sagte Büdenbender. »Doch solange nicht das Gegenteil bewiesen ist, steht Killian unter Mordverdacht. Sie sollten ihn festnehmen.«

»Er liegt angeschlagen im Krankenhaus!« warf Holzbaum ein.

»Dann stellen Sie einen Beamten vor seine Tür«, grunzte Flender, »nehmen Sie den Mann fest.«

Die Kommissare nickten. Mehr wollte Büdenbender nicht und verließ zufrieden das Büro. Ihm schloss sich Flender grinsend an.

»Was sagt man dazu«, schimpfte Pfeiffer, »jetzt ist man auch noch der Depp im Revier.«

»Nimm's locker«, meinte Holzbaum und steckte sich die drei Notizbücher ein. »Lass uns ins Krankenhaus fahren.«

»Etwas Tröstliches hat das Ganze ja doch«, sagte Pfeiffer. »Irle wird vor Wut an die Decke springen.«

»Das denke ich auch«, nickte Holzbaum, »nur bin ich mir nicht ganz so sicher, ob das den beiden Bossen gefallen wird.«

9

Althaus gingen die vielen Polizeibesuche langsam auf die Nerven. Sie waren nicht gut für das Geschäft und regten die Mitarbeiter unnötigerweise dazu an, Fragen zu stellen. Das war der Verwaltungsleiter nicht gewohnt. Und noch etwas beunruhigte ihn: Was hatte André im Verwaltungstrakt gesucht?

Früher oder später würden sich die Kommissare und ganz besonders dieser Detektiv die gleichen Fragen stellen. Er wollte in jedem Fall der Erste sein, der die Antwort dazu fand. Die meisten Büroangestellten machten um 16 Uhr Feierabend. Jetzt war es kurz vor 18 Uhr. Er war nun wohl ziemlich allein im Verwaltungstrakt. Ideal, um in Ruhe den einen oder anderen Schreibtisch zu inspizieren. Dabei hatte er ein bestimmtes Büro im Auge. Dort lagerten die Blanko-Krankenblätter. Als er das

Büro betrat und in den Schränken nachsah, stellte er fest, dass die Blätter problemlos für jedermann erreichbar waren. Ein Umstand, den es zu bedenken galt. Wenn André diese Formulare gesucht hatte, dann hätte er sicherlich nicht den Abend abgewartet. Das konnte es also nicht gewesen sein.

Was war es dann?

Nach und nach durchstöberte er die Büroetage, ohne auf etwas Interessantes zu stoßen. Zum Schluss blieb das Archiv des Krankenhauses übrig, das im Erdgeschoss des Verwaltungstraktes stand. Da es durch eine Eisentür gesichert war, wurde es für einen Unbefugten schwierig, das Archiv zu betreten. Die Tür war abgeschlossen und nur mit einem Hauptschlüssel zu öffnen. Diese Schlüssel waren aber so zahlreich ausgegeben worden, dass fast jeder, der über dem Status einer Putzfrau stand, den Raum hätte betreten können.

Er grinste. Selbst die Putzfrauen bekamen Zugang, wenn auch nur einmal in der Woche. Althaus öffnete die Tür und trat in die gestrichenen Kellerräume ein. Der große Raum war gefüllt mit Regalen, die unter der Last von Tausenden von Akten fest mit dem Boden verbunden waren. Die Akten waren alphabetisch geordnet, und so fand man schnell einen gewünschten Namen. Hier unten hätte er höchstens Informationen über Patienten bekommen. Althaus konnte sich jedoch nicht vorstellen, dass dies André irgendwie nützlich gewesen wäre.

Es machte ihn mürbe, nichts zu finden, was einen nächtlichen Besuch gerechtfertigt hätte. Es sei denn, er hätte ...

Althaus durchfuhr ein kalter Schauer, nur mit Mühe zwang er sich zur Ruhe und schlenderte durch das Archiv, während er hier und da scheinbar willkürlich in den Reihen nachsah. Plötzlich tauchte Peter Hoffmann hinter ihm auf.

»Was suchen Sie denn hier?« fragte der Arzt überrascht.

Peter hielt eine Akte in der Hand.

»Ich schaue mich um«, antwortete Althaus gelassen. »Und Sie?«

»Der Patient auf 252 macht Probleme«, sagte er. »Frau Remané schlug vor, mal in seinen Akten nachzusehen.«

»Kann nichts schaden, was?« lächelte Althaus.

»Wenn man etwas findet«, lächelte Peter und zog sich zurück.

»Ja«, nuschelte Althaus, »wenn man etwas findet.«

Er wanderte an den Regalen entlang, bis er stehen blieb und eine Akte herauszog, sie öffnete und einige Blätter herausnahm. Vorsichtig faltete er sie zusammen, steckte sie in sein Jackett und stellte die Akte zurück.

Gewisse Dinge, dachte Althaus, als er das Archiv verließ, braucht niemand zu wissen.

10

Das Treffen mit Klette ließ Tristan ein wenig hoffen. Der Profifälscher würde einen Weg finden, um eine Fälschung beweisen zu können. Sara sah das genauso. Sie war von Klettes ruhiger Art angetan.

»Wieso nutzt jemand wie Klette sein Talent nicht für etwas Besseres?« fragte sie auf dem Weg nach Hause.

»Er hat es nicht versucht«, antwortete Tristan. »Es war für ihn leichter, ein Fälscher zu werden als ein eigenständiger Künstler.«

»Das ist schade«, nuschelte Sara, »er hätte vielleicht ein großer Künstler werden können.«

»Vielleicht.« Tristan verließ Eiserfeld. »Aber es gehört mehr als handwerkliches Geschick dazu, um ein großer Künstler zu werden.«

»Du meinst eigene Ideen und so«, sagte Sara.

»Ja«, nickte Tristan, »Klette war nur in einer Richtung kreativ: Wenn es darum ging, ordentliche Fälschungen zu fabrizieren.«

Sie erreichten Kochs Ecke und bogen in die Spandauer Straße ab. Kurze Zeit später hielt Tristan am Löhrtor und fuhr am Hallenbad die Löhrstraße hinauf. Als sie auf den Hof hinter der Marienkirche einbogen, warteten bereits Pfeiffer und Holzbaum auf sie.

»Sieh mal an«, sagte Tristan zu Sara, »wir haben Besuch.«

»Der Hauptkommissar sieht aber nicht gerade freundlich aus«, bemerkte Sara leise.

»So schaut er die meiste Zeit«, scherzte Tristan und stellte den Motor ab, »vielleicht hat er ein Magengeschwür.«

»Iii«, schüttelte sich Sara, »ich sollte ihn mal fragen.« Sara stieg aus.

»Besser nicht«, warnte Tristan und stieg ebenfalls aus, »man weiß nie, wie er reagiert.«

»Na gut«, sie zuckte mit der Schulter und begrüßte die Polizisten freundlich: »Hallo, brauchen Sie wieder mal Hilfe?«

»Vorlaute Klappe«, brummte Pfeiffer, »bist du in der Schule genauso?«

»Manchmal«, grinste sie, »wenn die Lehrer mal wieder richtig nerven.«

»Die Kids von heute«, stöhnte der Hauptkommissar. »Eine Tracht Prügel täte euch nicht schaden.«

Saras Augen verengten sich, dann lächelte sie Pfeiffer herausfordernd an, stellte sich direkt vor ihn hin und sagte: »Ich glaube nicht, dass Sie mich auch nur festhalten könnten.«

Tristan, bis zu diesem Augenblick von dem kleinen Wortgefecht fasziniert, reagierte zu spät.

»Halt, nicht«, rief er Pfeiffer noch zu, doch da packte Sara den größeren Mann bereits am Handgelenk, drehte sich unter Pfeiffer durch und schleuderte ihn mit einer kurzen Hebelbewegung auf die Pflastersteine.

»Scheiße«, staunte Holzbaum, der ebenso perplex dreinschaute wie der am Boden liegende Hauptkommissar.

»Was war denn das?« stöhnte Pfeiffer und richtete seine Nickelbrille.

»Hab doch gesagt«, höhnte Sara, »dass er mich nicht mal festhalten kann.«

Dann stolzierte sie ins Haus.

»Mist«, fluchte Pfeiffer, »das tat weh.«

»Entschuldigen Sie«, Tristan half dem Mann auf die Beine, »ich habe ihr ein paar Tricks gezeigt, wie sie sich gegen aufdringliche Jungs wehren kann.«

»Hat funktioniert«, meinte Holzbaum mit einem breiten Grinsen im Gesicht.

»Die ist gemeingefährlich«, zürnte Pfeiffer und klopfte Staub aus seinem Jackett.

»Du hast sie gereizt und unterschätzt«, sagte Holzbaum. »Ein Fehler, den wir als Polizisten nicht machen sollten.«

»Du bist auf ihrer Seite.« Pfeiffer griff in die Hosentasche und holte eine zerknüllte Zigarettenschachtel hervor. »Dass du das für dich behältst, klar. Von einem Kind auf die Fresse gelegt, das ganze Revier würde sich totlachen.«

»Ich sag auch nichts«, beeilte sich Tristan zu sagen.

Pfeiffer grunzte und blies blauen Rauch in die warme Abendluft.

»Möchten Sie mit uns zu Abend essen?« fragte Tristan sozusagen als Friedensangebot.

Holzbaum verständigte sich per Blickkontakt mit Pfeiffer und sagte: »Gerne, wir hätten da noch etwas mit Ihnen zu besprechen.«

»Lassen Sie uns reingehen«, sagte Tristan und öffnete die Haustür. »Ich hoffe, es ist nichts Unangenehmes.«

»Wir haben Dr. Killian verhaftet«, sagte Pfeiffer trocken und folgte Tristan in dessen Wohnzimmer. »Besser gesagt, er steht unter Bewachung, solange er noch im Krankenhaus liegt.«

»Sie haben also herausgefunden, dass der Mann schwul ist.« Tristan wirkte traurig.

»Wer ist schwul?« rief Sebastian, der zusammen mit Helga „Mensch ärgere Dich nicht" spielte.

»Niemand, den du kennst«, antwortete Tristan. »Sebastian, das sind zwei Kommissare.«

»Noch einer von der Sorte«, spottete Pfeiffer.

Sebastian wollte seinem Onkel nicht glauben; erst als die beiden Beamten ihre Dienstmarke vorzeigten, sah er sie ehrfurchtsvoll an.

»Sind Sie sicher«, frotzelte Pfeiffer, »dass er ein Bruder von Sara ist?«

»Ganz sicher«, sagte Helga. »Sie müssen mit ihm mal in den Wald gehen, dann wissen Sie es.«

Das war ein Stichwort für Holzbaum, der Tieren und Natur bei weitem mehr Achtung entgegenbrachte als der Stadtmensch Pfeiffer. Er stellte Sebastian ein paar Fragen, und schon waren die beiden in ein fachmännisches Gespräch über Brunnenkresse und Löwenzahn vertieft.

Tristan ging mit Pfeiffer in die Küche, wo Helga wie versprochen das Abendbrot schon vorbereitet hatte.

»Nun schießen Sie mal los«, sagte der Detektiv und bot Pfeiffer einen Stuhl an, »was führt Sie zu mir?«

Pfeiffer erzählte Tristan von dem Auftritt Staatsanwalt Büdenbenders in Begleitung von Flender.

»Wie er Killians Veranlagung herausbekommen hat«, sagte Pfeiffer, »weiß ich nicht, aber Büdenbender geht davon aus, dass er Fischer umgebracht hat.«

»Aus welchem Motiv?« hakte Tristan nach.

»Weil Killian seinen Job verloren hätte, wenn seine Veranlagung publik geworden wäre.«

»André Fischer war ebenfalls schwul«, wandte Tristan ein, »das gibt keinen Sinn.«

»So schwer es mir fällt«, nickte Pfeiffer, »ich kann's mir auch nicht vorstellen. Aber da ist noch die fehlende Seite in Hassel-Dorns Notizbuch.«

Pfeiffer klärte Tristan über die herausgerissene Seite in dem gelben Notizbuch auf, das voller kleiner Dossiers war.

»Merkwürdig«, überlegte Tristan. »Jemand muss über diese Notizbücher informiert gewesen sein.«

»Das denken wir auch.«

»Mir kommt da gerade eine Idee«, sagte Tristan. »Haben Sie die Telefonnummer von Althaus?«

»Der dürfte jetzt zu Hause sein«, meinte Pfeiffer.

»Egal!«

»Holzbaum«, rief Pfeiffer aus der Küche, »die Telefonnummer von Althaus, privat!«

Holzbaum sah kurz in seinem Notizblock nach und rief sie Tristan zu, der zwischenzeitlich das Telefon in die Küche geholt hatte.

Der Detektiv wählte die Nummer und bekam Althaus umgehend ans Telefon.

»Herr Althaus, entschuldigen Sie die Störung, aber es ist wichtig. Können Sie mir sagen, wo Sie normalerweise die persönlichen Dinge aufbewahren, wenn ein Patient verstorben ist?«

Althaus antwortete und Tristan lächelte.

»Danke für die Auskunft«, dann legte er auf.

»Und?« Pfeiffer ahnte bereits die Antwort.

»Im Verwaltungstrakt«, sagte Tristan. »Die persönlichen Dinge werden in einem bestimmten Zimmer im Verwaltungstrakt hinterlegt.«

»Dann suchte André Fischer nach diesen Notizbüchern.«

»Das können wir annehmen«, nickte Tristan. »Er kannte Hassel-Dorn und wird von diesen Büchern gewusst haben. Aber jemand anderes muss von diesen Büchern ebenfalls wissen.«

»Sie meinen den Mörder.« Pfeiffer überraschte Tristan mit seinen scharfsinnigen Überlegungen.

»Richtig! Wahrscheinlich suchte der Mörder ebenfalls nach diesen Notizbüchern und dabei lief ihm André Fischer ins Messer. Die Lösung dürfte in diesen Büchern stecken.«

»Haben Sie heute Abend schon was vor?« grinste Pfeiffer.

»Nicht dass ich wüsste«, lächelte Tristan.

»Nun, es sind drei Notizbücher«, meinte Pfeiffer, »eines für jeden von uns.«

»Sie erstaunen mich.« Tristan sah den Hauptkommissar freundschaftlich an. »Sie nehmen mich wieder ins Boot auf?«

»Bilden Sie sich nichts ein«, entgegnete der barsch. »Das tue ich Holzbaum zuliebe. Wir stehen unter Zeitdruck.«

Dann erzählte er von Lottes Brief und von der Einladung am Wochenende.

Es war im Haus ruhig geworden. Die Beamten waren vor knapp einer halben Stunde gegangen, nachdem sie zwei der Notizbücher durchgesehen hatten. Jetzt stopfte der Detektiv seine Pfeife und legte seine Notizen zurecht. Draußen schlug die Kirchenuhr die erste Stunde des neuen Tages an. Die Fledermäuse dösten bereits wieder vor sich hin, während Tristan sich überhaupt nicht müde fühlte.

Im grünen Tagebuch lobte die Tote Vincent über alles, was die drei zu der Annahme verleitete, dass Vincent sich sehr zuvorkommend um Hassel-Dorn gekümmert haben musste. Killian wurde im Tagebuch nur am Rande erwähnt. André Fischer kam ebenfalls gut weg, was an seiner netten Art gelegen haben mochte. Die Ärztinnen waren allesamt kleine Zicken, die ihrer Meinung nach nicht ins Krankenhaus gehörten. Allerdings widersprach sich Hassel-Dorn selbst, denn in dem Notizbuch mit den Dossiers kamen die Zicken plötzlich als einfühlsame Ärztinnen sehr gut weg. Nach dem, was Tristan mittlerweile über das Krankenhauspersonal wusste, hatte jeder von ihnen Hass auf die Hassel-Dorn verspürt. Die persönlichen Notizen ihres Tagesablaufes gaben nichts her. Selbst die Dossiers schienen im Licht der unausstehlichen Person Hassel-Dorn eher trüb als erhellend. Nur das rote Notizbuch schien Substanz zu haben, und das wollte sich der Detektiv nun vornehmen.

Mit qualmender Pfeife setzte er sich in einen Sessel und schlug es auf. Als Erstes blätterte er einige Seiten durch, die mit Namen vollgeschrieben waren. Da bei einigen Endungen das Kürzel „Gesellschaft" benutzt wurde, schlug er das Branchenbuch auf und fand schließlich einige der Namen wieder. Es handelte sich um Lieferanten. Vom Bäcker bis zum medizinischen Großhandel war alles vertreten. Nachdem er gut eine Stunde damit beschäftigt war, stieß er auf eine Tabelle, die bereits den Beamten aufgefallen war. Doch weder Pfeiffer noch Holzbaum hatten etwas mit der zweispaltigen Tabelle anfangen können. Auch Tristan scheiterte bei dem Versuch, irgendeinen Sinn zu erkennen. Da waren die klaren Vorstellungen ihrer Kürzungsvorschläge schon viel verständlicher. Eine ganze Liste dieser Vorschläge befand sich hinter der dreiseitigen Tabelle.

Nach gut zwei Stunden rieb er sich die Augen. Es war Zeit, ins Bett zu gehen. Nachdenklich klopfte er die Pfeife aus, legte sie auf den Wohnzimmertisch und schielte kurz auf das Stadtmagazin *Sitty*, das Sara aufgeschlagen liegen gelassen hatte. Nur flüchtig nahm er das Foto wahr, das da offen lag. Seine Gedanken kreisten um zwei Fragen, die sich ihm im Laufe des Abends aufgedrängt hatten.

Wer hatte Kenntnis von Hassel-Dorns Notizbüchern, und was suchte André Fischer nachts im Krankenhaus?

5. Manchmal kommt es anders ...

Freitag

Manchmal kommt es anders als man denkt. Diese kleine Lebensweisheit ließ Tristan auch in schwierigen Situationen den Tag optimistisch beginnen. Er liebte diesen Spruch besonders an Tagen, die scheinbar trostlos auf einen warteten. Nach allem, was passiert war, konnte es nur besser werden. Obwohl?! Darüber wollte der Detektiv nicht nachdenken. Entspannt betrat er das Badezimmer und genoss die angenehme Morgenstunde.

Im Haus schallten die unbekümmerten Stimmen von Sebastian und Sara wider. Die Kinder betrachteten Tristans Haus bereits als ihr Zuhause und bewegten sich so selbstverständlich wie im Elternhaus in Walpersdorf. Helga ließ die beiden an der langen Leine, was zu einer angenehmen, entspannten Atmosphäre beitrug. Selbst Kakadu Marlowe akzeptierte die kleinen Zweibeiner und befand sich meist mittendrin, wenn irgendwo eine Dummheit ausgeübt wurde.

»Lass das sein«, drohte Sebastian seiner Schwester.

»Das funktioniert schon«, meinte die nur und legte ein rohes Ei in die Mikrowelle.

»Es explodiert«, warnte Sebastian, »das kann ich dir sagen.«

»Ach was«, meinte Sara, »das behaupten immer alle, aber gesehen hat es noch keiner.«

»Man muss auch nicht von der Brücke springen«, antwortete Sebastian altklug, »um zu wissen, dass der Aufschlag das Ende bedeutet.«

»Quatsch nicht«, befahl Sara, »hol lieber mal einen Eierbecher, das Ei rollt weg.«

Marlowe saß auf einer Küchenstuhllehne und beobachtete Saras Treiben.

»Geh besser in Deckung«, flüsterte Sebastian dem Vogel zu und nahm einen Eierbecher aus dem Küchenschrank.

Marlowe schlug mit den Flügeln und hüpfte dem Jungen auf die Schulter.

»Es gibt eine große Schweinerei«, sagte Sebastian, »die machst du alleine weg.«

Er reichte ihr den Eierbecher.

»Mal sehen«, lächelte Sara teuflisch und stellte das Ei in den Eierbecher und diesen dann zurück in die Mikrowelle. »Wie lange?«

»Keine Ahnung, es explodiert.«

»Gut 30 Sekunden.« Sara schloss die Mikrowelle und stellte die Uhr ein.

Sebastian schüttelte den Kopf und trat einige Schritte zurück. Marlowe balancierte auf seiner Schulter und behielt das piepende Ding im Auge, das neben dem Kühlschrank stand.

»Du machst den Dreck weg«, wiederholte Sebastian.

Sara unterdessen sah durch das Sicherheitsglas der Mikrowelle und war enttäuscht. Es passierte erst mal gar nichts. Dann knisterte es und kurz darauf gab es ein lautes, dumpfes Plop, das man noch in der Diele hörte.

»Ich hab's ja gesagt«, grinste Sebastian.

»Was war denn das?« rief Helga aus dem Wohnzimmer und trat einen Augenblick später in die Küche.

»Hat nicht funktioniert«, lächelte Sara.

»Was hat nicht funktioniert?« wollte Helga wissen, doch da sah sie schon die Schweinerei in der Mikrowelle.

»Wollte uns Eier kochen«, erklärte Sara, »aber ...« Sie zuckte mit den Schultern.

»Man weiß doch«, schimpfte Helga, »dass man keine Eier in die Mikrowelle tut.«

Sie sah sich den Schlamassel an, schmunzelte und meinte: »Die Sauerei machst du weg. Sonst ist ja nichts passiert.«

Sebastian war fair und petzte nicht, dass er sie gewarnt hatte. Er grinste still vor sich hin und freute sich darauf, ihr beim Saubermachen auf den Nerv zu gehen.

»Lasst uns jetzt frühstücken«, sagte Helga und rief Tristan, der einige Minuten später in die Küche kam.

Er sah die mit Eigelb und Schalen beschmutzte Mikrowelle, hatte Sebastian in Verdacht, wurde jedoch eines Besseren belehrt und schloss sich Helgas Aufforderung an: Sara sollte nach dem Frühstück das Gerät wieder sauber machen.

»Was hast du heute vor?« fragte Helga, als alle endlich am Tisch saßen.

»Ich muss nochmals ins Krankenhaus«, antwortete der Detektiv.

»Ich wollte mit den Kindern nach Köln fahren«, sagte sie und überraschte die Kids mit diesem Vorschlag.

»Ehrlich?« rief Sara begeistert.

»Wenn ihr Lust habt«, lächelte sie.

»Was gibt's denn da noch«, brummte Sebastian, »außer Geschäften?«

»Das Römisch-Germanische Museum«, antwortete sie, »und einen sehr, sehr hohen Kirchturm, den man besteigen kann.«

»Okay«, nickte Sebastian, »dann fahre ich mit.«

Er sah zu Marlowe und fragte: »Wo bleibt denn Marlowe, wenn Tristan auch nicht zu Hause ist?«

»Da muss wohl Erich auf ihn aufpassen«, sagte Helga.

»Wenn er Zeit und Lust hat«, meinte Tristan.

»Soll ich ihn fragen?« Sebastian stand auf.

»Okay, du findest ihn jetzt in der Kirche«, erklärte Tristan.

Sebastian nickte und rannte aus dem Haus.

»Gehen hat er nicht gelernt«, meinte Helga.

»Nein«, grinste Sara, »zu Hause rennt er auch immer.«

Keine fünf Minuten später hechtete Sebastian zurück in die Küche.

»Er hat Zeit«, sagte der Junge strahlend.

2

Endlich war es so weit. Pfeiffer konnte es gar nicht mehr erwarten. Heute sollte der Gips abgenommen werden. Ironischerweise in dem Krankenhaus, das er die letzten Tage als Beamter besucht hatte. Diensthabende Ärztin war Chantal Remané.

Die Nacht hatten sie in den neuen Unterkünften verbracht. Obwohl die Zimmer einen besseren Komfort boten als die alten, konnten sie die behagliche Atmosphäre des eigenen Zuhauses nicht ersetzen.

»Nun mach schon!« forderte Pfeiffer seinen Kollegen Holzbaum auf. »Wir sind spät dran, und ich will die Leute nicht warten lassen.«

»Immer mit der Ruhe«, mahnte Holzbaum. »Den Gips bekommst du schon früh genug ab.«

»Ich kann's gar nicht mehr erwarten.«

Pfeiffer eilte, so gut es ging, mit den Krücken über den Hof, seinem Auto entgegen.

»Bald, sehr bald«, flüsterte er dem Auto zu, »dann gehörst du wieder mir.«

Das Leuchten in seinen Augen hätte ihn vor der spanischen Inquisition auf den Scheiterhaufen gebracht.

Holzbaum nahm sich Zeit. Er genoss die wenigen Augenblicke, die er noch hatte, bevor das Rasen wieder an seinem Kreislauf zerrte. Gemütlich schlenderte er über den Hof und sah, wie Pfeiffer den Dienstwagen streichelte.

»Es wird Zeit«, murmelte er, denn er konnte nicht verstehen, wie man zu einer Maschine ein solch inniges Verhältnis aufbauen konnte.

»Na endlich«, stöhnte Pfeiffer wie ein kleiner Junge. »Na, los. Gib Gas!«

Das tat Holzbaum natürlich nicht. Mit 50 Stundenkilometern lenkte er den Wagen durch die City, um dann am Obergraben in Richtung Krankenhaus abzubiegen. Als das Krankenhaus in Sicht kam, rutschte Pfeiffer ungeduldig in seinem Sitz hin und her. Holzbaum genoss den Status eines Kommissars und parkte den Wagen direkt vor dem Eingang.

Im Krankenhaus wartete Chantal bereits auf die Polizisten.

»Schön, Sie wiederzusehen«, sagte sie, und Pfeiffer hatte den Eindruck, dass ein schwacher Unterton seine Sinne alarmierte.

»Die Freude ist ganz auf meiner Seite«, antwortete er unsicher. »Ich werde nach der Abnahme des Gipses doch wieder Auto fahren können?«

»Wenn das Ihre größte Sorge ist«, grinste Chantal, »dann kann ich Sie beruhigen. Ich denke, Sie werden das Bein nicht sofort wieder belasten können.«

»Ach was«, erwiderte der Hauptkommissar. »Wenn alles wieder zusammengewachsen ist, dann wird's gehen.«

»Gehen schon«, antwortete sie, »aber wie lange?«

Sie führte die beiden Beamten in ein Behandlungszimmer.

»Was machen Ihre Ermittlungen?« fragte Chantal und gab Pfeiffer ein Zeichen, Platz zu nehmen. »Ich meine, jetzt, wo Sie Killian festgenommen haben?«

Pfeiffer antwortete nicht. Er betrachtete die kleine Schleifhexe, die Boris Müller zusammen mit Leah Jung für das Auftrennen bereitmachte. Boris ließ sie laufen, und ein unangenehmes Geräusch schallte durch den Raum.

Holzbaum, der die beiden wie ein Schatten verfolgt hatte, wartete, bis die Maschine ausgelaufen war, lächelte und übernahm die Antwort.

»Es gibt noch einiges zu klären«, meinte er. »Noch ist nicht sicher, dass Herr Killian überhaupt einen Menschen umgebracht hat.«

»Und weshalb nehmen Sie ihn dann fest?« fragte Boris plötzlich und startete erneut die Schleifhexe.

»Es besteht ein dringender Tatverdacht«, antwortete Holzbaum.

»Sie wollen mit dem Ding an mein Bein?« fragte Pfeiffer plötzlich.

Chantal nickte.

»Tut nicht weh«, meinte Leah und grinste.

»Vorausgesetzt, Sie treffen nicht die weichen Teile unter dem Gips«, sagte Pfeiffer hilflos.

»Können wir anfangen?« drängte Chantal nun. »Es gibt noch andere Patienten.«

»Von mir aus«, nickte Pfeiffer und nahm allen Mut zusammen, als die Schleifhexe zum dritten Mal aufheulte.

3

Schuster betrachtete die Ergebnisse der letzten Umfrage. Neben ihm stand Ed. Der persönliche Referent erklärte ihm eine Tabelle, die Schuster gar nicht interessierte, da seine Gedanken woanders weilten. Pfeiffer hatte Killian festnehmen lassen. Darüber hätte er sich freuen können, denn noch war nichts an die Öffentlichkeit gedrungen, das seinen Wahlsieg behindern könnte. Was ihn irritierte, war die Tatsache, dass Büdenbender so vehement auf einer Verhaftung bestand. Dabei musste er doch wissen, dass man sich auf diese Weise ganz schnell dem Vorwurf der Diskriminierung aussetzte. Killian war schwul! Es galt eigentlich, höchst vorsichtig vorzugehen, aber der Staatsanwalt schien den Porzellanhaufen nicht zu fürchten, den er hinterlassen könnte.

Ed merkte, dass sein Boss nicht bei der Sache war und fragte: »Alles in Ordnung?«

»Äh, ja sicher«, stotterte Schuster, »war gerade mit den Gedanken woanders.«

»Soll ich später weitermachen?« fragte Ed.

»Keine schlechte Idee«, stimmte ihm Schuster zu. »Ich rufe dich dann.«

Im Parteibüro würde er nicht herausbekommen, was Büdenbender im Schilde führte. Er musste ins Krankenhaus. Dort liefen die Fäden ineinander. Was hatte Althaus ihm einreden wollen? Er sei für die Aufklärung moralisch verantwortlich? Langsam glaubte er es, denn seit Tagen agierte sein Unterbewusstsein genau in diese Richtung.

Er sah aus dem Fenster hinaus auf die Freudenberger Straße, dann fällte er eine Entscheidung.

»Ed«, rief er durch die offene Bürotür, »ich bin im Krankenhaus.«

Ed nickte und legte die Tabelle beiseite. Heute würde er sie nicht mehr brauchen.

Das kurze Stück Fahrt durch die Stadt nutzte er, um sich über einige Punkte klar zu werden. Wenn Büdenbender ein persönliches Interesse an diesem Fall hegte, dann war der Mann gefährlich. Gefährlich in zweierlei Hinsicht: Erstens würde er seine Macht als Staatsanwalt nutzen, um sich gegebenenfalls zu schützen, und zweitens war Schuster als amtierender Landrat sein Vorgesetzter, eine Konstellation, die ihm später einmal politisch schaden könnte, denn es sah sehr nach Vetternwirtschaft aus, zumal der liebe Staatsanwalt das gleiche Parteibuch innehatte. Es galt also, wachsam an die Sache heranzugehen.

Schuster erreichte das Krankenhaus, suchte einen Parkplatz, hatte Glück und fand einen, stellte das Auto ab und machte sich auf den Weg zu Althaus.

Das Vorzimmer des Verwaltungschefs war nicht besetzt, also klopfte er direkt an Althaus' Tür, öffnete sie und war überrascht, als er bei Althaus auf Tristan Irle stieß.

»Oh«, stutzte er, »Sie haben Besuch.«

»Herr Schuster«, sprang Althaus auf, »kommen Sie herein. Kennen Sie Tristan Irle, Privatdetektiv?«

»Irle?« wiederholte der Politiker. »Ja, gehört habe ich schon von Ihnen.«

»Sie sieht man ja auch momentan überall in der Stadt«, antwortete Tristan.

»Wahlkampf«, antwortete Schuster lächelnd.

Tristan nickte.

»Herr Schuster ist Mitglied im Aufsichtsrat«, erklärte Althaus.

»Dann kannten Sie Frau Hassel-Dorn?« sagte Tristan.

»Ja, eine schreckliche Geschichte«, nickte er. »Sie ermitteln in dieser Sache?«

»Ja«, antwortete Tristan knapp.

»Herr Irle ist hier, um einige Fragen zu klären«, erläuterte Althaus, der froh war, dem Zwiegespräch mit Irle aus dem Weg gehen zu können.

»Fragen?« Schuster sah den Detektiv neugierig an.

»Mich interessiert zum Beispiel die Frage, was André Fischer nachts im Krankenhaus gesucht hat.«

»Eine gute Frage«, bestätigte Schuster. »Und? Haben Sie eine Antwort gefunden?«

»Ich hoffe, dass Herr Althaus mir da weiterhelfen kann.« Er sah den Verwaltungschef freundlich an.

»Sicher«, beeilte sich der zu sagen. »Nur habe ich selbst keine Ahnung, was er hier wohl suchte. Aber vielleicht hilft Ihnen einer der Pfleger oder eine Krankenschwester weiter.«

»Er schien sich für den Verwaltungstrakt zu interessieren«, sprach Tristan langsam. »Was ist so interessant am Verwaltungstrakt?«

»Die Buchhaltung?« warf Schuster ein.

Althaus zuckte zusammen, darauf hätte er auch kommen müssen.

»Sämtliche Formulare befinden sich dort«, sagte Tristan.

»Deshalb muss man aber hier nicht nachts herumlaufen«, entgegnete ihm Althaus. »Die sind für jedermann zugänglich.«

»Verstehe«, nickte der Detektiv. »Gibt es ein Organigramm der Verwaltung?«

»Sicher!« nickte Althaus. »Ich lasse es Ihnen sofort ausstellen.«

Tristan schien zufrieden.

»Vielleicht könnten Sie mir noch in einer anderen Sache weiterhelfen«, fragte der Detektiv.

Althaus starrte ihn an und nickte, obwohl man ihm ansah, dass er das Gespräch liebend gern beendet hätte.

»Um was geht es?« fragte er freundlich.

Tristan nahm aus einer alten Ledertasche das rote Notizbuch heraus.

»Können Sie mir sagen«, er schlug die betreffenden Seiten auf, »was diese Zahlen bedeuten könnten? Frau Hassel-Dorn schrieb sie auf.«

Althaus nahm das Notizbuch in die Hand und überlegte.

»Keine Ahnung«, antwortete er schließlich. »Vielleicht kann Professor Niederstein damit etwas anfangen.«

»Darf ich mal sehen?« fragte Schuster. Aber auch er wusste die Zahlen nicht zu deuten und gab das Buch Tristan zurück.

»Danke.« Tristan stand auf und steckte das Notizbuch zurück in die Ledertasche. »Wenn Sie mich dann entschuldigen würden. Ich möchte die betreffenden Schwestern und Pfleger noch einmal befragen.«

»Keine Ursache«, sagte Althaus, »nehmen Sie sich die Zeit, die Sie brauchen.«

»Eine Frage noch«, Schuster stand ebenfalls auf. »Glauben Sie, dass Killian der Mörder ist?«

»Nein«, antwortete Tristan überzeugt. »Dieser Mann ist nicht der Mörder, Herr Schuster.«

»Wie können Sie da so sicher sein?«

»Sehen Sie ihm in die Augen, wenn er von seinem Beruf spricht«, antwortete Tristan und richtete seine Strickjacke. »Der Mann mag einen schwierigen Charakter haben, aber das Leben ist ihm heilig. Er hat Frau Hassel-Dorn nicht umgebracht, da bin ich mir ganz sicher.«

»Danke, Herr Irle«, antwortete Schuster erleichtert. »Ich hege seit einiger Zeit den gleichen Gedanken.«

»Wenn Sie mich nun entschuldigen würden.« Tristan verließ das Büro.

»Sehen Sie«, sagte Schuster barsch zu Althaus, »Irle hat recht. Killian ist der falsche Mann.«

»Urteilen Sie jetzt nicht voreilig.« Althaus war genervt. »Staatsanwalt Büdenbender hat wohl mehr Kompetenz in dieser Sache als dieser Privatschnüffler.«

»Das sehe ich anders.« Schuster gefiel das Verhalten des Verwaltungschefs gar nicht. »Sie sind doch nur daran interessiert, möglichst schnell einen Verdächtigen präsentieren zu können, Herr Althaus!«

»Daran sollten Sie auch interessiert sein«, erwiderte Althaus laut. »Sonst könnte Sie diese Sache die Wahl kosten.«

Da war sich Schuster nicht mehr so sicher, doch diesen Gedanken behielt er für sich.

»Können Sie sich vorstellen«, fragte er unterdessen, »dass Büdenbender ein privates Interesse an diesem Fall haben könnte?«

Die Frage überraschte Althaus. Er sah den Politiker verblüfft an.

»Wie kommen Sie darauf?« fragte er neugierig.

»Überlegen Sie mal«, erläuterte Schuster. »Der Staatsanwalt ist zuerst davon überzeugt, dass es sich um einen Kunstfehler handelt und stimmt mit mir überein, dass wir keine größeren Ermittlungen durchführen sollten.«

»Sie waren bei Büdenbender?« fragte Althaus.

»Ja, und er gab mir sein Wort, die Sache nicht als Mordfall zu behandeln. Dann plötzlich eine zweite Leiche und kurze Zeit später, wie aus dem Zauberhut, liefert Büdendener auch noch einen scheinbaren Beweis für Killians Schuld.«

»So habe ich das noch nicht betrachtet«, meinte Althaus nachdenklich.

»Ich schon«, erwiderte Schuster. »Und, ehrlich gesagt, macht es mir Sorgen.«

4

Sorgen machte sich auch Elena, die im Stationszimmer einige Krankenblätter sortierte. Sie war nicht mehr davon überzeugt, dass Vincent sie wirklich liebte. Wenn sie daran dachte, dass er etwas mit der alten Hexe gehabt haben könnte, dann wurde ihr übel. Jeder im Krankenhaus schien darüber Bescheid zu wissen. Das war das Schlimmste. Wenn sie es recht überlegte, dann traute sie ihm sogar einen Mord zu.

Sie beendete ihre Arbeit, steckte die Krankenblätter in Umschläge und klebte diese zu. Kurz darauf klopfte Tristan Irle an die Zimmertür.

»Was für eine Überraschung«, sagte Elena, »ich habe gerade an Sie gedacht.«

»So?« Tristan reichte ihr die Hand. »Ich hoffe, es waren keine schlechten Gedanken.«

»Nein«, schüttelte sie den Kopf. »Ich habe nochmals über den Mord an Frau Hassel-Dorn nachgedacht.«

»Und zu welchem Ergebnis sind Sie gekommen?« Der Detektiv sah sie väterlich an.

»So wie es aussieht«, begann sie mit zitternder Stimme, »scheint mein Freund Vincent ein Verhältnis mit der Toten gehabt zu haben. Das hat er sicherlich nur gemacht, um Killian eins auszuwischen.«

»Was hätte es Killian ausgemacht?« Tristan sah sie mitfühlend an. »Sie sind doch die Leidtragende.«

»Nicht allein«, erklärte Elena. »Die Hassel-Dorn plante Sparmaßnahmen, die Killian den Job hätten kosten können. Vincent schmeichelte sich bei ihr ein und schwärzte Killian permanent an.«

Tristan hörte ihr aufmerksam zu.

»Ihr Freund ist ein ganz schöner Hallodri«, sagte er. »Wissen Sie, dass Frau Hassel-Dorn ein Tagebuch führte?«

Elenas Augen weiteten sich.

»Sie meinen, sie führte über alles, was im Krankenhaus mit ihr geschah, Buch?«

»Ja!«

»Und wer hat dieses Tagebuch?« fragte sie scharf.

»Die Polizei«, antwortete Tristan. »Dort steht auch etwas über Ihren Freund, allerdings war Frau Hassel-Dorn so clever, die interessanten Stellen zu verschlüsseln. Man kann nur vermuten, dass da ein Verhältnis bestanden haben könnte.«

»Ich sollte dem Typ einen Tritt geben«, seufzte sie.

Das wäre keine schlechte Idee, dachte Tristan und sagte: »Was mich interessiert, Frau Jung, ist die Frage, wer etwas von diesen Notizen der Hassel-Dorn wissen konnte.«

Sie sah den Detektiv überrascht an.

»Wahrscheinlich jeder, der ihr das Bett gemacht hat«, antwortete sie. »Ich arbeite nicht auf der Station, aber André, Boris und Leah dürften über die Notizbücher Bescheid gewusst haben.«

»Sie sind sich da sicher?« hakte Tristan nach.

»Die Krankenzimmer sind nicht sehr groß. Und die kleinen Nachtschränke sind zugänglich. Außerdem stehen die Patienten unter ständiger Bewachung. Nein, die Kollegen haben davon gewusst. Irgendwie musste Frau Hassel-Dorn ja in die Notizbücher schreiben. Das hat man gesehen. Vielleicht kennen sie nicht den genauen Inhalt, aber dass Frau Hassel-Dorn Notizen gemacht hat, ist aufgefallen. Da bin ich mir ganz sicher.«

»Und wer von den Ärzten könnte über diese Notizen Bescheid wissen?«

»Wenn es die Pfleger und die Schwestern wissen, dann auch die Ärzte«, grinste Elena höhnisch. »Geheimnisse im Krankenhaus sind so ungewöhnlich wie Lachse in der Sieg.«

»Killian hat es geschafft«, korrigierte Tristan. »Dass er schwul ist, blieb ein Geheimnis.«

»Das dürfte aber auch die Ausnahme bleiben«, meinte Elena lakonisch.

Tristan öffnete seine Tasche und zeigte ihr das Notizbuch.

»Können Sie etwas mit diesen Zahlen anfangen?«

Die Krankenschwester überlegte einen Moment, kam aber zu keinem brauchbaren Schluss.

»Nun, ja«, stöhnte Tristan, »wissen Sie, wo ich Leah und Boris treffen kann?«

»Sie nehmen gerade dem Hauptkommissar den Gips ab«, sagte Elena und beschrieb ihm den Weg.

»Danke«, sagte Tristan, »Sie haben mir sehr geholfen.«

»Suchte André nach diesen Notizbüchern?« fragte sie plötzlich.

»Wir wissen es nicht«, antwortete Tristan.

Nachdenklich verließ Tristan die Station und suchte Professor Niederstein auf. Bis jetzt hatte er den Professor nur einmal kurz gesprochen, und das bei einem traurigen Anlass. Jetzt schien der Ärztliche Direktor überaus gut gelaunt zu sein. Mit einer dicken Zigarre in der Hand empfing er den Detektiv freundlich in seinem Büro.

»Herr Irle«, posaunte er, »ich habe ja schon viel von Ihnen gehört. Was kann ich für Sie tun?«

Tristan musterte die teure Büroeinrichtung. Ihm fiel auf, dass der Computer und andere moderne Bürogeräte gut versteckt waren und überhaupt nur durch eine Kabelschachtverbindung auffielen. Tristan lächelte und zog das rote Notizbuch hervor.

»Können Sie sich vorstellen«, fragte er, »was diese Tabelle und die Zahlen bedeuten könnten?«

Niederstein beugte sich schwerfällig nach vorn, steckte die Zigarre in den Mund und sah sich die Tabelle an. Nach einer Weile sagte er:

»Herr Irle, die Tabelle ist mir ein Rätsel. Hat sie etwas mit den Morden zu schaffen?«

»Das Notizbuch wurde von Frau Hassel-Dorn geführt«, erklärte er. »Ich habe gehofft, dass Sie etwas mit den Zahlen anfangen könnten. Weiter vorn sind eine Menge Lieferanten aufgeführt.«

Niederstein fixierte den Detektiv, paffte an seiner Zigarre und blätterte vor.

»Was hat das zu bedeuten?« fragte er scharf.

»Keine Ahnung, Herr Niederstein«, lächelte Tristan. »Wie gesagt, ich hatte gehofft, Sie könnten mir weiterhelfen.«

»Kann ich leider nicht«, dröhnte Niederstein. Er stand auf und reichte Tristan das Notizbuch zurück. »Wenn ich sonst nichts mehr für Sie tun kann«, lächelte er an der Zigarre vorbei, »dann bitte ich Sie, mich zu entschuldigen, die Patienten. Sie verstehen!«

»Selbstverständlich«, antwortete Tristan und stand auf. »Danke, dass Sie Zeit fanden.«

»Keine Ursache, Herr Irle«, antwortete er kalt.

5

Der Gips war ab. Vorsichtig trat Pfeiffer auf.

»Es fühlt sich taub an«, sagte er.

»Versuchen Sie ein paar Schritte zu gehen«, antwortete Chantal, »das Gefühl kommt dann wieder.«

Pfeiffer folgte ihrer Anweisung und am Ende des Raumes spürte er tatsächlich, dass sein Fuß den Boden berührte.

»Wie mache ich mich?« strahlte der Hauptkommissar. Er versuchte, das lädierte Bein stärker zu belasten.

»Warten Sie damit«, warnte die Ärztin.

»Möchten Sie die Gipsschalen mitnehmen?« fragte Leah.

In diesem Moment klopfte es an der Tür und Tristan trat ein.

»Habe ich den großen Augenblick verpasst?« Er sah die zwei abgetrennten Gipsschalen. »Ja, habe ich.«

»Was suchen Sie hier?« fragte Chantal und sah ihn streng an.

»Ich suche Herrn Pfeiffer«, antwortete Tristan freundlich. »Mein Name ist Irle, Tristan Irle.«

»Der Privatdetektiv«, hauchte Chantal.

»Sie haben von mir gehört?« nickte Tristan. »Dann wissen Sie ja, weshalb ich hier bin.«

»Ich dachte, um mich abzuholen«, sagte Pfeiffer sarkastisch. »Jetzt bin ich wieder ein ganzer Mensch. Ein tolles Gefühl.«

»Ich hätte gerne mit Ihnen, Leah, und Ihnen, Boris, gesprochen«, sagte Tristan. »Ist das ein Problem?«

»Nein«, sagte Boris selbstsicher. »Wir können deshalb ja weiter aufräumen. Oder?«

»Selbstverständlich«, meinte Tristan.

»Möchten Sie mich auch befragen«, lächelte Chantal, »oder kann ich mich um ein paar andere Patienten kümmern?«

»Gehen Sie«, mischte sich Pfeiffer ein. »Wir finden Sie, sollten wir noch Fragen an Sie haben.«

»Wie geht es der Putzfrau?« fragte Tristan dennoch.

»Sie hat heute Morgen das Krankenhaus verlassen«, antwortete Chantal.

»Und was macht Killian?«

»Er trauert«, sagte sie trocken.

»Danke.« Tristan wandte sich den beiden anderen zu. »Sie haben Frau Hassel-Dorn betreut?«

»Die Frau brauchte keine Betreuung«, grinste Boris, »die hatte ihren persönlichen Arzt.«

»Wir arbeiten auf der Station«, beeilte sich Leah zu sagen, »mehr nicht.«

»Es ist mir bekannt, dass Vincent ein Verhältnis mit Frau Hassel-Dorn hatte«, sagte Tristan.

»So?« staunte Pfeiffer.

»Ja, Chef«, sagte Holzbaum, »das steht verschlüsselt in den Notizbüchern.«

»Ach, Sie haben die«, sagte Boris. »Dachte schon, die hätte jemand geklaut.«

»Sie kennen also die Notizbücher von Frau Hassel-Dorn?« fragte Tristan sicherheitshalber nach.

»Ja«, lächelte Boris. »Jede freie Minute kritzelte sie irgendetwas in eines der drei Bücher.«

»Den Inhalt kennen Sie nicht zufällig?« Tristan musterte den Pfleger skeptisch.

»Natürlich nicht«, entrüstete Boris sich.

»Ich wusste auch von diesen Notizen«, meldete Leah sich zu Wort, »aber wir schnüffeln nicht in den Sachen der Patienten.«

»Mann, das gehört sich nicht«, schnaufte Boris. »ich mag zwar etwas runtergekommen aussehen, aber deshalb bin ich noch lange kein Schnüffler.« Er blickte wütend zu Tristan, dann zu den beiden Beamten. »Im Gegensatz zu Ihnen verdiene ich nicht mein Geld, indem ich anderer Leute Klamotten durchsuche.«

»Boris, nicht«, versuchte Leah ihren Freund zu beruhigen.

»Lass nur«, lächelte er. »Sie sollten sich die Herren Ärzte einmal vornehmen. Vincent kennen Sie ja schon, aber haben Sie mal mit den AiP's gesprochen?«

»Mit wem?« Pfeiffer sah den Krankenpfleger verständnislos an.

»Ärzte im praktischen Jahr«, erklärte Holzbaum. »Estelle Pieck und Peter Hoffmann.«

»Was ist mit den Ärzten?« wollte Pfeiffer wissen.

»Die Hassel-Dorn hat die beiden beim Vögeln erwischt«, grinste Boris, »und sie hat sie beim Big Boss angeschwärzt. Die hätten fast ihren Job verloren.«

»Wo sind wir nur gelandet?« jammerte Pfeiffer. »Leichen und jetzt auch noch Orgien.«

»Sie hatten sonst keine Möglichkeit«, versuchte Leah die beiden zu verteidigen, »der Dienstplan war schuld.«

Das verstand Pfeiffer nicht, und auch Tristan musste seine grauen Zellen anstrengen, bis ihm der Sinn der Worte klar wurde.

»Nun«, nickte Pfeiffer entschlossen, »die beiden werden wir uns noch vornehmen.«

»War das alles«, Boris baute sich selbstbewusst vor Tristan auf, »können wir gehen?«

»Nur noch eins«, lächelte der Detektiv. »Was suchte André im Krankenhaus?«

»Vielleicht die Notizbücher«, antwortete Boris, »er wusste von ihnen und hat vielleicht gehofft, etwas Interessantes zu finden.«

»Das ist mir ja ein Haufen«, sagte Pfeiffer, als sie allein im Zimmer waren. Dann sah er Tristan an und fragte: »Was suchen Sie eigentlich hier?«

»Einen Mörder«, antwortete er knapp. »Was macht das Bein?«

»Kann es belasten«, grinste Pfeiffer. »Gutes Gefühl.«

»Kenne ich«, lächelte Tristan. »Wer war die Ärztin?«

»Die neue Chefärztin, Chantal Remané«, antwortete Holzbaum. »In der Nacht von Montag auf Dienstag hatte sie keinen Dienst.«

»Was ist mit ihrem Alibi?« Tristan spazierte zum Fenster.

»Noch nicht überprüft«, meinte Holzbaum. »Bestand noch kein Verdacht.«

»Und die anderen?«

»Die waren alle im Krankenhaus«, stöhnte Pfeiffer. »Killian behauptet, zu Hause auf André gewartet zu haben, der dann später auch erschien.«

»Das konnten wir leider nicht mehr überprüfen«, sagte Holzbaum.

»Schlecht für Killian«, meinte Tristan und sah auf die Stadt, »wenn der einzige Zeuge stirbt. Und Sie halten den Mann immer noch fest?«

»Wir können nicht anders.« Pfeiffer zog das Hosenbein nach unten. »Büdenbender steht uns im Nacken.«

»Warum hat der eigentlich so ein Interesse an dem Fall?« Tristan wandte sich den beiden Polizisten zu.

»Das würde ich gerne selbst wissen«, sagte Holzbaum.

Die Zimmertür ging auf und Schuster trat ein.

»Da habe ich Sie ja endlich gefunden«, stieß er erleichtert aus. »Ah, Herr Irle ist auch noch da.«

»Guten Tag, Herr Schuster«, begrüßte Pfeiffer den Politiker freundlich. »Was liegt Ihnen denn am Herzen, dass Sie uns freiwillig aufsuchen? Das tun die Menschen nicht oft.«

»Kann ich verstehen«, nuschelte Schuster und nestelte an seinem Jackett herum. »Es ist etwas delikat.«

»Sie hatten ein Verhältnis mit der Toten«, schoss es aus Pfeiffer heraus.

Schuster schien wie vom Blitz getroffen.

»Um Gottes Willen, nein!« rief er. »Wie kommen Sie denn darauf?«

»War nur so eine Vermutung«, lächelte der Hauptkommissar.

»Bringen Sie das bloß nicht unter die Leute«, warnte Schuster, »das wäre mein politischer Tod. Nein, es geht um Staatsanwalt Büdenbender.«

»So?« staunte Tristan.

»Ja«, nickte Schuster, »er ist in diesem Fall sehr engagiert.«

»Das könnte man so sehen«, grinste Holzbaum.

»Um ehrlich zu sein«, Schuster nahm allen Mut zusammen, »er ist mir zu sehr engagiert. Ich vermute, er hat ein persönliches Interesse an diesem Fall.«

»Das haben Sie gut beobachtet«, nickte Pfeiffer, »allerdings macht ihn das noch nicht zu einem Mörder.«

»Das wollte ich nicht behaupten«, antwortete Schuster schnell. »Trotzdem wüsste ich gerne, was ihn so übereifrig antreibt.«

»Schwierig«, überlegte Pfeiffer. »Man müsste ihn einfach mal danach fragen.«

»Büdenbender etwas fragen?« grinste Tristan. »Dann könnten Sie sich auch mit einem Tiger unterhalten. Der würde Sie nur in Stücke reißen, Büdenbender aber verdammt Sie direkt in die Hölle.«

»Schade«, murmelte Schuster, »dann muss ich wohl die Augen offen halten.«

»Wir schließen uns Ihnen an«, sagte Holzbaum. »Mehr können wir im Moment nicht unternehmen.«

»Das verstehe ich«, nickte Schuster. Er ging zur Tür und blieb dort stehen. »Ich gehe davon aus, dass dieses Gespräch unter uns bleibt, meine Herren.«

»Keine Sorge«, antwortete Pfeiffer, »ich wollte meine Pension noch erleben.«

6

Die Schnüffelei machte Chantal nervös. Professor Niederstein beobachtete ihre Arbeit, seit sie den neuen Job übernommen hatte. Polizisten und Privatdetektive störten den Tagesablauf erheblich. Sie hatte ihr altes Büro noch nicht geräumt, obwohl Althaus sie drängte, in Killians Büro umzuziehen und so durch Tatsachen Fakten zu schaffen. Ein Gedanke, der ihr einen leichten Schauer über den Rücken laufen ließ. Killian lag in einem Einbettzimmer nicht weit von ihrem Büro entfernt. Er hatte den Schock gut überstanden, dennoch litten sein Körper und mehr noch seine Seele unter den Anspannungen der letzten Tage. Sie hatte ihm absolute Ruhe verordnet und darauf bestanden, dass selbst die Polizei nicht zu ihm vorgelassen wurde. Die Abschirmung zeigte erste Erfolge. Killian wurde gesprächig. Sie sah auf ihre Armbanduhr und dachte, es sei Zeit, nochmals nach Killian zu sehen.

Auf dem Flur traf sie auf Niederstein, der zusammen mit Althaus auf dem Weg zu Chantal war.

»Wo wollen Sie hin?« fragte der Professor freundlich.

»Nach Killian sehen«, antwortete sie.

»Gute Idee«, sagte Althaus begeistert, »wir schließen uns an.«

»Sie haben doch nichts dagegen?« vergewisserte sich Niederstein.

»Nein«, schüttelte sie den Kopf, »bloß, fangen Sie nicht an, über den Mord zu sprechen.«

»Über welchen?« Althaus rückte seine Krawatte zurecht. »Den ersten oder den an seinem Geliebten?« Man sah ihm die Überwindung dieses Wortes an.

»Beide!« antwortete Chantal bestimmend.

»Sind Ihnen die Polizisten begegnet?« Niederstein sprach im Plauderton.

»Ja. Pfeiffer hat seinen Gips abbekommen, und dieser Privatdetektiv kam hinzu.«

»Was sucht dieser Irle nur?« fragte Althaus mehr sich selbst, als an die beiden anderen gerichtet.

»Wahrscheinlich einen Mörder«, sagte Chantal bissig.

»Der liegt in einem Einbettzimmer«, meinte Althaus.

»Der Detektiv sieht das anders«, seufzte Niederstein. »Können wir etwas gegen seine Schnüffelei unternehmen?«

»Man müsste Staatsanwalt Büdenbender informieren«, überlegte Althaus.

»Eine gute Idee«, lächelte Niederstein. »Vielleicht kann er diesen Mann bremsen.«

Sie erreichten das Krankenzimmer.

7

Auf der Suche nach Estelle Pieck und Peter Hoffmann kam Tristan nochmals im Verwaltungstrakt vorbei und bekam von Althaus' Sekretärin das versprochene Organigramm. Auch die Sekretärin wusste nicht, wo sich die beiden Ärzte befanden. Also streifte Tristan weiter durchs Krankenhaus und stieß schließlich auf Vincent.

»Hallo, Herr Irle«, rief der Assistenzarzt freundlich. »Immer noch auf Mördersuche?«

»Leider ja«, stöhnte Tristan, dem das sinnlose Herumlaufen auf die Nerven ging. »Haben Sie zufällig die Ärzte Pieck und Hoffmann gesehen?«

»Estelle und Peter?« lächelte Vincent.

»Ja«, nickte Tristan.

»Die machen gerade Pause in der Cafeteria«, antwortete Vincent, »wenn Sie sich beeilen, dürften Sie die beiden dort noch erwischen.«

»Danke«, sagte Tristan erleichtert, »Sie wissen gar nicht, wie lange ich die schon suche.«

»Oh, stehen die beiden unter Verdacht?« Vincent fragte völlig unbekümmert.

»Nicht direkt«, antwortete Tristan vorsichtig. »Ich hätte nur gerne ein paar Antworten.«

»Ach so«, lächelte Vicnent. »Übrigens, wenn Sie demnächst jemanden im Krankenhaus suchen, dann lassen Sie die Person doch ausrufen.«

»Ausrufen?« Tristan wirkte überrascht.

»Ja, per Lautsprecher.« Vincent deutete auf einen grauen Kasten in der Decke. »Das kennen Sie doch aus den Filmen. ›Doktor soundso bitte auf Station 7.‹«

»Darauf bin ich nicht gekommen«, sagte Tristan. »Das hätte mir eine Menge Zeit sparen können.«

»Na ja, man ist halt nicht perfekt«, grinste Vincent und zog von dannen.

Wie recht du hast, dachte Tristan und suchte einen Fahrstuhl. Keine fünf Minuten später stand er in der Cafeteria und fragte die Bedienung hinter dem Tresen nach Estelle und Peter.

»Das ist das hübsche Pärchen«, erklärte die Bedienung, »hinten in der Ecke.«

»Danke«, nickte Tristan und ging auf den Tisch zu.

»Guten Tag«, sagte er freundlich, »mein Name ist Irle, Tristan Irle. Ich bin Privatdetektiv und ermittle im Fall Hassel-Dorn.«

Die beiden sahen den Mann in der Strickjacke neugierig an.

»Darf ich mich einen Augenblick zu Ihnen setzen?«

»Bitte«, antwortete Estelle, »was können wir für Sie tun?«

Peter lehnte sich zurück, verschränkte die Arme und ging auf Abwehrhaltung. Estelle dagegen lächelte den Detektiv mit ihren kariesfreien Zähnen an.

»Ich hätte einige Fragen«, begann der Detektiv.

»Wenn es die Operation betrifft«, sagte Peter barsch, »dann kann ich Ihnen nur mitteilen, dass Killian keinen Fehler begangen hat. Ich habe gehört, wie er klar formulierte, was man der Patientin geben sollte.«

»Herr Hoffmann, das weiß ich«, lächelte Tristan. »Dr. Killian hat es mir erzählt und ich glaube dem Mann.«

»Weshalb sind Sie dann hier?« Peter beugte sich vor und schien seine Ablehnung aufzugeben.

»Ich möchte etwas über Frau Hassel-Dorn herausbekommen«, erklärte er. »Haben Sie gewusst, dass sie Notizbücher führte?«

»Ja«, nickte Estelle. »Sie war dabei, eine Art Inventur zu erstellen.«

»Ein Unternehmen, das unmöglich ist«, grinste Peter. »Aber so war sie nun mal.«

»Wieso ist es unmöglich?« wollte Tristan wissen.

»Na, dann versuchen Sie mal, die Spritzen in diesem Krankenhaus zu zählen«, sagte Peter vergnügt. »Wenn Sie um neun Uhr morgens einen Abschluss haben, dann können Sie um elf Uhr von neuem beginnen.«

»Es ist einfach unmöglich, den genauen Bestand festzuhalten«, ergänzte Estelle. »Sicher kann man über den Einkauf feststellen, wie viel Spritzen vorhanden sein sollten, aber dann geht's in die einzelnen Stationen, und schon bekommen Sie Schwierigkeiten.«

»Die Dinger werden ja nicht gegen einen Bezugsschein ausgeliefert«, mokierte sich Peter. »Allerdings hätte die gute Hassel-Dorn das gerne gesehen.«

»Und bei den Spritzen wäre das ja noch verhältnismäßig einfach.« Estelle lächelte verschmitzt ihrem Freund zu. »Wenn es um einzelne Tabletten geht, keine Tablettenschachteln, einzelne Tabletten, dann beginnen Sie eine richtige Sisyphusarbeit.«

»Es gibt also keine Kontrolle über die Ausgaben von Krankenmitteln?« fragte Tristan.

»Natürlich«, erklärte Estelle. »Die BTM-pflichtigen Medikamente, das sind Betäubungsmittel, werden gesondert aufbewahrt und müssen von Ärzten gegengezeichnet werden, wenn sie ausgegeben werden. Alle anderen Mittel werden von den Stationen verwaltet. Eine Kontrolle gibt es durch die Chefärzte und so.«

»Die gute Frau hatte keine Ahnung«, sagte Peter ernst, »mischte sich jedoch überall ein.«

»Auch in Ihre Beziehung?« sagte Tristan trocken.

»Sie haben von unserem Akt gehört?« murmelte Peter.

»Ja«, Tristan nahm seine Halbbrille ab, »Sie waren auf Frau Hassel-Dorn nicht gut zu sprechen.«

»Das kann man sagen.« Estelle richtete sich auf. »Aber wir haben sie nicht umgebracht. Außerdem hätten wir es sicherlich nicht so dilettantisch gemacht.«

»So?«

»Uns wäre etwas eingefallen, das nicht gleich nach Mord aussehen würde«, meinte Estelle vergnügt. »Da kann man ja direkt die Adresse bei der Leiche hinterlassen.«

»Jetzt glauben Sie bitte nicht«, beeilte sich Peter zu sagen, »dass wir etwas mit den Morden zu schaffen haben.«

»Keine Sorge, Herr Hoffmann«, sagte Tristan. »Momentan sind noch alle im Krankenhaus verdächtig.«

»Dann bin ich beruhigt«, atmete der Arzt auf.

»Das Ganze ist noch ziemlich dubios«, plauderte Tristan, »noch gibt es keinen Anhaltspunkt, der ein Motiv aufzeigen könnte.«

»Vielleicht geht es gar nicht um Frau Hassel-Dorn«, überlegte Estelle. »Sie sollte möglicherweise jemand anderen, sozusagen über die Bande, ausschalten.«

»Daran habe ich auch schon gedacht.« Tristan setzte die Halbbrille wieder auf und erhob sich. »Nur noch eins: Was, meinen Sie, suchte André Fischer im Krankenhaus?«

»Keine Ahnung«, schoss es aus Peter heraus.

»Man hat ihn in dem Fahrstuhl des Verwaltungstrakts gefunden«, resümierte Estelle ruhig. »Dort ist eigentlich nur das Archiv interessant.«

»Das Archiv?« Tristan wurde neugierig.

»Alle anderen Büros hätte er auch während des Tages aufsuchen können«, erklärte Estelle, »aber das Archiv kann man am besten nachts aufsuchen, da trifft man keine Menschenseele.«

»Vielen Dank für das Gespräch.« Tristan gab den beiden Ärzten die Hand. »Ein interessanter Hinweis, Frau Pieck.«

»Nichts zu danken«, sagte Peter, der über Tristans Aufbruch sichtlich erleichtert wirkte.

»Wenn Sie noch Fragen haben«, fügte Estelle jovial hinzu, »dann wissen Sie ja, wo Sie uns finden.«

»Danke«, antwortete Tristan, »vielleicht werde ich auf Ihr Angebot zurückkommen.«

8

Büdenbender hörte sich Althaus' Beschwerde ruhig an. Er kam direkt aus dem Untersuchungsgefängnis, das neben dem Krankenhaus in einem Trakt des Unteren Schlosses eingerichtet war.

»Das gefällt mir nicht«, sagte der Staatsanwalt. »Da haben Sie völlig recht.«

»Was können Sie unternehmen?« wollte Althaus wissen.

»Nicht viel«, stöhnte der smarte Staatsdiener. »Solange er keine Gesetze verletzt oder Unruhe erzeugt.«

»Aber das tut er doch«, rief Althaus. »Er belästigt unsere Angestellten.«

»Sie haben es ihm doch erlaubt.« Büdenbender schüttelte den Kopf. »Das hätten Sie nicht machen sollen, dann hätten wir jetzt eine Handhabe. Aber so? Was meinen Sie, Frau Remané?«

Die Ärztin saß abseits in Althaus' Büro. Sie war zusammen mit Büdenbender erschienen.

»Gewisse Stationen ließen sich für ihn sperren«, antwortete sie. »Aber zu Killian und in die Cafeteria müssen wir ihn lassen.«

»Damit kommt er weiter an alle ran«, seufzte Althaus, der das gerne verhindert hätte.

»Was hat er denn gewollt?« fragte Büdenbender.

»Na, er wollte wissen, was hier so abläuft«, fauchte Althaus.

»Er traf sich mit Pfeiffer«, lächelte Chantal. »Man wird aus dem Verhältnis der beiden nicht schlau.«

»Sie streiten sich und arbeiten dann doch zusammen«, sagte Büdenbender. »Ein Phänomen, das ich schon lange beobachte. Sie sollten aufpassen, Herr Althaus.«

»Das mache ich schon«, Althaus schlug mit den Händen an seine Hosenbeine, »aber ich kann nicht überall sein.«

»Was soll uns das eigentlich kümmern?« fragte Chantal. »Wir haben den Schuldigen doch?«

»Irle hat die Angewohnheit«, erklärte Büdenbender kalt, »dass er für Überraschungen gut ist. Ich mag aber keine Überraschung.«

»So?« Chantal sah den Staatsanwalt kokett an.

»Im Dienst«, konkretisierte er.

»Was machen wir nun?« Althaus lief unruhig hin und her.

»Vorläufig gar nichts«, antwortete er.

»Na schön!« stöhnte Althaus.

»Wie geht es Dr. Killian?« erkundigte sich Büdenbender bei Chantal.

»Besser«, lächelte sie.

»Könnten Sie mich zu ihm führen?«

»Gerne.«

»Herr Althaus, war sonst noch etwas?« Büdenbenders Ton verriet Althaus, besser keine weiteren Angelegenheiten anzusprechen.

»Nein, ich wollte Sie nur informieren«, seufzte er.

»Dann lassen Sie uns gehen, Frau Remané«, lächelte Büdenbender.

9

Pfeiffer war zufrieden. Er hatte das Autofahren nicht verlernt. Holzbaum ging es nicht so gut.

Das alte Leiden trat wieder auf, wenn er mit Pfeiffer am Steuer durch die Gegend raste. Die beiden Beamten stiegen gerade aus dem Auto, als Tristan dabei war, das Krankenhaus zu verlassen.

»Haben Sie Büdenbender getroffen?« rief Pfeiffer ihm zu.

»Nein.« Tristan blieb stehen und wartete, bis die beiden Beamten den Eingang des Krankenhauses erreichten.

»Wir wollten ihn drüben im Untersuchungsgefängnis abfangen«, erklärte Pfeiffer, »aber die sagten uns, dass er ins Krankenhaus gegangen sei.«

»Die Kollegen waren besorgt«, grinste Holzbaum mit hochrotem Kopf, »und fragten uns, ob wir etwas von einer Krankheit des Staatsanwalts wüssten.«

»Krankheit?« Tristan grinste.

»Wir stellten uns dumm und fragten, wie sie denn zu dieser Vermutung kämen.« Pfeiffer übernahm wieder das Wort. »Und dann erzählten sie uns, dass der liebe Staatsanwalt seit Wochen immer nach einer kurzen Stippvisite des Untersuchungsgefängnisses ins Krankenhaus hinüber marschierte. Sie haben sogar einmal seine behandelnde Ärztin gesehen.«

»Ja, leider nur flüchtig«, ergänzte Holzbaum. »Und sie waren sich auch nicht sicher, ob es eine Ärztin oder Krankenschwester war.«

»Unser Staatsanwalt hat eine Affäre«, sagte Tristan.

»Todsicher«, bestätigte Pfeiffer. »Nur, wen könnte der smarte Büdenbender wohl besprungen haben?«

»Ein paar Hübsche gibt es schon«, überlegte Tristan. »Jedenfalls wissen wir jetzt, was den guten Mann so antreibt, den Fall möglichst schnell und unauffällig zu klären.«

»Und was haben Sie herausbekommen?« Pfeiffer steckte sich eine Zigarette an.

Tristan berichtete über das Wesentliche, dass im Konkreten nichts Neues herausgekommen sei.

»Na, Pech«, Pfeiffer klopfte Tristan auf die Schulter, »wir wollen jetzt nach Büdenbender suchen und nach seiner Geliebten Ausschau halten.«

»Passen Sie auf«, warnte Tristan, »dass sie dem Mann nicht zu fest auf die Zehen treten.«

»Keine Sorge«, antwortete Holzbaum, »wir verhalten uns diskret.«

Dass Pfeiffer diskret ermitteln konnte, glaubte Tristan nicht. Er hatte für den Tag genug Informationen gesammelt, die seine grauen Zellen fieberhaft arbeiten ließen. Der Detektiv machte sich auf den Heimweg. Statt durch die Steingasse zu gehen, spazierte Tristan die Alte Poststraße entlang. Der Umbau des alten Telegrafenamtes interessierte ihn. In Zukunft würde dort ein Museum der modernen Kunst entstehen, das eine Bereicherung für die Stadt werden würde. Moderne Fotoausstellungen, Medienkunst und vieles mehr aus der zeitgenössischen Kunstszene fanden dann auch in Siegen neben dem Untersuchungsgefängnis ein Zuhause.

Tristan schmunzelte. Ein Museum hatte auch immer etwas von einem Untersuchungsgefängnis, dachte er. Statt Menschen wird Kunst untersucht, geprüft und, wenn unschuldig oder naiv, sogar entlassen. Besucher müssen sich an strikte Besucherzeiten halten und eine Vielzahl der ausgestellten Objekte befindet sich nur für kurze Zeit im Museum, wie die Delinquenten im Untersuchungsgefängnis. Was die Sicherheitsmaßnahmen betrifft, da stehen die Museen den Gefängnissen in nichts nach. Aus dieser Perspektive bekam der Standort des Medienmuseums eine ganz neue Bedeutung.

Das für die Jahreszeit überaus warme Wetter trieb den Detektiv auf den Unteren Schlossplatz. Eine ruhige Ecke, gleich neben dem Dicken Turm. Leider fehlten hier Sitzgelegenheiten und ein Café, das zur Rast, zur Entspannung einlud. Tristan schlenderte deshalb weiter am Kaufhaus Karstadt vorbei und sah von der Balustrade, die von der Kölner Straße am Karstadt vorbei zum Schlosshof führte, auf die Einkaufsstraße hinunter. Es war jetzt kurz vor 18 Uhr, und die Menschen nutzten das anstehende Wochenende, um die letzten Einkäufe zu tätigen. Er folgte der Balustrade hinunter in die Einkaufsstraße, überlegte kurz beim Blumenhändler, noch einen

Strauß für Helga mitzunehmen, entschied sich für die Überraschung und ging mit einem netten Frühlingsstrauß im Arm in Richtung Marienkirche.

Erich würde froh sein, Marlowe endlich abgeben zu können. Irgendwann musste er sich ein außergewöhnliches Dankeschön für seinen Freund ausdenken. Mit dem Blumenstrauß im Arm betrat er das Kirchenschiff der Marienkirche. Der Diakon saß auf einer Bank. Ihm gegenüber wippte Marlowe ungeduldig hin und her und ließ dabei Erich nicht aus den Augen. Tristan trat näher heran und erkannte, dass Erich den Kakadu mit Keksen fütterte.

»Hallo, Erich«, sagte Tristan leise. »Ich bin wieder da.«

Erich sah sich nach der Stimme um und stöhnte: »Endlich, Marlowe wird zunehmend anstrengender!«

»War er so schlimm?« fragte Tristan mit Bedauern.

»Frag nicht.« Erich stand auf. »Zuerst hat er Tante Martha erschreckt, die zur Beichte gehen wollte. Dann kam zufällig Pfarrer Müller von der Nachbargemeinde vorbei. Marlowe startete einen Überraschungsangriff, die Rechnung für die Reinigung seiner Soutane wird in den nächsten Tagen kommen, und dann war da noch ...«

»Sag's nicht, wenn's Geld kosten wird«, sagte Tristan.

»Es wird!« Erich zog eine Quittung aus seiner schwarzen Hose. »Rechnung für Kekse. Fütterst du Marlowe nicht mehr?«

»Quatsch!« Tristan nahm die Quittung entgegen.

»Mit Keksen kann man ihn ruhigstellen«, antwortete Erich. »Leider kann man dann auch nichts anderes mehr unternehmen.«

Marlowe reckte den Kopf herum und krächzte: »Zu diesem Zweck bedient er nämlich, / Als für den Sünder gut bekömmlich.«

»Nun«, murmelte Tristan, »das sind die teuren.«

»Die anderen wollte er nicht.« Erich reichte ihm eine leere Keksdose. »Du hast ihn auch noch verwöhnt.«

»Er ist manchmal schlimmer als ein Kind«, stöhnte Tristan und nahm Marlowe auf die Schulter.

»Dafür ist er als Vogel einzigartig.« Erich kraulte ihm die Brust.

Sie verließen die Kirche.

»Hast du etwas herausbekommen?« fragte Erich, als sie den Hof überquerten.

»Nicht viel.« Tristan blieb stehen. »Es gibt eine Menge Menschen, die den Tod der Hassel-Dorn als gerechte Strafe ansehen.«

»Du steckst fest«, resümierte Erich.

»Wie schon so oft.« Tristan klopfte seinem Freund auf den Rücken. »Meine Hoffnung ist Klette.«

»Du hast dich mit Klette getroffen«, freute sich Erich. «Ist er entlassen worden?«

»Ja, schon vor ein paar Wochen«, sagte Tristan. »Er wohnt in seinem Haus in Eiserfeld.«

»Das hat er halten können?« Erich staunte.

»Zum Glück«, meinte Tristan, »es gibt ihm Halt.«

»Ich würde mich freuen«, Erich blickte nachdenklich drein, »wenn Klette ein geregeltes und straffreies Leben führen könnte.«

»Er ist alt geworden«, bemerkte Tristan. »Ich glaube nicht, dass es ihn ins Gefängnis zurückzieht.«

»Wann siehst du ihn wieder?«

»Ich hoffe, noch heute Abend«, antwortete Tristan, »sonst wird es schwierig werden, den Mörder dingfest zu machen.«

10

Klette saß in seinem Wohnzimmer und betrachtete zum hundertsten Mal die Krankenblätter. Die Schrift war identisch, da gab es kein Rütteln. Sie wies genaue Merkmale auf, die einen Vergleich erlaubten. Eine perfekte Nachahmung hätte einem echten Meister gelingen können, aber er bezweifelte, dass dazu im Krankenhaus jemand imstande war. Um etwas Genaues sagen zu können, reichte die Kopie jedoch nicht aus. Er benötigte das Original.

Also rief er Tristan an.

»Klette hier«, sagte er. »Irle, ich komme nicht weiter. Ich brauche das Original!«

»Es ist nach sechs«, sagte Tristan. »Mal seh'n, was ich machen kann. Ich melde mich.«

»Wo erwische ich jetzt Pfeiffer«, grübelte er und wählte die Wache in Weidenau an.

Es dauerte eine Weile, dann hatte er Pfeiffer tatsächlich am Apparat.

»Gut, dass ich Sie noch erwische«, sagte Tristan erleichtert.

»Was gibt's?« wollte Pfeiffer wissen. Seine Stimme klang grantig.

»Ich benötige das Original des Krankenblattes«, Tristan machte ein kurze Pause, »das Problem ist, ich benötige es gleich.«

»Sie haben eine Spur?« brummte der Hauptkommissar.

»Vielleicht«, antwortete Tristan vorsichtig. »Könnten Sie es mir vorbeibringen?«

Pfeiffer blieb einen Augenblick stumm, dann sagte er: »Okay, wir machen uns auf den Weg.«

Unterdessen fuhr Helga mit ihrem Panda auf den Hof hinter der Marienkirche. Tristan beobachtete sie aus dem Küchenfenster und grinste, als sie die Heckklappe des kleinen Autos öffnete.

»Da müssen wir wohl helfen«, sagte er zu Marlowe, der immer noch auf seiner Schulter saß.

Er ging nach draußen und rief:

»Habt ihr ganz Köln leer gekauft?«

»Nur ein paar Boutiquen«, antwortete Helga und gab ihrem Freund einen Kuss. »Schön, dass du schon da bist.«

Marlowe flatterte zu Sebastian, der erschöpft aus dem Auto stieg und zur Heckklappe eilte.

»Die Tüte nehme ich«, rief Sebastian und zog einen schwarzen Leinenbeutel zwischen einem ganzen Haufen Plastiktaschen heraus.

»Was ist denn da drin?« fragte Tristan.

»Ein Experimentierkasten«, antwortete Sebastian stolz. »Jetzt kann ich Fingerabdrücke erkennen.«

»Oh«, staunte Tristan, »keine schlechte Sache. Und was ist in den anderen Tüten?«

»Ein paar Hosen, Blusen und was man sonst noch zum Anziehen braucht«, meinte Helga und drückte Tristan zwei große Einkaufstaschen in die Hand.

»Ist das alles für dich?« fragte er ungläubig.

»Nein«, schüttelte sie den Kopf, »das meiste ist für Sara.«

Tristan wagte einen Blick in eine der Taschen und zog ein schwarzes Bustier heraus.

»Das willst du anziehen?« fragte er Sara mahnend.

»Ja«, lächelte sie, »sieht scharf aus.«

»Das kann ich mir denken«, murmelte er und trug kopfschüttelnd die Sachen ins Haus.

Nach ein paar Minuten waren auf dem Fußboden des Wohnzimmers leere Einkaufstaschen verteilt, während sich Sessel und Sofa zu Kleiderständern verwandelt hatten.

»Ich hoffe, dein Konto hält das aus«, sagte Tristan trocken zu Helga, die für Tristan einige der neuen Kleidungsstücke anlegte.

»Sieht gut aus, oder?«

Eine kleine Frage, die so belanglos gestellt wurde, aber bei der falschen Antwort einen riesigen Stress auslösen konnte. Tristan reagierte richtig, denn was Helga da vor ihrem Oberkörper hielt, sah angezogen bestimmt noch besser aus.

»Hat sich Klette schon gemeldet?« fragte Sara im Hintergrund.

»Ja«, antwortete Tristan, »ich fahre gleich zu ihm hin.«

»Kann ich mit?« Sie ließ die neuen Klamotten fallen und eilte zu ihrem Onkel. »Bitte?«

»Wir werden Begleitung haben«, sagte Tristan, »Pfeiffer und Holzbaum.«

Als wäre das ihr Stichwort, traten die beiden Kommissare ins Wohnzimmer.

»Die Tür stand offen«, sagte Holzbaum zur Entschuldigung dafür, dass sie einfach eingetreten waren.

»Wenn man vom Teufel spricht«, grinste Helga.

»Was ist denn hier los?« Pfeiffer begutachtete das Wohnzimmer. »Haben Sie einen Laden ausgeraubt?«

»Einen?« scherzte Holzbaum. »Eine ganze Einkaufsstraße.«

»Schön, dass Sie gekommen sind«, begrüßte Tristan die beiden. »Lassen Sie uns gleich losfahren.«

»Wohin?« wollte Pfeiffer wissen.

»Zu einem alten Freund«, antwortete Tristan und suchte die Autoschlüssel.

»Wir können mit meinem Wagen fahren«, bot Pfeiffer an.

»Sara kommt mit«, antwortete Tristan. »Wir fahren besser mit zwei Autos.«

Klette wartete bereits ungeduldig auf Tristan. Als er sah, dass zwei fremde Männer mit ihm vor der Haustür erschienen, ahnte er gleich, dass es Polizisten waren.

»Darf ich Ihnen Klette vorstellen«, sagte Tristan.

»Klette?« Pfeiffer fixierte den älteren Mann.

»So nennt er sich«, erklärte Tristan, »seit er das erste Mal von der Polizei verhaftet wurde. Klette ist ein ausgezeichneter Fälscher im Ruhestand.«

»So?« pfiff Pfeiffer.

»Nun, was hast du herausbekommen?« fragte Tristan ungeduldig, als sie im Wohnzimmer Platz nahmen.

»Ich habe da eine Vermutung«, sagte Klette. »Ob ich richtig liege, kann ich erst sagen, wenn ich das Original untersucht habe.«

Holzbaum wollte Klette gerade das Blatt reichen, als Pfeiffer ihn zurückhielt.

»Was haben Sie mit dem Beweisstück vor?« fragte er barsch.

»Keine Sorge, Herr Hauptkommissar«, lächelte Klette, »dem Papier wird nichts passieren. Ich brauche nur ein paar Stäubchen der Tinte und ein Mikroskop.«

Pfeiffer blickte zu Tristan, der nickte.

»Lassen Sie es ihn versuchen«, bat Tristan, »wir können nur schlauer werden.«

Der Hauptkommissar überlegte und nickte schließlich.

»Gut«, meinte Klette, »dann will ich beginnen.«

Er nahm das Papier entgegen und ging in einen Nachbarraum.

»Sie können mich ruhig begleiten«, sagte er, als seine Gäste sitzen blieben.

Das ließen diese sich nicht zweimal sagen und folgten dem Fälscher in das Zimmer.

»Wow«, stieß Sara aus, »das sind ja die neuesten Computer und Laserdrucker!«

»Nicht nur die sind absolut spitze«, sagte Holzbaum und deutete auf ein modernes Mikroskop.

»Fälscher im Ruhestand?« giftete Pfeiffer. »Dass ich nicht lache.«

Klette und Tristan überhörten Pfeiffer. Dann ging Klette an die Arbeit, und nach gut zwei Stunden hatte er ein Ergebnis.

Das war es also, dachte Tristan auf der Heimfahrt. Sara lag schlafend im Beifahrersitz. Der

Tag hatte sie völlig geschafft. Jetzt wussten sie, dass das Krankenblatt eine Fälschung war, aber sie wussten noch nicht, wer diese Fälschung so heimtückisch vollbracht hatte. Es schien so, als hätte man Killian als Sündenbock gesucht. Offen blieb, ob der Mord nur dazu diente, Killian zu schaden oder ob der Mord in erster Linie Frau Hassel-Dorn und nur in zweiter Linie Killian galt. Wenn Hassel-Dorn ausgeschaltet werden sollte, dann stellte sich die Frage, weshalb? Eine mögliche Antwort darauf sprang einem sofort ins Gesicht: ihre Kürzungspläne. Dieses Motiv war einfach zu offensichtlich.

Sie erreichten den Hof hinter der Marienkirche. Behutsam weckte Tristan Sara, die verschlafen das Auto verließ. Ohne ein Wort sagen zu müssen, verschwand sie im Badezimmer, und kurz darauf schlich sie die Treppe zu ihrem Zimmer hinauf.

»Sebastian schläft schon«, sagte Helga, die auf die beiden gewartet hatte.

Sara nickte und wünschte allen eine gute Nacht.

»Ihr habt etwas herausbekommen?« bemerkte Helga, als sie mit Tristan in die Küche ging.

»Ja«, nickte er. »Das Blatt ist eine Fälschung.«

Tristan erzählte ihr, was Klette alles probiert hatte, bis er zu diesem Ergebnis kam.

»Leider«, schloss der Detektiv, »hilft uns diese Erkenntnis momentan nicht weiter.«

»Du siehst aus, als wolltest du noch grübeln?« lächelte sie. »Ich mache dir einen Kaffee und lasse dich dann allein. Ich spüre die Treppenstufen des Doms gewaltig.«

»Du bist ein Schatz«, sagte Tristan.

»Nein, du.« Sie gab ihm einen Kuss. »Danke für die Blumen.«

Tristan stand auf und begab sich ins Wohnzimmer. Dort rückte er Helgas Sachen ein wenig zur Seite und legte seine Notizen auf den Tisch. Dann ging er noch einmal alles in Ruhe durch.

Als Erstes verglich er die Aussagen der Befragten. Alle betonten, dass Frau Hassel-Dorn eine Nervensäge gewesen war, dass sie überall herumgeschnüffelt hatte. Ihm fiel die Aussage von Estelle und Peter auf, die sagten, dass sie dabei war, eine Art Inventur vorzubereiten. Er notierte auf ein neues Blatt das Wort Inventur. Was wäre, wenn sie dadurch jemandem auf die Füße getreten war?

Er stand auf und suchte seine Pfeife. Sie lag auf dem Kaminsims, und der Tabaksbeutel hing wie immer an seinem Haken neben der Küchentür. Nachdenklich schlenderte er erst zum Kamin, dann nahm er den Tabaksbeutel vom Haken und begann seine Pfeife zu stopfen. Auf dem Weg zurück zum Wohnzimmertisch fiel sein Blick auf Helgas Rechnungen. Er zündete die Pfeife an und nahm ein Blatt von Helgas Sachen in die Hand.

»Das könnte es sein«, murmelte er plötzlich wieder hellwach. »Wo ist das rote Notizbuch?«

Er fand die Ledertasche unter einem Haufen Einkaufstaschen, nahm das Notizbuch heraus, schlug es auf und verglich die Tabelle mit der, die Helga angefertigt hatte.

»Na klar«, nickte er. »Jetzt kommen wir der Sache schon näher.«

Helga hatte eine klare Inventurliste erstellt. Links standen die eingekauften Güter, rechts die verbrauchten. Die gleiche Struktur wies Hassel-Dorns Tabelle auf, bloß dass sie noch eine dritte Spalte hinzugefügt hatte, die weitere Werte beinhaltete. Blätterte man in dem Notizbuch einige Seiten vor, fiel auf, dass die Tabelle dort vorerst zweispaltig geführt wurde. Erst später hatte sie eine dritte Spalte hinzugefügt. Sollte er richtig vermuten und diese Tabelle war nichts anderes als eine Inventurliste ohne Angabe von Artikeln, dann hatte die Gute irgendwann eine Diskrepanz festgestellt.

Wie aber passte der Mord an André Fischer in dieses Gefüge? Es gab keine Zweifel, dass André der guten Frau das KCl verabreicht hatte, ohne zu wissen, dass er sie damit umbringen würde. Aber was hatte er im Krankenhaus gesucht? Man hatte ihn im Verwaltungsgebäude gefunden. Ein Indiz, das zu seiner Vermutung passte. Ihm fiel das Organigramm ein und er holte es hervor.

»Was ist für dich interessant gewesen?« fragte er sich.

Nach und nach ging er die einzelnen Abteilungen durch. Dann stolperte er über die Telefonzentrale. Ihm fiel ein, dass Handys im Krankenhaus verboten waren, also musste jedes Gespräch nach draußen über die Telefonzentrale geschaltet werden.

»Die Lieferanten!« stieß Tristan aus. »Sie hat die Lieferanten angerufen und dann die Zahlen verglichen.«

Das musste André gewusst haben. Deshalb war er im Verwaltungstrakt, um Frau Hassel-Dorns Telefonabrechnung einzusehen. Der Mörder war auf den gleichen Gedanken gekommen und hatte André wahrscheinlich überrascht.

Er ging alle Fakten nochmals durch. Klette hatte bewiesen, dass das Krankenblatt eine Fälschung war. Und diese Fälschung konnte man nur mit einem gewissen Aufwand an Technik betreiben. Er schrieb die Namen derjenigen auf, die er für fähig hielt mit dieser Technik umzugehen. Dann ging er möglichen Motiven nach. Vincent hasste Killian und hätte ihm Frau Hassel-Dorns Tod in die Schuhe schieben können. Estelle und Peter waren auf die Tote nicht gut zu sprechen gewesen. Besonders Estelle schien eine sehr selbstbewusste junge Frau zu sein, die sicher mit allem klarkam, wenn sie wollte. Peter schien ein eher zurückgezogener Mensch zu sein. Althaus und Niederstein fügte er der Namensliste ebenfalls hinzu. Neben den beiden notierte er noch den Namen von Chantal. Diese drei waren alle äußerst eifrig dabei gewesen, Killian einen Kunstfehler anzuhängen. Und dann war da noch Büdenbender.

An den Staatsanwalt hatte Tristan gar nicht mehr gedacht. Was hatte der mit dem Krankenhaus zu schaffen? Ihm fiel plötzlich ein, dass er in den letzten Tagen irgendwo ein Bild gesehen hatte, das in diesem Zusammenhang wichtig war. Er überlegte, dann wusste er wieder, wo er nachsehen musste. Tristan suchte das *Sitty*-Magazin und blätterte die Seiten durch.

»Na, wer sagt es denn«, grinste er.

Auf dem Foto waren Büdenbender und eine hübsche Frau zu erkennen.

»Na, wenn das keine Überraschung ist.« Tristan unterstrich einen der Namen und legte das Magazin zur Seite.

Ihm wurde langsam klar, wer der Mörder war. Doch die letzte Gewissheit musste er sich im Krankenhaus verschaffen.

6. Es gab viel zu tun ...

Samstag

Es gab viel zu tun, dachte Tristan und schlüpfte leise aus dem Bett. Die halbe Nacht hatte er die unterschiedlichsten Analysen durchgespielt. Sein müder Geist wurde ständig durch neue Überlegungen aufgeschreckt und kam erst spät, gegen Morgen, zur Ruhe. Die wenigen Stunden Schlaf reichten dem Detektiv jedoch aus, um heute dem Mörder gegenüberzutreten. Er schlich die Treppe zum Bad hinunter und machte sich fertig. Dann schrieb er Helga eine Nachricht, in der er sie bat, für ihn einige Dinge zu erledigen. Er teilte ihr mit, dass er glaubte, den Mörder gefunden zu haben, und versprach, auf sich aufzupassen.

Nebel lag über der Stadt, als er das Haus verließ. Sein erster Weg führte ihn ins Krankenhaus. Er wollte in Ruhe Killian sprechen und hoffte, dass keiner der Ärzte bereits in den frühen Morgenstunden im Krankenhaus weilte. Tristan kam ungehindert bis auf Killians Station und wartete dort die Weckzeremonie ab, bevor er an dem Wachpolizisten vorbei in Killians Zimmer schlüpfte.

»Guten Morgen, Herr Doktor«, begrüßte er den Arzt.

»Herr Irle«, freute sich Killian. »Was machen Sie zu dieser Stunde im Krankenhaus?«

»Ich besuche Sie«, lächelte Tristan.

»Haben Sie den Mörder gefunden?« fragte der Arzt weinerlich.

»Ich denke, ja«, antwortete der Detektiv, »aber ihn zu überführen wird etwas schwieriger werden.«

Aller Schmerz schien in diesem Augenblick von Killian abzufallen. Er wollte zum ersten Mal in seinem Leben Rache.

»Wie kann ich Ihnen helfen?« Er saß kerzengerade in seinem Bett.

»Wir wissen jetzt, wie man das Krankenblatt gefälscht hat«, erzählte der Detektiv.

»Wie?« Hinter Killian begann eine Maschine laut zu piepsen.

Tristan sah den Arzt besorgt an.

»Machen Sie sich wegen des Piepsens keine Gedanken«, lächelte er zum ersten Mal wieder, »das ist nur mein Puls, der Laufen lernt.«

»Die Karte wurde durch ein sehr aufwendiges Verfahren gefälscht«, begann Tristan und erklärte es dem Arzt. »Und nun brauchen wir Patienten, denen Sie genau die beiden Medikationen verschrieben haben, die zum Tod von Frau Hassel-Dorn führte. Zum Glück haben Sie die neue Tinte erst seit einem Monat in Gebrauch.«

»Ich denke, da werden mir einige Patienten einfallen« sagte Killian, »aber wäre es nicht einfacher ins Archiv zu gehen?«

»Nein«, stieß Tristan laut aus, sodass Killian erschrak. »Verzeihen Sie, aber wir würden den Mörder aufscheuchen, und das wollen wir nicht.«

»Ich verstehe«, nickte Killian.

»Wenn Sie Namen haben«, erklärte Tristan, »werden wir ins Archiv gehen und nur diese Blätter herausholen. Das wird niemand bemerken.«

»Ich verstehe«, wiederholte Killian. »Ich werde Sie nicht im Stich lassen.«

»Gut«, sagte Tristan und erklärte ihm das weitere Vorgehen. Dann sagte er: »Ich muss los, noch jemanden besuchen.«

»Vielen Dank«, murmelte Killian.

Tristan verließ das Krankenhaus und eilte zurück hinter die Marienkirche. Dort setzte er sich in seinen Borgward und fuhr zur Wache nach Weidenau.

»Was machen Sie denn so früh hier?« rief ihm Pfeiffer aus einem Fenster über den Hof entgegen.

»Ich suche Sie«, rief Tristan zurück.

»Warten Sie, ich komme runter.«

Einige Minuten später stand Pfeiffer unrasiert und mit wuscheligen Haaren neben Tristan.

»Haben Sie eigentlich schon gefrühstückt?« fragte der Beamte.

»Nein«, antwortete der Detektiv.

»Dann lade ich Sie heute ein.« Pfeiffer klopfte ihm auf die Schulter. »Die neue Cafeteria ist spitze. Besonders der Kaffee, echt gute Bohnen.«

Tristan nickte und folgte dem Hauptkommissar in die Cafeteria.

»Also, was gibt's Neues, dass Sie in aller Herrgottsfrühe hier auftauchen?« Pfeiffer ließ sich eine große Tasse Kaffee eingießen.

Tristan nahm die gleiche Menge Kaffee und ein belegtes Brötchen.

»Ich glaube, ich weiß, wer unser Mörder ist«, sagte der Detektiv.

»Da bin ich aber gespannt?« grinste Pfeiffer und nippte an der Tasse.

Tristan berichtete ihm, zu welchen Ergebnissen er gekommen war.

»Jetzt brauche ich die Adresse der Putzfrau«, schloss Tristan. »Sie könnte der Schlüssel sein.«

»Und was sollen wir unternehmen?« fragte Pfeiffer und seine Augen funkelten den Detektiv tatendurstig an.

»Ich vermute, dass André Fischer die Telefonabrechnung suchte.« Tristan nahm einen Schluck und sagte dann: »Sie sollten sich diese Abrechnung besorgen. In der Zwischenzeit wird Killian sich bestimmt an den einen oder anderen Patienten erinnern, dem er besagte Behandlung zukommen ließ. Dann sollten Sie unauffällig die Patientenakten aus dem Archiv entwenden. Wir treffen uns dann bei Klette.«

»Ist der auch schon wach?« fragte Pfeiffer.

»Nein, aber Helga wird ihn bis dahin angerufen haben«, antwortete Tristan. »Bringen Sie ihm die Originale.«

»Kein Problem«, nickte Pfeiffer. »Hoffentlich wird uns Büdenbender nicht dazwischen funken.«

»Apropos Büdenbender«, grinste Tristan, »kennen Sie das Stadtmagazin *Sitty*?«

»Nein«, schüttelte der Hauptkommissar den Kopf, »ich bin ja hier nicht zu Hause.«

»Besorgen Sie sich die aktuelle Ausgabe, dann wird uns Büdenbender in Ruhe lassen.«

»Sie wissen, wen er zu decken versucht?«

Tristan nickte.

»Gut«, sagte Pfeiffer laut, »machen wir's so.«

»Die Adresse«, erinnerte Tristan.

2

Helga wachte auf und vermisste Tristan. Im Nachthemd ging sie nach unten. Dort hoffte sie ihn in der Küche anzutreffen, fand aber nur seine Nachricht. Sie las sie sorgfältig durch und seufzte: »Hoffentlich passiert nichts.«

Dann verschwand sie im Badezimmer und bereitete sich auf einen anstrengenden Tag vor.

Die Kinder schliefen noch, als sie zum ersten Mal den Telefonhörer in die Hand nahm. Als Erstes rief sie Klette an, der Helga am anderen Ende verschlafen zuhörte.

»Das ist ja großartig«, sagte er. »Ich werde auf die Beamten warten.«

»Danke, Klette«, Helga hielt inne, »ich darf Sie doch so nennen?«

»Kein Problem«, meinte Klette, »ich fände es komisch, wenn man mich plötzlich Detlef nennen würde.«

Sie legte auf. Sara stand plötzlich im Wohnzimmer.

»Was ist denn los?« fragte sie müde.

»Tristan ist auf Verbrecherjagd«, antwortete Helga.

»Und er hat mich nicht mitgenommen«, sagte Sara traurig.

»Du sollst aber etwas für ihn erledigen«, lächelte Helga.

»So?«

»Kennst du dich mit Computerdruckern aus?« fragte Helga.

»Na klar«, nickte Sara. »Was soll ich tun?«

»Du sollst diese Farbpatrone besorgen.« Sie nannte ihr die genaue Bezeichnung.

»Gut«, strahlte Sara, »ist das wichtig?«

»Ich denke schon«, meinte Helga, »sonst hätte er es nicht aufgeschrieben. Zieh dich schnell an, die Polizisten werden hier vorbeikommen und sie abholen.«

»Okay«, sie drehte auf dem Absatz um und stürmte die Treppe hinauf.

Helga nahm zum zweiten Mal den Hörer in die Hand und rief Schuster an.

»Entschuldigen Sie die frühe Störung«, begann Helga, »mein Name ist Bottenberg, ich soll Ihnen eine Nachricht von Tristan Irle mitteilen.«

»Frau Bottenberg, schießen Sie los«, sagte eine freundliche Stimme.

»Tristan bittet Sie, einige Abrechnungen zu überprüfen«, sagte Helga. »Sie sollen aber sehr vorsichtig vorgehen. Es könnte gefährlich werden.«

»Oh«, Schuster machte am anderen Ende eine Pause.

»Sind Sie noch dran?«

»Ja, ja«, murmelte er, »um welche Abrechnungen geht es?«

Helga nannte ihm einige Lieferanten.

»Könnten Sie das wiederholen?« Sie ahnte, wie Schuster entschuldigend mit den Schultern zuckte. »Ich muss mir etwas zu schreiben besorgen.«

»Kein Problem«, sagte Helga und wiederholte die Lieferanten, nachdem Schuster Stift und Papier vorliegen hatte. »Er möchte Sie im Krankenhaus treffen.«

»In Ordnung«, antwortete er. »Er weiß also, wer der Mörder ist?«

»Ja, so sieht es aus«, sagte Helga sorgenvoll, dann legte sie auf.

3

Frau Drakova blickte überrascht zu Tristan. Ihre kleine Wohnung am Giersberg war für einen Besuch nicht aufgeräumt. Eilig räumte sie einige Kleidungsstücke beiseite, bevor sie den Detektiv einzutreten bat.

»Mein Sohn!« schimpfte sie. »Lässt alles liegen.«

»So sind die Kinder«, meinte Tristan.

»Sie haben Kinder?« fragte sie.

»Nein, nur zu Besuch«, antwortete Tristan. »Wie geht es Ihnen?«

»Besser«, sagte sie, »nur Rücken tut weh.«

»Frau Drakova«, begann Tristan, »Sie erzählten mir bei unserem ersten Treffen, dass Sie schon früher im Archiv des Krankenhauses sauber gemacht haben.«

»Ist so«, nickte sie stolz.

»Ich möchte Ihnen einige Fotos zeigen«, sagte Tristan langsam. Sie sollte jedes Wort verstehen. »Sagen Sie mir bitte, wenn Sie eines der Gesichter wiedererkennen.«

Tristan zog eine gefaltete Broschüre aus seiner Strickjacke und klappte sie auf.

»Das ist eine Informationsbroschüre des Krankenhauses«, erklärte er. »Wenn Sie einen Mann oder eine Frau wiedererkennen, die hier vorgestellt werden, dann sagen Sie mir das bitte.«

Frau Drakova nickte und nahm die Broschüre entgegen. Langsam blätterte sie die Seiten um, sah sich die Gesichter genau an. Schließlich hielt sie inne und sagte: »Dieses Gesicht ich oft im Archiv gesehen.«

Tristan nickte. Jetzt hatte sich sein Verdacht bestätigt.

»Danke, Frau Drakova«, lächelte Tristan. »Sie haben mir sehr geholfen.«

Unterdessen erschienen Pfeiffer und Holzbaum vor Tristans Haus, wo Sara bereits mit der Farbpatrone auf die Beamten wartete.

»Da sind Sie ja endlich«, begrüßte sie den Polizisten. »Hier ist das Beweisstück.«

»Danke, junge Lady«, sagte Pfeiffer freundlich. »Irle ist noch nicht zurück?«

»Nein«, antwortete Sara.

Helga erschien in der Haustür.

»Morgen!« rief sie den Kommissaren zu.

»Morgen, Frau Bottenberg, Irle hat sich noch nicht gemeldet?« fragte Pfeiffer.

»Nein, aber Sie können ruhig schon nach Eiserfeld fahren«, teilte sie ihnen mit, »dort wird Tristan Sie bei Klette treffen.«

»Zuvor müssen wir im Krankenhaus vorbeischauen«, sagte Pfeiffer und sah Sara an. »Hätten Sie was dagegen, wenn wir Sara mitnehmen?«

Helga zögerte.

»Wir brauchen ihre Hilfe«, lächelte Pfeiffer verwegen. »Sie muss für ein wenig Ärger sorgen.«

»Ärger?« Helga verstand nicht.

Pfeiffer erklärte ihr, wie er gedachte, unauffällig an einige Patientenakten zu gelangen.

Sara fand die Idee großartig und wollte nur noch eines: mit den beiden Beamten fahren.

»Ihr wird doch nichts passieren?« Helgas Blick verriet Sorgen.

»Ich passe auf sie auf«, sagte Holzbaum schließlich, »ihr wird nichts geschehen.«

»Also gut«, nickte Helga. »Und du, Sara, hörst auf das, was dir die beiden Kommissare sagen, klar!«

»Natürlich«, antwortete sie mädchenhaft.

»Das gefällt mir nicht«, murmelte sie, als die drei vom Hof fuhren, »das gefällt mir ganz und gar nicht.«

Dafür schwebte Sara im siebten Himmel. Das war besser als alles, was sie bis jetzt erlebt hatte.

»Und wie ist der Plan?« fragte sie im Auto.

»Zuerst gehen wir zu Killian«, sagte Pfeiffer. »Er wird uns einige Namen nennen, dann schleichst du dich fort und gehst ...« Pfeiffer beschrieb ihr einen Weg zum Verwaltungstrakt. »Dort findest du das Büro von Professor Niederstein und tust so, als hättest du dich verlaufen. Du nennst irgendeinen Namen, das sollen deine Eltern sein, und bestehst darauf, erst wieder zu gehen, wenn diese erschienen sind. Das wird man nicht wollen, und dann musst du hartnäckig bleiben. Wenn wir die Akten haben, kommen wir dich holen.«

»Kein Problem«, grinste das Mädchen. »Die werden mich nicht aus dem Büro bekommen, das verspreche ich.«

»Gut. Bring aber keinen um, klar!« mahnte Holzbaum.

»Nur die, die es verdienen«, antwortete sie keck.

4

Das Ablenkungsmanöver funktionierte. Sara saß in Niedersteins Büro und spielte die freche Göre. Der Professor war außer sich und rief nach Althaus, der kurz darauf erschien.

»Schaffen Sie mir das Mädchen hier raus«, befahl der Professor.

Althaus sah darin kein Problem und sprach Sara väterlich an.

»Also, was hast du für ein Problem?« fragte er.

»Ich will zu meinen Eltern«, antwortete Sara gelassen.

»Und wo sind die?«

»Nicht hier, du Blödmann.«

»Nun aber vorsichtig, junges Mädchen«, drohte Althaus.

»Du kannst mich mal!« schob Sara nach.

Althaus platzte der Kragen, und er versuchte sie anzufassen.

»Lassen Sie das«, warnte Sara, »ich schreie!«

Kurz darauf drang ein greller Kinderschrei durch die Flure. Althaus ließ sie sofort los.

»Das bringt mich noch um«, schnaufte Niederstein. »Rufen Sie eine Krankenschwester.«

Durch den Schrei aufmerksam geworden, tauchte Chantal im Büro auf. Ihr folgten Vincent und Estelle.

»Was ist denn hier los?«

»Dies Kind will das Büro nicht verlassen«, erklärte Althaus.

»Der Mann hat mich hier angefasst.« Sara deutete auf ihre Brüste.

»Das ist nicht wahr«, wehrte sich Althaus mit hochrotem Kopf.

»Doch!« giftete Sara.

»Jetzt reicht es aber«, schimpfte Niederstein. »Dr. Schreiber, packen Sie sich die Kleine, und dann raus mit ihr.«

Vincent nickte und ging auf Sara zu.

Bei dieser Übermacht von Erwachsenen konnte es schwierig werden, die Stellung zu halten. Sie entschloss sich, härtere Maßnahmen anzuwenden und stand auf. Dadurch konnte sie Vincents Angriff besser parieren. Der junge Assistenzarzt wusste nicht, was ihm geschah, als Sara den gleichen Griff anwandte, der schon Pfeiffer auf die Matte geschickt hatte.

»Oh mein Gott«, schrie Althaus, »die ist ja gemeingefährlich.«

»Rufen Sie die Polizei«, schrie Niederstein, »das kann's doch gar nicht geben?«

»Will mich noch jemand anfassen?« fragte Sara gleichgültig.

»Hat jemand die Polizei gerufen?« erkundigte sich Niederstein.

»Wie kommt sie eigentlich hierher?« Chantal half Vincent auf.

»Keine Ahnung«, antwortete Niederstein, »plötzlich war sie da.«

In dem Moment betrat Pfeiffer das Büro.

»Oh, was ist denn hier los?« fragte er unschuldig.

»Sie schickt der Himmel«, stieß Althaus aus, »das Mädchen hier randaliert.«

»Die Kleine?« Pfeiffer sah die Anwesenden verblüfft an. »Na, was ist mit dir?«

»Nichts«, lächelte Sara, »ich wollte nur auf meine Eltern warten.«

»Na komm, wir suchen sie«, sagte Pfeiffer und reichte Sara die Hand.

»Okay«, meinte das Mädchen und beeilte sich, das Büro zu verlassen.

»Ach, weshalb ich hier bin«, Pfeiffer hielt an der Tür inne, »bitte seien Sie doch so nett und kommen Sie gegen Mittag hierher zurück, ich möchte Sie alle noch einmal befragen. Es ist wichtig! Könnte jemand von Ihnen dem Pflegepersonal ebenfalls Bescheid geben, danke.«

Er ließ eine verblüffte Ärzteschaft zurück.

5

Bei Klette trafen sich schließlich Pfeiffer, Holzbaum und Sara mit Tristan. Sara war so aufgeregt, dass Tristan sie erst einmal beruhigen musste, bevor er dann alle Einzelheiten des Ablenkungsmanövers erfuhr.

»Das hast du gut gemacht«, strahlte Tristan, und an Pfeiffer gewandt fragte er: »Haben Sie die Telefonabrechnung?«

Pfeiffer zog einen Zettel aus dem Jackett.

»Eine Sekretärin war so frei, mir während Saras kleinem Auftritt zu helfen.« Pfeiffer gab Tristan die Abrechnung. »Ich glaube, sie war froh, aus dem Flur verschwinden zu dürfen.«

Der Detektiv verglich die Abrechnung mit den Notizbuchangaben und grinste.

»Ich hatte richtig vermutet. Kommen die anderen zu dem Treffen?«

»Ich denke schon«, sagte Pfeiffer. »Ich habe ihnen klargemacht, dass es wichtig ist.«

»Gut«, sagte Tristan, »dann können wir jetzt nur warten.«

Klette nahm die mitgebrachte Farbpatrone und die Patientenakten und verschwand in seinem Labor. Dort blieb er gut eine Stunde, dann trat er zufrieden ins Wohnzimmer.

»Es hat funktioniert«, lächelte er. »Seht euch das an!«

Er zeigte ihnen ein Blatt, das aussah, als hätte Killian es beschrieben.

»Das dürfte als Beweis reichen«, meinte Pfeiffer zufrieden. »Jetzt rufe ich Büdenbender an und bestelle ihn ebenfalls zu dem Treffen.«

»Dann lassen Sie uns losfahren.« Tristan bedankte sich herzlich bei Klette. Dann verließen sie Eiserfeld. Jetzt begann der schwierigste Teil: Sie mussten den Mörder aus der Reserve locken.

Keiner der Ärzte konnte verstehen, was das Ganze in Niedersteins Büro sollte. Sie kamen sich vor, als spielten sie in einem schlechten Krimi mit. Es erinnerte sie sehr stark an alte Agatha-Christie-Krimis. Leah, Boris und Elena fanden die Anzahl der Ärzte erdrückend hoch. Einer reichte ihnen schon, aber nun gleich fünf! Zur Überraschung aller erschien auch Killian, der von Chantal liebevoll begrüßt wurde, von Althaus jedoch mit einem hasserfüllten Blick am liebsten in die Hölle geschickt worden wäre. Vincent, Boris und Leah standen Althaus in nichts nach. Sie alle zeigten offen, dass sie den Mann hassten.

Als Nächster betrat Schuster nervös das Büro. Er wurde von Büdenbender begleitet, der die vielen Personen überrascht begrüßte.

»Was ist denn hier los?« fragte er Althaus.

»Ich dachte, das könnten Sie uns sagen«, erwiderte dieser.

In diesem Moment betraten Pfeiffer, Holzbaum und Sara, gefolgt von Tristan, das Zimmer.

»Nicht schon wieder die«, rief Professor Niederstein fast hysterisch.

»Keine Sorge«, lächelte Tristan, »die gehört zu mir.«

»Was soll das Ganze hier, Irle?« fauchte Büdenbender.

»Haben Sie Geduld und begeben Sie sich zu Ihrer Freundin«, antwortete Tristan.

Büdenbender erbleichte und trat schweigend zur Seite.

»Sie können sich denken, weshalb Sie alle hier sind«, begann der Detektiv. »Dieses kleine Theater haben Pfeiffer, Holzbaum und ich uns ausgedacht, damit der Mörder begreift, dass seine Tat nun Sühne fordert.«

»Warum sagen Sie uns das«, schimpfte Boris, »der Killer ist doch Killian.«

»Nicht so eilig, Herr Müller«, bremste Tristan den Pfleger. »Sie glauben, nur weil die Handschrift ein ausreichender Beweis sei, sei Killian der Mörder. Da liegen Sie alle falsch. Das Krankenblatt wurde gefälscht, raffiniert zwar, aber es bleibt eine Fälschung.«

»Keiner von uns kann seine Schrift fälschen«, sagte Chantal.

»Mit der Hand vielleicht nicht«, antwortete Tristan, »aber die moderne Technik macht es möglich.«

Für einen Augenblick herrschte Schweigen.

»Sie überlegen, wie? Ich werde es Ihnen erklären. Als Erstes benötigen sie einen Scanner. Die Dinger sind mittlerweile sehr günstig zu erhalten. Zum Scanner gehören ein Computer und ein Drucker. Das reicht aus, wenn man sich außerdem noch etwas mit der Software auskennt.«

»Das ist doch Humbug«, platzte Vincent heraus. »Ich verstehe, was Sie meinen, man scannt die Schrift ein und druckt sie dann auf anderes Papier.«

»So etwa, ja«, bestätigte Tristan.

»Und wie bekommen Sie die Tintenfarbe von Killians Füller hin, he?«

»Man füllt sie einfach in eine Farbpatrone«, antwortete der Detektiv, »entweder benutzt man eine leere oder aber man tauscht die Tinte einer vollen Patrone aus. Sie haben das Prinzip ja schon erkannt, Herr Schreiber. Für die anderen erlauben Sie mir eine ausführlichere Erklärung.«

»Meinetwegen«, nörgelte der Assistenzarzt.

»Also, wie schon gesagt, man scannt als Erstes einen Schriftzug ein. In diesem Fall waren es mehrere Einzelschriftzüge. Also aus Unterschrift, einzelnen Wörtern, wie Medikamente, und Zahlen.« Tristan ließ sich von Holzbaum ein Krankenblattformular geben. »Der Kopf des Blattes wird mit Schreibmaschine ausgefüllt, alle anderen Daten, aber das brauche ich Ihnen ja nicht zu sagen, werden von Ärzten ausgefüllt. Um nun die üble Tat durchzuführen, scannte der Mörder aus einer alten Patientenakte den Schriftzug heraus, der KCl verordnete, dann wiederholte der Mörder das Ganze mit dem Schriftzug, der die Perfusoreinstellung betraf. Diese beiden Angaben kopierte er dann auf ein vorbereitetes Blatt, das Sie alle als Original erkannt haben wollten. Die Unterschrift war genauso gefälscht wie die tödliche Medikation. Dr. Killian benutzt eine türkisfarbene Tinte, die man in jedem guten Schreibgeschäft kaufen kann. Der Mörder füllte sie in eine Farbpatrone, und damit sah es so aus, als hätte Killian selbst das Krankenblatt ausgefüllt.«

»Das ist ja teuflisch«, stieß Büdenbender heraus.

»Das sagen Sie mal Herrn Althaus«, sagte Tristan hart, »der sich das Ganze ausgedacht hat.«

Die gesamte Menge starrte plötzlich den Verwaltungsleiter an.

»Sie?« rief Niederstein.

»So ein Unsinn«, wehrte sich Althaus, »das sind doch Phantastereien. Ich besitze ja gar nicht die Technik, so etwas durchzuführen.«

»Sie persönlich nicht«, lächelte Tristan. »Aber das Büro Ihrer Sekretärin ist bestens ausgestattet. Sie haben jederzeit Zugang zu dieser Technik. Und wie Sie mir sagten ist der Verwaltungstrakt ein idealer Ort, um nachts in Ruhe eine solche Fälschung zu erstellen. Zudem haben wir während Saras kleinem Ablenkungsmanöver zufällig eine Farbpatrone entdeckt, die sich hervorragend für den Austausch von Tinte eignet.«

»Davon verstehe ich nichts«, beharrte Althaus. »Und Sie müssten schon beweisen, dass man so etwas überhaupt machen kann.« Er zeigte auf das Blatt.

»Man kann«, mischte sich Pfeiffer ein. »Wir haben das Procedere wiederholt und das gleiche Ergebnis herausbekommen.«

»Des Weiteren wird eine Laboranalyse beweisen, dass die türkisfarbene Tinte mit kleinen Partikeln der ausgetauschten Patronentinte durchsetzt ist«, ergänzte Holzbaum. »Die gleiche Patronentinte, die Sie in Ihrem Büro verwenden.«

»Weshalb sollte ich das getan haben?« sagte Althaus und strich sich nervös durchs Haar.

»Weil Sie das Krankenhaus betrügen«, antwortete Tristan. »Frau Hassel-Dorn war nahe daran, Ihnen auf die Schliche zu kommen. Ihre ständigen Fragen, das Zählen und Kontrollieren von Spritzen, Verbänden und anderen Mitteln hat sie schließlich auf den Betrug aufmerksam gemacht, den Sie mit Hilfe manipulierter Bestellungen durchführten.«

»Herr Althaus«, sagte Schuster angespannt, »ich habe einige Zahlen mit denen von Herrn Irle kontrolliert. Wenn auch nur die wenigen Artikel, die ich in der kurzen Zeit vergleichen konnte, von Ihnen manipuliert wurden, dann dürfte der Schaden, den Sie dem Krankenhaus durch Ihren Betrug verursacht haben, in Millionenhöhe liegen.«

»Das ist doch alles eine böse Verleumdung«, schrie Althaus.

»Leider nicht«, entgegnete Tristan traurig. »Frau Drakova, die Putzfrau, hat Sie auf einem Foto wiedererkannt. Sie waren im Archiv und hatten Zugang zu allen wichtigen Daten. André Fischer muss so etwas geahnt haben. Er dürfte Sie im Archiv überrascht haben, als er nach der Telefonabrechnung suchte.«

»Die Telefonabrechnung?« fragte Althaus. »Er hat die Telefonabrechnung gesucht?«

»Darauf sind Sie nicht gekommen, nicht wahr? Pfeiffer hat sie heute Morgen mit einigen Akten, während des kleinen Ablenkungsmanövers mit meiner Nichte, besorgt. Sie sollten keine Gelegenheit bekommen, den Beweis zu vernichten.«

»Die Telefonabrechnung?« wiederholte Althaus. »Ich dachte, er suchte nach Patientenakten.«

»Sie mieses Schwein«, schrie Killian plötzlich und stürmte auf Althaus zu.

»Lassen Sie das«, rief Tristan, »es lohnt sich nicht.«

»Sie haben recht«, beherrschte sich Killian. »Wie der Hauptkommissar mir sagte, haben Sie ja schon einige Akten vernichten können. Nur gut, dass mein Gedächtnis noch funktioniert und ich mich an einige Patienten erinnern konnte, die KCl verabreicht bekamen.«

Die Anwesend sahen zu, wie Pfeiffer Althaus festnahm und nach draußen führte.

»Das ist ja ein Ding«, quatschte Boris, »der alte Althaus ein Killer. Hätte ich ihm gar nicht zugetraut.«

»Ja, und Caesar geht uns ab Montag wieder auf die Nerven«, flüsterte Vincent.

»Wir werden es überleben«, meinte Estelle.

Zurück blieben Chantal, Büdenbender und Niederstein, zusammen mit Tristan.

»Herr Büdenbender, Sie hätten sich nicht mit Dr. Remané ablichten lassen sollen«, sagte Tristan freunschaftlich.

»Das Foto im *Sitty*?« antwortete er.

»An und für sich harmlos, nur in diesem Zusammenhang«, Tristan zuckte mit den Schultern. »Sie schulden Pfeiffer eine Erklärung, das dürfte Ihnen klar sein.«

»Sicher.« Büdenbender fühlte sich sehr unwohl in seiner Haut.

»Und der Schreibkram sollte bis Montag Zeit haben«, fügte Tristan hinzu. »Holzbaum hat eine wichtige Verabredung.«

»Kein Problem«, antwortete Büdenbender handzahm.

7. Pfeiffer schummelte ...

Samstagabend

Nachdem Althaus im Untersuchungsgefängnis eingeschlossen war, konnte man Holzbaums Unruhe förmlich spüren. Lottes Einladung drängte ihn, endlich Siegen verlassen zu können. Nur hatte er kein Auto.

Pfeiffer zeigte zum ersten Mal, was in ihm steckte, und gab Holzbaum die Schlüssel seines Dienstwagens. Tristan klopfte dem Hauptkommissar auf die Schulter, als Holzbaum mit dem Wagen davonfuhr.

»Haben Sie heute Abend schon was vor?« fragte er ihn.

»Nicht dass ich wüsste«, antwortet Pfeiffer traurig.

»Ich kann Ihnen keinen aufregenden Abend versprechen«, sagte Tristan, »aber wenn Sie Lust haben, dann kommen Sie mit mir. Helga macht etwas Tolles zu essen, und wir spielen mit den Kindern. Das würde den Kids bestimmt gefallen.«

»Spielen?« Pfeiffer lächelte erleichtert. »Im „Mensch ärgere Dich nicht“ war ich unschlagbar.«

»Dann kommen Sie mit?«

»Gerne, Irle«, frotzelte Pfeiffer, »die Kinder darf man doch nicht enttäuschen.«

Im Westerwald war die Freude groß, als Holzbaum auf dem Hof von Lotte ankam. Eine Menge Leute aus dem Dorf waren erschienen und füllten die alte Scheune, die Lotte zu einem kleinen Festsaal ausgeschmückt hatte. Holzbaums Mutter zupfte ihren Mann am Kittel, als ihr Sohn durch das Scheunentor trat.

»Er hat es geschafft, Vater«, raunte sie. »Er ist da.«

Lotte nahm ihn im ganzen Trubel erst gar nicht wahr, doch lange blieb ihr der gewichtige Holzbaum nicht in der Scheune verborgen. Als sie ihn etwas hilflos in der Menge stehen sah, lächelte sie und ging auf ihn zu.

»Du hast es geschafft«, sagte sie.

»Gerade noch so eben«, antwortete er verlegen. »Du siehst gut aus.«

»Danke, du aber auch.« Sie sahen sich einen Augenblick schweigend an.

»Da drüben sind deine Eltern«, sagte sie. »Lass uns zu ihnen gehen.«

»Gerne«, lächelt er und drückte sie fest an sich.

Pfeiffer schummelte – und Sebastian bemerkte es sofort.

»Das ist unfair«, rief er, »das war eine Drei, keine Vier.«

Pfeiffer, die Kinder und Tristan saßen am Wohnzimmertisch und spielten „Mensch ärgere Dich nicht". Helga verfolgte das Treiben aus der Küche, wo sie das Abendessen zubereitete. Marlowe saß auf seiner Kletterstange und beobachtete das Geschehen im Wohnzimmer, wobei er Pfeiffer fest im Auge behielt.

»Das war eine Vier«, verteidigte sich Pfeiffer.

»Nein«, beharrte Sebastian, »eine Drei!«

Pfeiffer sah Tristan hilfesuchend an.

»Die Kinder lassen sich nicht übertölpeln«, lächelte dieser.

»Vielleicht habe ich mich vertan«, gab der Hauptkommissar nach und rückte seine Spielfigur ein Feld zurück.

Der Autor:

Ralf Strackbein lebt in Siegen. Absolvierte ein Magister-Studium an der Universität Siegen. Schrieb als freier Mitarbeiter während des Studiums Filmkritiken und Reportagen für eine Tageszeitung. Nach Abschluss des Studiums war er als Pressereferent in Frankfurt a.M. beschäftigt. Seit Sommer '96 als freiberuflicher Presse- und PR-Berater für Siegerländer Unternehmen tätig.

In dieser Reihe bereits erschienen:

Tristan Irle und der Rubensmord (1991)

Eigentlich sollen die Feierlichkeiten zum 350. Todestag von Peter Paul Rubens friedlich und ohne größeres Aufsehen in der Stadt Siegen gefeiert werden. Doch das ändert sich schlagartig, als man eine Leiche im Vorhof des Oberen Schlosses findet. Privatdetektiv Irle übernimmt den Fall und muss bald feststellen, dass mehr hinter dem Fall zu stecken scheint, als es vordergründig aussieht.

Tristan Irle – Eine Leiche auf der HTS (1992)

Friedlich bereiten sich die Bewohner des Siegerlandes auf das Weihnachtsfest vor. Doch plötzlich wird die festliche Ruhe gestört, als man eine Leiche im Schnee begraben findet. Tristan Irle übernimmt die Aufklärung des mysteriösen Mordes. Dabei verfängt er sich in einem Netz von Intrigen, Bestechungen und Lügen.

Tristan Irle – Mord Pur (1993)

KulturPur – seit Jahren ein Begriff für ein Fest der besonderen Art. Tristan Irle gönnt sich ein paar Tage Urlaub auf dem Giller und trifft dort Pensionsbesitzerin Helga Bottenberg. – Eine Frau, in die er sich verlieben könnte? Beschaulichkeit bestimmt den Tag, bis ein hinterhältiger Anschlag die Idylle zerstört.

Tristan Irle – Die Abseitsfalle (1994)

Die Damenmannschaft des SC Siegen hat es wieder geschafft. Sie steht im Endspiel um die deutsche Meisterschaft. Doch dann verunglückt auf mysteriöse Weise ein Mitglied des Vereins. War es Mord? Diese Frage soll Tristan Irle klären. Voller Tatendrang stürzt er sich ins Spiel. Doch das Spiel ist nicht fair, und er durchschaut die heimtückische Abseitsfalle.

Tristan Irle – Das sexte Gebot (1995)

Seit Tagen ziehen Regenschauer über das Siegerland. In dicke Regenjacken gehüllt, gehen die Menschen ihren Geschäften nach. Plötzlich erschüttert des Nachts eine fürchterliche Autoexplosion die Stadt. Es gibt einen Toten. Zur gleichen Zeit findet Tristan Irle ein Findelkind in der Marienkirche. Die Polizei steht vor einem Rätsel. Haben beide Ereignisse etwas miteinander zu tun?

Tristan Irle und das Rathauskomplott (1996)

Weihnachtsmarkt in Siegen. Es ist der Beginn der Adventszeit. Plötzlich erschüttert ein fürchterlicher Fund auf dem Weihnachtsmarkt die Gemüter. Schockiert schalten sich Staatsanwaltschaft und Polizei ein. Ihnen eine Nasenlänge voraus ist eine junge Journalistin. Sie vermutet Verbindungen zum Rathaus und bittet Detektiv Tristan Irle um Hilfe. Machenschaften allerorts und der kommunale Filz drohen schließlich die Ermittlungen fast zu ersticken.

Tristan Irle – Der Braumeister (1997)

Der junge Braumeister Roland Eichbaum hat die Idee seines Lebens. Er möchte Bier in Asien brauen. Die Verhandlungen sind in vollem Gange, als plötzlich ein Mord die Bierbrauer der Region erschüttert. Bis Tristan Irle durch die trübe Suppe von Verdächtigungen eine klare Spur findet, muss er so manches Glas Bier leeren, und nicht selten beginnt die Recherche mit einem lauten: Prost! Und da ist dann auch noch ein geheimnisvoller Chiffrierschlüssel, der Tristans Ermittlungen behindert.

Tristan Irle – Gegen den Strich (1998)

Die kleine Großstadt Siegen steht im Fokus der Weltöffentlichkeit. Im Medien- und Kulturzentrum laufen die letzten Vorbereitungen auf Hochtouren für eine ganz besondere Ausstellung, als ein Siegener Künstler zu Tode kommt. Tristan Irle beginnt seine Ermittlungen, was Künstlern und anderen Kreativen gegen den Strich geht. Dann muss Irle feststellen, dass die Kunstszene genauso schillernd ist wie eine Malpalette.

Tristan Irle – Siegener Maskerade (2000) gebunden

Schriftsteller Raffael Leich trifft sich im Geheimen mit dem persönlichen Referenten des Bürgermeisters. Ein mysteriöses Bild wechselt den Besitzer, dann fallen plötzlich Schüsse. Raffael kann fliehen. Tags darauf wird Privatdetektiv Tristan Irle eingeschaltet, um zu ermitteln. Zur gleichen Zeit bereitet der Anwalt Hallenberger eine Millionen-Spende für die Stadt Siegen vor, um mit dem Geld das Projekt Apollo-Theater zu finanzieren. Steht der Mord etwa mit dem Theaterprojekt in Verbindung? Welche Rolle spielen Schriftsteller Raffael Leich und der Bürgermeister? Und da ist da noch das geheimnisvolle Bild. Im Buch enthalten: ein ausklappbarer Abzug des mysteriösen Bildes.

Tristan Irle – Eisenhart (2001)

Die Stadtkasse – so ausgetrocknet wie ein afrikanisches Wadi – treibt Stadtkämmerer Goldmann den Schweiß auf die Stirn. Sein Chef, der Bürgermeister, eröffnet unterdessen ein neues Museum und weiß selbst nicht so recht, wie er die anstehenden finanziellen Probleme lösen soll. Tristan Irle, Privatdetektiv, ist an diesem Tag einer Einladung auf das Segelfluggelände nahe der Stadt gefolgt. Dort muss er einen schrecklichen Unfall mit ansehen. Der Detektiv beginnt zu ermitteln und dabei entpuppt sich die scheinbar eingeschworene Fliegergemeinschaft als lebensgefährliche Bedrohung für Tristan und seine Freunde.

Tristan Irle – Die Fürstenjagd (2002)

Es ist Jagdsaison im Wald des Fürsten zu Widerstein. Allerlei Prominenz aus dem Ausland trifft sich nahe Bad Berleburg in einem Forsthaus, um zusammen mit Fürst Siegfried dem Wild auf die Pelle zu rücken. Vom Jagdfieber gepackt, verteilen sich die Herrschaften im Wald. Schüsse fallen und plötzlich ertönen Jagdhörner. Wenig später wird die Jagd abgebrochen, denn im Wald liegt ein Toter. Tristan Irle, Privatdetektiv, als Treiber bei der Jagd dabei, übernimmt die Ermittlungen. Die stellen sich als äußerst schwierig heraus. Die Jagdgäste aus höchsten adeligen Kreisen schweigen, bis die Beweislast immer erdrückender wird.

Tristan Irle – Lokalzeit (2003)

Die Journalisten des regionalen Fernsehsenders sind ein eingespieltes Team. Erhöhter Stress gehört bei ihrem Job zum Alltag, und da bringt es den verantwortlichen Fernsehredakteur nicht sonderlich aus der Ruhe, als ein Übertragungswagen für die aktuelle Stunde liegen bleibt. Doch als vor laufender Kamera jemand stirbt, da liegen plötzlich bei allen Beteiligten die Nerven blank. Noch ahnt keiner, dass dies der Auftakt zu einer unheimlichen Mordserie ist.

Tristan Irle, Privatdetektiv, übernimmt die Ermittlungen. Und die führen ihn überraschend zu einem großen schwedischen Möbelhaus, dessen Ansiedlung zum Interessenkonflikt mächtiger Parteien geführt hat. Schließlich drängt sich dem

Detektiv die Frage auf: Hat das Rathaus etwas mit dem Mord zu schaffen?

Tristan Irle – Baum fällt! (2004)

Die heimische Politprominenz ist hocherfreut. Der brasilianische Botschafter besucht anlässlich einer Fürst-Johann-Moritz-Ausstellung die Region. Eine gute Gelegenheit die Gäste aus Übersee in den Wald einzuladen, um uralte Haubergstradition zu vermitteln. Der Botschafter ist begeistert. Weniger enthusiastisch zeigen sich die Kuratoriumsmitglieder der Ausstellung sowie die verantwortlichen Historiker, allen voran die Rektorin der Universität. Und dann endet der Ausflug für einen Gast auf mysteriöse Weise tödlich.

Tristan Irle, Privatdetektiv, beginnt zu ermitteln. Bald stellt er fest, dass die feine Gesellschaft der Ausstellungsmacher ihre eigenen dubiosen Ziele verfolgt. Und schließlich gerät der Privatdetektiv ins Schussfeld, denn im Hintergrund agiert noch der Geheimdienst ...

Tristan Irle – Die zitternden Tenöre (2005)

Der Männergesangverein *„Pro Patria"* steht vor einer großen Herausforderung. Zusammen mit dem engagierten Chorleiter Gottfried Kunze möchten die Mitglieder nach 100-jährigem Bestehen endlich den Status „Meisterchor" erlangen. Sie proben, bis ihre Stimmbänder zittern, doch dann geschieht während der Probenpause ein Mord. Chorleiter und Erster Vorsitzender sind sich einig, dass dieses hinterhältige Attentat nur einer aufklären kann. Sie engagieren den Privatdetektiv Tristan Irle.

Die Tenöre verfolgen misstrauisch Tristans Ermittlungen. Je mehr der Detektiv in ein klebriges Geflecht aus Intrigen dringt, desto gefährlicher wird es für ihn. Und dann stellt sich plötzlich heraus, dass das Opfer einen berühmten Verwandten hat.

Tristan Irle – Der Killersteig (2006)

An einem herrlichen Spätsommertag trifft sich eine Gruppe Polizisten, um zusammen mit Staatsanwalt und Landrat über einen Teil des berühmten „Rothaarsteigs" zu wandern. Mit Rucksack und Wanderschuhen ausgerüstet, beginnt die Wanderung im Süden des Kreisgebietes Siegen-Wittgenstein. Doch schon bei der ersten Übernachtung kommt es zu einem tragischen Zwischenfall.

Tristan Irle, Privatdetektiv, erhält kurz darauf einen geheimnisvollen Anruf, der ihn dazu bewegt, sich der Gruppe am nächsten Tag anzuschließen. Schon bald muss er feststellen, dass nicht alle in der Gruppe so freundlich sind, wie sie vordergründig vorgeben. Als es erneut zu einem Zwischenfall kommt, ahnt der Detektiv, dass ein Mörder unter ihnen weilt.

Nicht jeder der genannten Titel ist immer lieferbar. Vergriffene Titel werden in einem bestimmten Rhythmus wieder aufgelegt. Fragen Sie bitte im Einzelfall bei Ihrem Buchhändler nach, welche Titel lieferbar sind.